春风满洛城

郑振铎 著 穆洛 编

中华工商联合出版社

图书在版编目（CIP）数据

春风满洛城 / 郑振铎著 ; 穆洛编 . -- 2 版 . -- 北京 : 中华工商联合出版社 , 2018.8（2021.7 重印）

ISBN 978-7-5158-2367-6

Ⅰ . ①春… Ⅱ . ①郑… ②穆… Ⅲ . ①中国文学－现代文学－作品综合集 Ⅳ . ① I216.2

中国版本图书馆 CIP 数据核字（2018）第 133980 号

春风满洛城

著　　者：郑振铎
编　　者：穆　洛
责任编辑：林　立　崔红亮
装帧设计：北京东方视点数据技术有限公司
责任审读：魏鸿鸣
责任印制：迈致红
出版发行：中华工商联合出版社有限责任公司
印　　刷：唐山富达印务有限公司
版　　次：2018 年 9 月第 1 版
印　　次：2021 年 7 月第 3 次印刷
开　　本：710mm × 1020mm　1/16
字　　数：200 千字
印　　张：16
书　　号：ISBN 978-7-5158-2367-6
定　　价：78.00 元

服务热线： 010-58301130
销售热线： 010-58302813
地址邮编： 北京市西城区西环广场 A 座
19-20 层，100044
http: //www.chgslcbs.cn
E-mail: cicap1202@sina.com（营销中心）
E-mail: gslzbs@sina.com（总编室）

序

这套励志书由两部分内容组成，一是大师传记，二是名家文集。前者记述大师的人生事迹，评点他们的精彩瞬间；后者辑录名人的文章言论，展示他们的才华睿智。所选者，无不是成功的人生，无不是为后人所推崇和敬仰的人。对于我们每一个人来说，他们都是后人追求的榜样，励志的灯塔。其实，古往今来，所有的成功者，他们的人生和他们所激赏的人生，不外是：“有志者，事竟成。”

励志是动宾结构的词，励是磨砺，志是志向，放在一起就是磨砺志向。所以说，励志不是简单的立志，是要像把刀放在石头上磨才能锋利一样，这个磨砺，也不是轻而易举地摩擦一下，而是要下力气的，对刀来说，不仅要把自身的锈磨掉，还要把多余的部分都要毫不留情地磨掉，这简直是一场磨难。所有绚丽的人生都是用艰难磨砺成的，砥砺生命放光华。可见，励志至少有三层意思：

一是立志。国人都崇拜的一本书叫《易经》，那里面有一句话说：“天行健，君子以自强不息。”这是一种天人合一的理念，它揭示了自然界和人类发展演化的基本规律，所以一切圣贤伟人无不遵循此道。当然，这里还有一个立什么样的志的问题，孔子说：“士不可以不弘毅，任重而道远。”古往今来，凡志士仁人立的都是天下家国之志。李白说：大丈夫必有四方之志，白居易有诗曰：丈夫贵兼济，岂独善一身，讲的都是这个道理。

二是励志。有了志向不一定就能成事，《礼记》里说：“玉不琢，不成器。”因为从理想到现实还有很大的距离。志向须在现实的困境中反复历练，不断考验才能变得坚韧弘毅，才能一步一个脚印地逐步实现。所以拿破仑说：真正之才智乃刚毅之志向。孟子则把天将降大任于斯人描述得如此艰难困苦。我们看看历代圣贤，从三大宗的创始人耶稣、默哈穆德、释迦牟尼到孔夫子、司马迁、孙中山，直至各行各业的精英，哪一个不是历经磨难终成大业，哪一个不是砥砺生命放射出人生的光芒。

三是守志。无论立志还是励志都不是一朝一夕、一蹴而就的，它贯穿了人的一生，无论生命之火是绚丽还是暗淡，都将到它熄灭的最后一刻。所以真正的有志者，一方面存矢志不渝之德，另一方面有不为穷变节、不为贱易志之气。像孟子说的那样：“富贵不能淫，贫贱不能移，威武不能屈。”明代有位首辅大臣叫刘吉，他说过：“有志者立长志，无志者常立志。”这话是很有道理的。

话说回来，励志并非粘贴在生命上的标签，而是融汇于人生中一点一滴的气蕴，最后成长为人的格调和气质，成就人生的梦想。不管你做哪一行，有志不论年少，无志空活百年。

希望你能喜爱这套励志书，让它点燃你的生命之火，让人生变得更加绚烂。

徐　潜

前　言

郑振铎，生于1898年，字西谛。著名学者、作家、藏书家、文史学家。代表作品有短篇小说集《家庭的故事》《桂公塘》，散文集《山中杂记》，专著《文学大纲》《中国俗文学史》《中国文学论集》《俄国文学史略》等。他是我国近代史上“百科全书式”的文化巨人。他将泰戈尔的大部分英译诗歌译为中文，出版了我国第一本泰戈尔译诗集；他在抗战前四处奔走，为中国抢救了大批珍贵文献；他是中国儿童文学领域的拓荒者和建设者，也是民间文学研究的最早倡导者。

1957年10月17日，郑振铎率领中国文化代表团赴开罗访问中，不幸因飞机失事遇难，享年60岁。正如他临行前对家人的一句戏言般，是的，这一次他真的走了。但他的一生学识渊博、勇于开拓、追求进步、热爱祖国，为我们留下了瑰丽的精神和文化财富。

郑振铎的作品，以独有的文思、风格和才调，将他对人生的感悟、游历时的所见所闻所感，以及读往事的回忆用文字记录下来，真实自然，灵动流畅，可谓灵思所到之处，皆是妙笔在生花。《春风满洛城》意在让读者从中体悟到生活的真谛，人生的价值，以及生命的意义。正如他所说："譬如黑夜独行，坐在路旁等大亮，那是很可羞；如果惧怕黑夜而躲进小岩洞或小屋之内，那更是可耻。我们是相信光明的，我们便要鼓足了勇气，不怖不懈，向着光明走去。"

编　者

目　录

我是少年

一

我是少年！我是少年！
我有如炬的眼，
我有思想如泉。
我有牺牲的精神，
我有自由不可捐。
我过不惯偶像似的流年，
我看不惯奴隶的苟安。
我起！我起！
我欲打破一切的威权。

二

我是少年！我是少年！
我有喷腾的热血和活泼进取的气象。

我欲进前！进前！进前！
我有同胞的情感，
我有博爱的心田。
我看见前面的光明，
我欲驶破浪的大船，
满载可怜的同胞，
进前！进前！进前！
不管它浊浪排空，狂飙肆虐，
我只向光明的所在，进前！进前！进前！

我们的中国

我们的中国，
我们的中国！
是你在召唤我们么？
是的，我们来，
我们将放下一切而来！

我们的中国，
我们的中国，
是谁将你的光荣蔑辱？
我们的刀将为你而拔，
我们的生命将为你而舍弃。

我们的中国，
我们的中国！
那张忧郁的脸是你的么？

不，不，你应该自振，
我们将为你除去一切忧闷之源。

我们的中国，
我们的中国，
你为何成了这样的瘠弱，贫困?
我们将为你而工作，工作，
直至你恢复你的强健与富饶。

我们的中国，
我们的中国，
是你在召唤我们么?
我们已预备了，
将为你而放下了一切!

蝴蝶的文学

一

春送了绿衣给田野，给树林，给花园；甚至于小小的墙隅屋角，小小的庭前阶下，也点缀着新绿。就是油碧色的湖水，被春风粼粼地吹动，山间的溪流也开始淙淙汩汩地流动了；于是黄的、白的、红的、紫的、蓝的以及不能名色的花开了，于是黄的、白的、红的、黑的以及不能名色的蝴蝶们，从蛹中苏醒了，舒展着美的耀人的双翼，栩栩在花间，在园中飞了；便是小小的墙隅屋角，小小的庭前阶下，只要有新绿的花木在着的，只要有什么花舒放着的，蝴蝶们也都栩栩地来临了。

蝴蝶来了，偕来的是花的春天。

当我们在和暖宜人的阳光底下，走到一望无际的开放着金黄色的花的菜田间，或杂生着不可数的无名的野花的草地上时，大的小的蝴蝶们总在那里飞翔着。一刻飞向这朵花，一刻飞向那朵花，便是停下了，双翼也还在不息不住地扇动着。一群儿童们嬉笑着追逐在它们之后，见它们停下了，悄悄地便蹑足走近，等到他们走近时，蝴蝶却又态度闲暇地舒翼飞开了。

> 呵，蝴蝶！它便被追，也并不现出匆急的神气。
>
> ——日本的俳句，我乐作

在这个时候，我们似乎感得全个宇宙都耀着微笑，都泛溢着快乐，每个生命都在生长，在向前或向上发展。

二

在东方，蝴蝶是我们最喜欢的东西之一，画家很高兴画蝶。甚至于在我们古式的帐眉上，常常是绘饰着很工细的百蝶图——我家以前便有二幅帐眉是这样的。在文学里，蝴蝶也是他们所很喜欢取用的题材之一。歌咏蝴蝶的诗歌或赋，继续地产生了不少。梁时刘孝绰有《咏素蝶》一诗：

> 随蜂绕绿蕙，避雀隐青薇。
> 映日忽争起，因风乍共归。
> 出没花中见，参差叶际飞。
> 芳华幸勿谢，嘉树欲相依。

同时如简文帝（萧纲）诸人也作有同题的诗。于是明时有一个叫钱文荐的做了一篇《蝶赋》，便托言梁简文与刘孝绰同游后园，“见从风蝴蝶，双飞花上”，孝绰就作此赋以献简文。此后，李商隐、郑谷、苏轼诸诗人并有咏蝶之作，而谢逸一人作了蝶诗三百首，最为著名，人称之为“谢蝴蝶”。

叶叶复翻翻，斜桥对侧门。
芦花唯有白，柳絮可能温？
西子寻遗殿，昭君觅故村。
年年方物尽，来别败兰荪。

——李商隐

寻艳复寻香，似闲还似忙。
暖烟深蕙径，微雨宿花房。
书幌轻随梦，歌楼误采妆，
王孙深属意，绣入舞衣裳。

——郑　谷

双肩卷铁丝，两翅晕金碧。
初来花争妍，忽去鬼无迹。

——苏　轼

何处轻黄双小蝶，翩翩与我共徘徊。
绿阴芳草佳风月，不是花时也解来。

——陆　游

桃红李白一番新，对舞花前亦可人。
才过东来又西去，片时游遍满园春。
江南日暖午风细，频逐卖花人过桥。
……

——谢　逸

像这一类的诗，如要集在一起，至少可以成一大册呢。然而好的实在是没有多少。

在日本的俳句里，蝴蝶也成了他们所喜咏的东西，小泉八云曾著有《蝴蝶》一文，中举咏蝶的日本俳句不少，现在转译十余首于下。

就在睡中吧，它还是梦着在游戏——呵，草的蝴蝶。

——护　物

醒来！醒来！——我要与你做朋友，你睡着的蝴蝶。

——芭　蕉

呀，那只笼鸟眼里的忧郁的表示呀——它妒羡着蝴蝶！

——作者不明

当我看见落花又回到枝上时——呵，它不过是一只蝴蝶！

——守　武

蝴蝶怎样的与落花争轻呵！

——春　海

看那只蝴蝶飞在那个女人的身旁——在她前后飞翔着。

——素　园

哈！蝴蝶！——它跟随在偷花者之后呢！

——丁　涛

可怜的秋蝶呀！它现在没有一个朋友，却只跟在人的后边呀！

——可都里

至于蝴蝶们呢，他们都只有十七八岁的姿态。

——三津人

蝴蝶那样的游戏着——若在这个世界上没有一个敌人似的！

——作者未明

呀，蝴蝶！——它游戏着，似乎在现在的生活里，没有一点别的希求。

——一　茶

在红花上的是一只白的蝴蝶，我不知是谁的魂。

——子　规

我若能常有追捉蝴蝶的心肠呀！

——杉　长

三

我们一讲起蝴蝶，第一便会联想到关于庄周的一段故事。《庄子·齐物论》道："昔者庄周梦为蝴蝶，栩栩然蝴蝶也，自喻适志与，不知周也。俄然觉，则蘧蘧然周也。不知周之梦为蝴蝶与？蝴蝶之梦为周与？周与蝴蝶，则必有分矣。此之为物化。"这一段简短的话，又合上了"庄子妻死，惠子吊之。庄子方箕踞，鼓盆而歌"(《至乐篇》)的一段话，后来便演变成了一个故事。这故事的大略是如此：庄周为李耳的弟子，尝昼寝梦为蝴蝶，"栩栩然于园林花草之间，其意甚适。醒来时，尚觉臂膊如两翅飞动，心甚异之。以后不时有此梦"。他便将此梦诉之于师。李耳对他指出夙世因缘。原来那庄生是混沌初分时一个白蝴蝶，因偷采蟠桃花蕊，为王母位下守花的青鸾啄死。其神不散，托生于世做了庄周。他被师点破前生，便把世情看作行云流水，一丝不挂。他娶妻田氏，二人共隐于南华山。一日，庄周出游山下，见一新坟封土未干，一少妇坐于冢旁，用扇向冢连扇不已，便问其故。少妇说，她丈夫与她相爱，死时遗言，如欲再嫁，须待坟土干了方可。因此举扇扇之。庄子便向她要过扇来，替她一扇，坟土立刻干了。少妇起身致谢，以扇酬他而去。庄子回来，慨叹不已。田氏闻知其事，大骂那少妇不已。庄子道："生前个个说恩深，死后人人欲扇坟。”田氏大怒，向他立誓说，如他死了，她绝不再嫁。不多几日，庄子得病而死。死后七日，有楚王孙来寻庄子，知他死了，便住于庄子家中，替他守丧百日。田氏见他生得美貌，对他很有情意。后来，二人竟恋爱了，结婚了。结婚时，王孙突然地心疼欲绝。王孙之仆说，欲得人的脑髓吞之才会好。田氏便去拿斧劈棺，欲取庄子之脑髓。不料棺盖劈裂时，庄子却叹了一口气从棺内坐起。田氏吓得心头乱跳，不得已将庄子从棺内扶出。这时，寻王孙时，他主仆二人早已不见了。庄子说她道：“甫得盖棺遭斧劈，如何等待扇干坟！”又用手向外指道：“我教你看两个人。”田氏回头一看，只见楚王孙及其仆踱了进来。她吃了一惊，转身时，不见了庄生，再回头时，连王孙主仆也不见了。“原来此皆庄生分身隐形之法。”田氏自觉羞辱不堪，便悬梁自缢而死。庄子将她尸身放入劈破棺木时，敲着瓦盆，依棺而歌。

这个故事，久已成了我们的民间传说之一。最初将庄子的两段话演为故事的在什么时代，我们已不能知道，然在宋金院本中，已有《庄周梦》的名目（见《辍耕录》)。其后元明人的杂剧中，更有几种关于这个故事的：《鼓盆歌庄子叹骷髅》一本（李寿卿作）、《老庄周一枕蝴蝶梦》一本（史九敬先作）、《庄周半世蝴蝶梦》一本（明无名氏作）。

这些剧本现在都已散逸，所可见到的只有《今古奇观》第二十回《庄子休鼓盆成大道》一篇东西。然诸院本杂剧所叙的故事，似可信其与《今古奇观》中所叙者无大区别。可知此故事的起源，必在南宋的时候，或更在其前。

四

韩凭妻的故事较庄周妻的故事更为严肃而悲惨。宋大夫韩凭，娶了一个妻子，生得十分美貌。宋康王强将凭妻夺来。凭悲愤自杀。凭妻悄悄地把她的衣服弄腐烂了。康王同她登高台远眺。她投身于台下而死。侍臣们急握其衣，却着手化为蝴蝶。（见《搜神记》）

由这个故事更演变出一个略相类的故事。《罗浮旧志》说："罗浮山有蝴蝶洞在云峰岩下，古木丛生，四时出彩蝶，世传葛仙遗衣所化。"

我少时住在永嘉，每见彩色斑斓的大凤蝶，双双地飞过墙头时，同伴的儿童们都指着他们而唱道："飞，飞！梁山伯、祝英台！"《山堂肆考》说："俗传大蝶出必成双，乃梁山伯、祝英台之魂，又韩凭夫妇之魂，皆不可晓。"梁祝的故事，与韩凭夫妻事是绝不相类的，是关于蝴蝶的最凄惨而又带有诗趣的一个恋爱的故事。这个故事的来源不可考，至现在则已成了最流传的民间传说。也许有人以为它是由韩凭夫妻的故事蜕化而出，然据我猜想，这个故事似与韩凭夫妻的故事没有什么关系。大约是也许有的地方流传着韩凭夫妻的故事，便以那飞的双凤蝶为韩凭夫妻。有的地方流传着梁山伯祝英台的故事，便以那双飞的凤蝶为梁山伯祝英台。

梁山伯是梁员外的独生子，他父亲早死了。十八岁时，别了母亲到杭州去读书。在路上遇见祝英台；祝英台是一个女子，假装为男子，也要到杭州去读书。二人结拜为兄弟，同到杭州一家书塾里攻学。同居了三年，山伯始终没有看出祝英台是女子。后来，英台告辞先生回家去了；临别时，悄悄地对师母说，她原是一个女子，并将她恋着山伯的情怀诉述出。山伯送英台走了一程；她屡以言挑探山伯，欲表明自己是女子，而山伯俱不悟。于是，她说道，她家中有一个妹妹，面貌与她一样，性情也与她一样，尚未订婚，叫他去求亲。二人就此相别。英台到了家中，时时恋念着山伯，怪他为什么好久不来求婚。后来，有一个马翰林来替他的儿子文才向英台父母求婚，他们竟答应了他。英台得知这个消息，心中郁郁不乐。这时，山伯在杭州也时时恋念着英台——是朋友的恋念。一天，师母见他忧郁不想读书的神情，知他是在想念着英台，便告诉他英台临别时所说的话，并述及英台之恋爱他。山伯大喜欲狂，立刻束装辞师，到英台住的地方来。不幸他来得太晚了，太晚了！英台已许与马家了！二人相见述及此事，俱十分的悲郁，山伯一回家便生了病，病中还一心恋念着英台。他母亲不得已，只得差人请英台来安慰他。英台来了，他的病觉得略好些。后来，英台回家了，他的病竟日益沉重而至于死。英台闻知他的死耗，心中悲抑如不欲生。然她的喜期也到了。她要求须先将喜轿抬至山伯墓上，然后至马家，他们只得允许了她这个要求。她到了坟上，哭得十分伤心，欲把头撞死在坟石上，亏得丫鬟把她扯住了。然山伯的魂灵终于被她感动了，坟盖突然地裂开了。英台一见，急忙钻入坟中。他们来扯时，坟石又已合缝，只见她的裙儿飘在外面而不见人。后来他们去掘坟。坟掘开了，不唯山伯的尸体不见，便连英台的尸体也没有了，只见两个大凤蝶由坟的破处飞到外面，飞上天去。他们知道二人是化蝶飞去了。

这个故事感动了不少民间的少年男女。看它的结束甚似《华山畿》的故事。《古今乐录》说："华山畿者，宋少帝时《懊恼》一曲，亦变曲也。少帝时南徐一士子，从华山畿往云阳，见客舍有女子，年十八九。悦之无因，遂感心疾。母问其故，具以启母，母为至华山寻访，见女，具说，女闻感之，因脱蔽膝；令母密置其席下，卧之当已。少日果差。忽举席见蔽膝而抱持，遂吞食而死。气欲绝，谓母曰：‘葬时，车载从华山度。’母从其意。比至女门，牛不肯前，打拍不动。女曰：‘且待须臾。’装点沐浴既而出，歌曰：‘华山畿，君既为侬死，独活为谁施！欢若见怜时，棺木为侬开。’棺应声开。女遂入棺。家人扣打，无如之何，乃合葬，呼曰神女冢。”也许便是从《华山畿》的故事里演变而成为这个故事的。

五

梁山伯祝英台以及韩凭夫妻，在人间不能成就他们的终久的恋爱，到了死后，却化为蝶而双双地栩栩地飞在天空，终日地相伴着。同时又有一个故事，却是蝶化为女子而来与人相恋的。《六朝录》言：刘子卿住在庐山，有五彩双蝶，来游花上，其大如燕。夜间，有两个女子来见他，说：“感君爱花间之物，故来相谐，君子其有意乎？”子卿笑曰：“愿伸缱绻。”于是这两个女子便每日到子卿住处来一次，至于数年之久。

蝶之化为女子，其故事仅见于上面的一则，然蝶却被我东方人视为较近于女性的东西。所以女子的名字用“蝶”字的不少，在日本尤其多（不过男子也有以蝶为名）。现在的舞女尚多用蝶花、蝶吉、蝶之助等名。私人的名字，如“谷超”（Kocho）或“超”（Cho），其意义即为蝴蝶。陆奥的地方，尚存称家中最幼之女为“太郭娜”（Tekona）之古俗，“太郭娜”即陆奥土语之蝴蝶。在古时，“太郭娜”这个字又为一个美丽的妇人的别名。

然在中国蝶却又为人所视为轻薄无信的男子的象征。粉蝶栩栩地在花间飞来飞去，一时停在这朵花上，隔一瞬，又停在那一朵花上，正如情爱不专一的男子一样。又在我们中国最通俗的小说如《彭公案》之类的书，常见有花蝴蝶之名；这个名字是给予那些喜爱任何女子的色情狂的盗贼的。他们如蝴蝶之闻花的香气即飞去寻找一样，一见有什么好女子，便追踪于她们之后，而欲一逞。

在这个地方，所指的蝴蝶便与上文所举的不同，已变为一种慕逐女子的男性，并非上文所举的女性的象征了。所以，蝴蝶在我们东方的文学里，原是具有异常复杂的意义的。

六

蝶在我们东方，又常被视为人的鬼魂的显化。梁祝及韩凭的二故事，似也有些受这个通俗的观念的感发。这种鬼魂显化的蝶，有时是男子显化的，有时是女子显化的。《春渚纪闻》说："建安章国老之室宜兴潘氏，既归国老，不数岁而卒。其终之日，室中飞蝶散满，不知其数，闻其始生，亦复如此。即设灵席，每展遗像，则一蝶停立久久而去。后遇避讳之日，与曝像之次，必有一蝶随至，不论冬夏也。其家疑其为花月之神。"这个故事还未说蝶就是亡去少妇的魂。《癸辛杂识》所记的二事，乃直接地以蝶为人的魂化。"杨昊字明之，娶江氏少女，连岁得子。明之客死之明日，有蝴蝶大如掌，徊翔于江氏旁，竟日乃去。及闻讣，聚族而哭，其蝶复来，绕江氏，饮食起居不置也。盖明之未能割恋于少妻稚子，故化蝶以归尔。……杨大芳娶谢氏，亡未殓。有蝶大如扇，其色紫褐，翩翩自帐中徘徊飞集窗户间，终日乃去。"

日本的故事中，也有一则关于魂化为蝶的传说。东京郊外的某寺坟地之后，有一间孤零零立着的茅舍，是一个老人名为高滨（Takahama）的所住的房子。他很为邻居所爱，然同时人又多自之为狂。他并不结婚，所以只有一个人。人家也没有看见他与什么女子有关系。他如此孤独地住着，不觉已有五十年了。某一年夏天，他得了一病，自知不起，便去叫了弟媳及她的一个三十岁的儿子来伴他。某一个晴明的下午，弟媳与她的儿子在床前看视他，他沉沉地睡着了。这时有一只白色大蝶飞进屋，停在病人的枕上。老人的侄用扇去逐它，但逐了又来。后来它飞出到花园中，侄也追出去，追到坟地上。它只在他面前飞，引他深入坟地。他见这蝶飞到一个妇人坟上，突然地不见了。他见坟石上刻着这妇人名明子（Akiko），死于十八岁。这坟显然已很久了，绿苔已长满了坟石上。然这坟收拾得干净，鲜花也放在坟前，可见还时时有人在看顾她。这少年回到屋内时，老人已于睡梦中死了，脸上现出笑容。这少年告诉母亲在坟地上所见的事，他母亲道："明子！唉！唉！"少年问道："母亲，谁是明子？"母亲答道："当你伯父少年时，他曾与一个可爱的女郎名明子的定婚。在结婚前不久，她患肺病而死。他十分的悲切。她葬后，他便宣言此后永不娶妻，且筑了这座小屋在坟地旁，以便时时可以看望她的坟。这已是五十年前的事了。在这五十年中，你伯父不问寒暑，天天到她坟上祷哭，且以物祭之。但你伯父对人并不提起这事。所以，现在，明子知他将死，便来接他。那大白蝶就是她的魂呀。"

在日本又有一篇名为《飞的蝶簪》的通俗戏本，其故事似亦是从鬼魂化蝶的这个概念里演变出。蝴蝶是一个美丽的女子，因被诬犯罪及受虐待而自杀。欲为她报仇的人怎么设法也寻不出那个害她的人。但后来，这个死去妇人的发簪，化成了一只蝴蝶，飞翔于那个恶汉藏身的所在之上面，指导他们去捉他，因此得报了仇。

七

《蝴蝶梦》一剧是中国古代很流行的剧本之一。宋金院本中有《蝴蝶梦》的一个名目，元剧中有关汉卿的一本《包待制三勘蝴蝶梦》，又有萧德祥的一本同名的剧本。现在关汉卿的一本尚存在于《元曲选》中。

这个戏剧的故事，也是关于蝴蝶的，与上面所举的几则却俱不同。大略是如此：王老生了三个儿子，都喜欢读书。一天，他上街替儿子们买些纸笔，走得乏了，在街上坐着歇息，不料因冲着马头，却被骑马的一个势豪名葛彪的打死了，三个儿子听见父亲为葛彪打死，便去寻他报仇，也把他打死了。他们都被捉进监狱。审判官恰是称为“中国的苏罗门”的包拯。当他大审此案之前，曾梦自己走进一座百花烂漫的花园，见一个亭子上结下个蛛网，花间飞来一个蝴蝶，正打在网中，却又来了一个大蝴蝶，把它救出。后来，又来第二个蝴蝶打在网中，也被大蝴蝶救了。最后来了一个小蝴蝶，打在网上，却没有人救，那大蝴蝶两次三番只在花丛上飞，却不去救。包拯便动了恻隐之心，把这小蝴蝶放走了。醒来时，却正要审问王大、王二、王三打死葛彪的案子。他们三个人都承认葛彪是自己打死的，不干兄或弟的事。包拯说，只要一个人抵命，其他二人可以释出。便问他们的母亲，要哪一个去抵命。她说，要小的去。包拯道：“为什么？小的不是你养的么？”母亲悲哽地说道：“不是的，那两个，我是他们的继母，这一个是我的亲儿。”包拯为这个贤母的举动所感动，便想道：“梦见大蝴蝶救了两个小蝶，却不去救第三个，倒是我去救了他。难道便应在这一件事上么？”于是他假判道：“王三留此偿命。”同时却悄悄地设法，把王三也放走了。

八

还有两则放蝶的故事，也可以在最后叙一下。

唐开元的末年，明皇每至春时，即旦暮宴于宫中，叫嫔妃们争插艳花。他自己去捉了粉蝶来，又放了去。看蝶飞止在哪个嫔妃的上面，他便也去止宿于她的地方。后来因杨贵妃专宠，便不复为此戏。（见《开元天宝遗事》）

这一则故事，没有什么很深的意味，不过表现出一个淫逸的君王的逸事的一幕而已。底下的一则，事虽略觉滑稽，却很带着人道主义的精神。

长山王进士峚生为令时，每听讼，按律之轻重，罚令纳蝶自赎。堂上千百齐放，如风飘碎锦；王乃拍案大笑。一夜，梦一女子衣裳华好，从容而入曰："遭君虐政，姊妹多物故，当使君先受风流之小谴耳。"言已，化为蝶，回翔而去，明日，方独酌署中，忽报直指使至，皇遽而去，闺中戏以素花簪冠上，忘除之，直指见之，以为不恭，大受斥骂而返。由是罚蝶令遂止。（见《聊斋志异》卷十五）

蝉与纺织娘

你如果有福气独自坐在窗内，静悄悄地没一个人来打扰你，一点钟，两点钟地过去，嘴里衔着一支烟，躺在沙发上慢慢地喷着烟云，看它一白圈一白圈地升上，那么在这静境之内，你便可以听到那墙角阶前的鸣虫的奏乐。

那鸣虫的作响，真不是凡响；如果你曾听见过曼杜令的低奏，你曾听见过一支洞箫在月下湖上独吹着；你曾听见过红楼的重幔中透漏出的弦管声，你曾听见过流水淙淙地由溪石间流过，或你曾倚在山阁上听着飒飒的松风在足下拂过，那么，你便可以把那如何清幽的鸣虫之叫声想象到一二了。

虫之乐队，因季候的关系而颇有不同，夏天与秋令的虫声，便是截然的两样。蝉之声是高旷的、享乐的，带着自己满足之意的；它高高地栖在梧桐树或竹枝上，迎风而唱，那是生之歌，生之盛年之歌，那是结婚曲，那是中世纪武士美人的大宴时的行吟诗人之歌。无论听了那叽——叽——的曼长声，或叽格——叽格——的较短声，都可同样地受到一种轻快的美感。秋虫的鸣声最复杂。但无论纺织娘的咭嘎、蟋蝉的唧唧、金铃子之叮令，还有无数无数不可名状的秋虫之鸣声，其声调之凄抑却都是一样的；它们唱的是秋之歌，是暮年之歌，是薤露之曲。它们的歌声，是如秋风之扫落叶，怨妇之奏琵琶，孤峭而幽奇，清远而凄迷，低徊而愁肠百结。你如果是一个孤客，独宿于荒郊逆旅，一盏荧荧的油灯，对着一张板床、一张木桌、一二张硬板凳，再一听见四壁唧唧知知的虫声间作，那你今夜便不用再想稳稳地安睡了，什么愁情、乡思，以及人生之悲感，都会一串一串地从根儿勾引起来，在你心上翻来覆去，如白老鼠在戏笼中走轮盘一般，一上去便不用想下来憩息。如果你不是一个客人，你有家庭，你有很好的太太，你并没有什么闹愁胡想，那么，在你太太已睡之后，你想在书房中静静地写些东西时，这唧唧的秋虫之声却也会无端地窜入你的心里，翻掘起你向不曾有过的一种凄感呢。如果那一夜是一个月夜，天井里统是银白色，枯秃的树影，一根一条的很清朗地印在地上，那么你的感触将更深了。那也许就是所谓悲秋。

秋虫之声，大都在蝉之夏曲已告终之后出现，那正与气候之寒暖相应。但我却有一次奇异的经验：在无数的纺织娘之鸣声已来了之后，却又听得满耳的蝉声。我想我们的读者中有这种经验的人是必不多的。

我在山中，每天听见的只有蝉声，鸟声还比不上。那时天气是很热，即在山上，也觉得并不凉爽。正午的时候，躺在廊前的藤榻上，要求一点的凉风，却见满山的竹树梢头，一动也不动，看看足底下的花草，也都静静地站着，如老僧入了定似的。风扇之类既得不到，只好不断地用手巾来拭汗，不断地在摇挥那纸扇了。在这时候，往往有几缕的蝉声在槛外鸣奏着。闭了目，静静地听了它们在忽高忽低，忽断忽续，此唱彼和，仿佛是一大阵绝清幽的乐队在那里奏着绝清幽的曲子，炎热似乎也减少了，然后，朦胧地朦胧地睡去了，什么都不觉得。良久，良久，清梦醒来时，却又是满耳的蝉声。山中的蝉真多！绝早的清晨，老妈子们和小孩子们常去抱着竹竿乱摇一阵，而一只二只的蝉便要跟随了朝露而落到地上了。每一个早晨，在我们滴翠轩的左近，至少是百只以上之蝉是这样的被捉。但蝉声并不减少。

常常的，一只蝉两只蝉，叽的一声，飞人房内，如平时我们所见的青油虫及灯蛾之飞入一样。这也是必定被人所捉的。有一天，见有什么东西在槛外倒水的铅斗中咯笃咯笃地作响，俯身到槛外一看，却又是一只蝉，这当然又是一个俘虏了。还有好几次，在山脊上走时，忽见矮林丛中有什么东西在动，拨开林丛一看，却也是一只蝉。它是被竹枝竹叶挡阻住了不能飞去。我把它拾在手中。同行的心南先生说:“这有什么稀奇，放走了它吧。要多少还怕没有！”我便顺手把它向风中一送，它悠悠扬扬地飞去很远很远，渐渐地不见了。我想不到这只蝉就在刚才是地上拾了来的那一只！

初到时，颇想把它们捉几个寄到上海去送送人。有一次，便托了老妈子去捉。她在第二天一早，果然捉了五六只来放在一个大香烟纸盒中，不料给依真一见，她却吵着，带强迫地要去。我又托那个老妈子去捉。第二天，又捉了四五只来。依真的纸盒中却只剩下两只活的，其余的都死了。到了晚上，我的几只，也死了一半。因此，寄到上海的计划遂根本地打消了。从此以后，便也不再托人去捉，自己偶然捉来的，也都随手地放去了，那样不经久的东西，留下了它干什么用！不过孩子们却还热心地去捉。依真每天要捉至少三只以上用细绳子缚在铁杆上。有一次，曾有一只蝉居然带了红绳子逃去了；很长的一根红绳子，拖在它后面，在风中飘荡着，很有趣味。

半个月过去了，有的时候，似乎蝉声略少，第二天却又多了起来。虽然是叽——叽——的不息地鸣着，却并不觉喧扰；所以大家都不讨厌它们。我却特别爱听它们的歌唱，那样的高旷清远的调子，在什么音乐会中可以听得到！所以我每以蝉声将绝为虑，时时地干涉孩子们的捕捉。

到了一夜，狂风大作，雨点如从水龙头上喷出似的，向槛内廊上倾倒。第二天还不放晴。再过一天，晴了，天气却很凉，蝉声乃不再听见了！全山上在鸣唱着的却换了一种咭嘎——咭嘎——的急促而凄楚的调子，那是纺织娘。

“秋天到了！”我这样的说着，颇动了归心。

再一天，纺织娘还是咭嘎咭嘎地唱着。

然而，第三天早晨，当太阳晒得满山时，蝉声却又听见了！且很不少。我初听不信，叽——叽——叽格——叽格——那确是蝉声！纺织娘之声却又潜踪了。

蝉回来了，跟它回来的是炎夏。从箱中取出的棉衣又复放入箱中。下山之计遂又打消了。

谁曾于听了纺织娘歌声之后再听见蝉的夏曲呢？这是我的一个有趣的经验。

苦鸦子

乌鸦是那么黑丑的鸟，一到傍晚，便成群结阵地飞于空中，或三两只栖于树下，“苦呀，苦呀”地叫着，更使人起了一种厌恶的情绪。虽然中国许多抒情诗的文句，每每的把鸦美化了，如“寒鸦数点”、“暮鸦栖未定”之类，读来未尝不觉其美，等到一听见其声，思想的美感却完全消失了，心上所有的只是厌恶。

在山中也与在城市中一样，免不了鸦的干扰。太阳的淡金色光线，弱了，柔和了，暮霭渐渐的朦胧的如轻纱似的幔罩于岗峦之腰、田野之上，西方是血红的一个大圆盘悬在地平上，四边是金彩斑斓的云霞，点染在半天；工作之后，躺在藤榻上，有意无意地领略着这晚霞天气的图画。经过了这样静谧的生活的，准保他一辈子不会忘了，至少是要在城市的狭室中不时想起的。不幸这恬静可爱的山中的黄昏，却往往为“苦呀，苦呀”的鸦声所乱。

有一天，晚餐吃得特别的早；几个老婆子趁着太阳光未下山，把厨房中盆碗等物都收拾好了，便也上楼靠在红栏杆上闲谈。

“苦呀！苦呀！”几只乌鸦栖在对面一株大树上，正朝着我们此唱彼和的歌叫着。

“苦鸦子！我们乡下人总说她是嫂嫂变的。”汤妈说。

江妈接着道：“我们那里也有这话。婆婆很凶，姑娘又会挑嘴，弄得嫂嫂常常受婆婆的气，还常常地打她，男人又一年间没有几时在家。有一次，她把米饭从后门给了些叫化的；她姑娘看见了，马上去告诉她的娘。还挑拨地说：‘嫂嫂常常把饭给人家。’于是婆婆生了大气，用后门的门闩，没头没脑地打了她一顿，她浑身是伤，气不过，就去投河。却为邻居看见了救起，把她湿淋淋地送回家。她婆婆姑娘还骂她假死吓诈人。当夜，她又用衣带把自己吊死在床前了。过了几个月，她男人回家。他的娘却淡淡地说，她得病死了。但她的灵魂却变了乌鸦，天天在屋前树上‘苦呀，苦呀’地叫着。”

“做人家媳妇实在不容易。”江妈接着说，“像我们那里媳妇吃苦的真不少！”

汤妈说：“可不是！前半年在少爷家里用的叶妈还不是苦到无处说！一天到晚打水、烧饭、劈柴、种田、摘豆子，她婆婆还常常叽里咕噜地骂她。碰到丈夫好些的，也还好，有地方说说。她的丈夫却又是牛脾气，好赌。输了，总拿她来出气，打得呀浑身是伤！有一次，她给我看，一身的青肿，半个月一个月还不会退。好容易来帮人家，虽然劳碌些，比在家里总算是好得多了。一月三块半工钱，一个也不能少，都要寄回家。她丈夫还时时来找她要钱！她说起来常哭！上一次，她不是辞了回家么？那是她丈夫为了赌钱的事，被人家打伤了，一定要她回去服侍。这一向都没有信来，问她乡里人也不知道。这一半年总不见得会出来了。”

江妈道：“汤奶奶你是好福气！说是童养媳，婆婆待你比自己的女儿还好。男人又肯干，家里积的钱不少了，去年不是又买了几亩田么？你真可以回去享福了，汤奶奶！”

“哪里的话！我们哪里说得上享福两个字！我们的婆婆待我可真不差，比自己的姆妈还好！”

这时，一声不响的刘妈插嘴道：“汤奶奶待她婆婆也真是好；自己的娘病，还不大挂心，听说她婆婆有什么难过，就一定要回去看看的了！上次她婆婆还托人带了大棉袄给她，真是疼她！”

汤妈指着刘妈向江妈道：“她真可怜！人是真好，只可惜有些太老实，常给人欺负。她出来帮人家也是没法的。她家里不是少吃的、穿的，只是她婆婆太厉害了，不是打，就是骂，没有一天有好日子过。自从她男人死了，婆婆更恨她入骨，说她是克夫。她到外边来，赛如在天堂上！”

刘妈一声不响地听着她在谈自己的身世。栏杆外面乌鸦还是一声“苦呀，苦呀”在叫着，夜色已经成了深灰色了。

“刘妈，天黑了，怎么还不点灯？天天做的事都会忘了么！”她主妇的声音，严厉地由后房传出。

“噢，来了！”刘妈连忙地答应，慌慌张张地到后面去了。

“真作孽，像她这样的人，到处要给人欺负。”江妈说，“还好，她是个呆子，看她一天到晚总是嘻嘻的笑脸。”

“不！”汤妈说，“别看她呆头呆脑的；她和我谈起来，时时地落泪呢。有一次，给她主妇大骂了一顿以后，她便跑到自己房里痛哭。到了夜里，我睡时，还听见她在呜咽地抽泣！”

想不到刘妈是这样的一个人，自到山中来后，我们每以为她是乐天的痴呆人，往往地拿她来取笑，她也从没有发怒过，谁晓得她原是这样的一个“苦鸦子”！

这时，黑夜已经笼罩了一切。江妈说：“我也要去点灯了。”

“苦呀，苦呀”的乌鸦已经静止，大约它们是栖定在巢中了。

宴之趣

虽然是冬天，天气却并不怎么冷，雨点淅淅沥沥地滴个不已，灰色云是弥漫着；火炉的火是熄下了，在这样的秋天似的天气中，生了火炉未免是过于燠暖了。家里一个人也没有，他们都出外“应酬”去了。独自在这样的房里坐着，读书的兴趣也引不起，偶然地把早晨的日报翻着，翻着，看看它的广告，忽然想起去看《Merry Widow》吧。于是独自地上了电车，到派克路跳下了。

在黑漆的影戏院中，乐队悠扬地奏着乐，白幕上的黑影，坐着，立着，追着，哭着，笑着，愁着，怒着，恋着，失望着，决斗着，那还不是那一套，他们写了又写，演了又演的那一套故事。

但至少，我是把一句话记住在心上了：“有多少次，我是饿着肚子从晚餐席上跑开了。”

这是一句隽妙无比的名句；借来形容我们宴会无虚日的交际社会，真是很确切的。

每一个商人，每一个官僚，每一个略略交际广了些的人，差不多他们的每一个黄昏，都是消磨在酒楼菜馆之中的。有的时候，一个黄昏要赶着去赴三四处的宴会。这些忙碌的交际者真是妓女一样，在这里坐一坐，就走开了，又赶到另一个地方去了，在那一个地方又只略坐一坐，又赶到再一个地方去了。他们的肚子定是不会饱的，我想。有几个这样的交际者，当酒阑灯池，应酬完毕之后，定是回到家中，叫底下人烧了稀饭来堆补空肠的。

我们在广漠繁华的上海，简直是一个村气十足的“乡下人”；我们住的是乡下，到“上海”去一趟是不容易的，我们过的是乡间的生活，一月中难得有几个黄昏是在“应酬”场中度过的。有许多人也许要说我们是“孤介”，那是很清高的一个名词。但我们实在不是如此，我们不过是不惯征逐于酒肉之场，始终保持着不大见世面的“乡下人”的色彩而已。

偶然的有几次，承一二个朋友的好意，邀请我们去赴宴。在座的至多只有三四个熟人，那一半生客，还要主人介绍或自己去请教尊姓大名，或交换名片，把应有的初见面的应酬的话讷讷地说完了之后，便默默地相对无言了。说的话都不是有着落，都不是从心里发出的；泛泛的，是几个音声，由喉咙头溜到口外的而已。过后自己想起那样的敷衍的对话，未免要为之失笑。如此的，说是一个黄昏在繁灯絮语之宴席上度过了，然而那是如何没有生趣的一个黄昏呀！

有几次，席上的生客太多了，除了主人之外，没有一个是认识的；请教了姓名之后，也随即忘记了。除了和主人说几句话之外，简直的无从和他们谈起。不晓得他们是什么行业，不晓得他们是什么性质的人，有话在口头也不敢随意地高谈起来。那一席宴，真是如坐针毡；精美的羹菜，一碗碗地捧上来，也不知是什么味儿。终于忍不住了，只好向主人撒一个谎，说身体不大好过，或说是还有应酬，一定要去的。——如果在谣言很多的这几天当然是更好托词了，说我怕戒严提早，要被留在华界之外——虽然这是礼貌的，不大应该的，虽然主人是照例殷勤地留着，然而我却不顾一切地不得不走了。这个黄昏实在是太难挨得过去了！回到家里以后，买了一碗稀饭，即使只有一小盏萝卜干下稀饭，反而觉得舒畅，有意味。

如果有什么友人做喜事，或寿事，在某某花园，某某旅社的大厅里，大张旗鼓地宴客，不幸我们是被邀请了，更不幸我们是太熟的友人，不能不到，也不能道完了喜或拜完了寿，立刻就托词溜走的，于是这又是一个可怕的黄昏。常常地张大了两眼，在寻找熟人，好容易找到了，一定要紧紧地和他们挤在一起，不敢失散。到了坐席时，便至少有两三人在一块儿可以谈谈了，不至于一个人独自地局促在一群生面孔的人当中，惶恐而且空虚。当我们两三个人在津津有味地谈着自己的事时，偶然抬起眼来看着对面的一个坐客，他是凄然无侣地坐着；大家酒杯举了，他也举着；菜来了，一个人说：“请，请。”同时把牙箸伸到盘边，他也说：“请，请。”也同样地把牙箸伸出。除了吃菜之外，他没有目的，菜完了，他便局促地独坐着。我们见了他，总要代他难过，然而他终于能够终了席方才起身离座。

宴会之趣味如果仅是这样的，那么，我们将咒诅那第一个发明请客的人；喝酒的趣味如果仅是这样的，那么，我们也将打倒杜康与狄奥尼修士了。

然而又有的宴会却幸而并不是这样的；我们也还有别的可以引起喝酒的趣味的环境。

独酌，据说，那是很有意思的。我少时，常见祖父一个人执了一把锡的酒壶，把黄色的酒倒在白磁小杯里，举了杯独酌着；喝了一小口，真正一小口，便放下了，又拿起筷子来夹菜。因此，他食得很慢，大家的饭碗和碗都已放下了，且已离座了，而他却还在举着酒杯，不匆不忙地喝着。他的吃饭，尚在再一个半点钟之后呢。而他喝着酒，颜微酡着，常常叫道：“孩子，来！”而我们便到了他的跟前，他夹了一块只有他独享着的菜蔬放在我们口中，问道：“好吃吗？”我们往往以点点头答之，在孙男与孙女中，他特别地喜欢我，叫我前去的时候尤多。常常地，他把有了短髭的嘴吻着我的面颊。微微有些刺痛，而他的酒气从他的口鼻中直喷出来。这是使我很难受的。

这样的，他消磨过了一个中午和一个黄昏。天天都是如此。我没有享受过这样的乐趣。然而回想起来，似乎他那时是非常的高兴，他是陶醉着，为快乐的雾所围着，似乎他的沉重的忧郁都从心上移开了，这里便是他的全个世界，而全个世界也便是他的。

别一个宴之趣，是我们近几年所常常领略到的，那就是集合了好几个无所不谈的朋友，全座没有一个生面孔，在随意地喝着酒，吃着菜，上天下地地谈着。有时说着很轻妙的话，说着很可发笑的话，有时是如火如剑的激动的话，有时是深切的论学谈艺的话，有时是随意地取笑着，有时是面红耳热地争辩着，有时是高妙的理想在我们的谈锋上触着，有时是恋爱的遇合与家庭的与个人的身世使我们谈个不休。每个人都把他的心胸赤裸裸地袒开了，每个人都把他的向来不肯给人看的面孔显露出来了；每个人都谈着，谈着，谈着，只有更兴奋地谈着，毫不觉得“疲倦”是怎么一个样子。酒是喝得干了，菜是已经没有了，而他们却还是谈着，谈着，谈着。那个地方，即使是很喧闹的，很湫狭的，向来所不愿意多坐的，而这时大家却都忘记了这些事，只是谈着，谈着，谈着，没有一个人愿意先说起告别的话。要不是为了戒严或家庭的命令，竟不会有人想走开的。虽然这些闲谈都是琐屑之至的，都是无意味的，而我们却已在其间得到宴之趣了——其实在这些闲谈中，我们是时时可发现许多珠宝的；大家都互相地受着影响，大家都更进一步了解他的同伴，大家都可以从那里得到些教益与利益。

“再喝一杯，只要一杯，一杯。”

“不，不能喝了，实在的。”

不会喝酒的人每每这样被强迫着而喝了过量的酒。面部红红的，映在灯光之下，是向来所未有的壮美的风采。

“圣陶，干一杯，干一杯！”我往往地举起杯来对着他说，我是很喜欢一口一杯地喝酒的。

“慢慢的，不要这样快，喝酒的趣味，在于一小口一小口地喝，不在于‘干杯’！”圣陶反抗似的说，然而终于他是一口干了。一杯又是一杯。

连不会喝酒的愈之、雁冰，有时，竟也被我们强迫地干了一杯。于是大家哄然地大笑，是发出于心之绝底的笑。

再有，佳年好节，合家团团地坐在一桌上，放了十几双的红漆筷子，连不在家中的人也都放着一双筷子，都排着一个座位。小孩子笑滋滋地闹着吵着，母亲和祖母温和地笑着，妻子忙碌着，指挥着厨房中厅堂中仆人们的做菜、端菜，那也是特有一种融融洽洽的乐趣，为孤独者所妒羡不止的，虽然并没有和同伴们同在时那样的宴之趣。

还有，一对恋人独自在酒店的密室中晚餐；还有，从戏院中偕了妻子出来，同登酒楼喝一二杯酒；还有，伴着祖母或母亲在熊熊的炉火旁边，放了几盏小菜，闲吃着宵夜的酒，那都是使身临其境的人心醉神怡的。

宴之趣是如此的不同呀！

离　别

一

别了，我爱的中国，我全心爱着的中国。当我倚在高高的船栏上，见着船渐渐地离岸了，船与岸间的水渐渐的阔了，见着许多亲友挥着白巾，挥着帽子，挥着手，说着 Adieu,Adieu! 听着鞭炮噼噼啪啪地响着，水兵们高呼着向岸上的同班告别时，我的眼眶是湿润了，我自知我的泪点已经滴在眼镜面了，镜面是模糊了，我有一种说不出的感动！

船慢慢地向前驶着，沿途见了停着的好几只灰色的白色的军舰。不，那不是悬着“青天白日满地红的”国旗的，它的旗帜是“红日”，是“蓝白红”，是“红蓝条交叉着”的联合旗，是有“星点红条”的旗！

两岸是黄土和青草，在过去是两条的青痕，再过去是地平线上的几座小岛山，海水满盈盈地照在夕阳之下，浪涛如顽皮的小童似的跳跃不定。水面上呈现出一片金光。

别了，我爱的中国，我全心爱着的中国！

我不忍离了中国而去，更不忍在这大时代中放弃每人应做的工作而去，抛弃了许多亲爱的勇士们在后面，他们是正用他们的血建造着新的中国，正在以纯挚的热诚争斗着、奋击着。我这样不负责任地离开了中国，我真是一个罪人！

然而我将在这大时代中工作着的，我将终为中国而努力，而呈献我的身，我的心；我别了中国，为的是求更好的经验，求更好的奋斗工具。暂别了，暂别了，在各方面争斗着的勇士们，我不久将以更勇猛的力量加入你们当中了。

当我归来的时候，我希望这些悬着“红日”的，“蓝白红”的，有“星点红条”的，“红蓝条交叉着”的一切旗帜的白色灰色的军舰都已不见了，代替它们的是我们的可喜爱的悬着我们的旗帜的伟大舰队。

如果它们那时还没有退去中国海，还没有为我们所消灭，那么，来，勇士们！我将加入你们的队中，以更勇猛的力量，去压迫它们，去毁灭它们！

这是我的誓言！

别了，我爱的中国，我全心爱着的中国！

二

别了，我最爱的祖母、母亲、妹妹以及一切亲友们！我没有想到我动身得那么匆促。我决定动身，是在行期前的七天；跑去告诉祖母和许多亲友们，是在行期前的五天。我想我们的别离至多不过是两年、三年，然而我心里总有一种离愁堆积着。两三年的时光，在上海住着是如燕子疾飞似的匆匆滑过去了，然而在孤身栖止于海外的游子看来，是如何漫长的一个时间呀！在倚闾而望游子归来的祖母、母亲们和数年来终日聚首的爱友们看来，又是如何漫长的一个时期呀！祖母在半年来，身体又渐渐地回复康健了，精神也很好，所以我敢于安心远游。要在半年前，我真的不忍与她相别呢！然而当她听见我要远别的消息时，她口里不说什么，还很高兴地鼓励着我，要我保重自己的身体，在外不像在家，没有人细心照应了，饮食要小心，被服要盖得好些，落在床下是不会有人来拾起了；又再三叮嘱着我，能够早回，便早些回来。她这些话是安舒地慈爱地说着的，然而在她慢缓的语声中，在她微蹙的眉尖上，我已看出她是满孕着难告的苦闷与别意。不忍与她的孩子离别，而又不忍阻挡他的前进，这其间是如何的踌躇苦恼、不安！人非铁石，谁不觉此！第二天，第三天，她的筋痛的旧病，便又微微地发作了。这是谁的罪过！行期前一天的晚上，我去向她告别，勉强装出高兴的样子，要逗引开她的忧怀别绪；她也勉强装着并不难过的样子，这还不是她也怕我伤心吗？在强装的笑容间，我看出万难遮盖的伤别的阴影。她强忍着呢！以全力忍着呢！母亲也是如此，假定她们是哭了，我一定要弃了我离国的决心，一定的！这夜临别时，我告诉她们说，第二天还要来一次。但是，不，第二天，我绝不敢再去向她们告别了。我真怕摇动了我的离国的决心！我宁愿负一次说谎的罪，我宁愿负一次不去拜别的罪！

岳父是真希望我有所成就的，他对于我的离国，用全力来赞助。他老人家仆仆地在路上跑，为了我的事，不知有几次了！托人，找人帮忙，换钱……都是他在忙着。我不知将如何说感谢的话好！然而临别时，他也不免有戚意。我看他扶着筬，在太阳光中忙乱的码头上站着，挥着手，我真的感动得说不出话来。

许多朋友，亲戚……他们都给我以在我预想以上之帮忙与亲切的感觉，这使我更不忍于离别了！

果然如此的轻于言离别，而又在外游荡着，一无成就，将如何地伤了祖母、母亲、岳父以及一切亲友的心呢！

别了，我最爱的祖母以及一切亲友们！

三

当我与岳父同车到商务去时，我首先告诉他我将于 21 日动身了。归家时，我将这话第二次告诉给箴，她还以为我是与她开开玩笑的。

“哪里的话！真的要这么快就动身么？”

“哪一个骗你，自然是真的，因为有同伴。”

她还不信，摇摇头道：“等爸爸回来问他看。你的话不能信。”

岳父回家，她真的去问了。

“哪里会假的，振铎一定要动身了，只有六七天工夫，快去预备行装！”他微笑地说着。

箴有些愕然了：“爸爸也骗我！”

“并没有骗你，是一点不假的事。”他正经地说道。

她不响了，显然心上罩了一层殷浓的苦闷。

“铎，你为什么这样快动身？再等几时，8 月间再走不好么？”箴的话有些生涩，不如刚才的轻快了。

一天天地过去，我们俩除同出去置办行装外，相聚的时候很少。我每天还去办公，因为有许多事要结束。

每个黄昏，每个清晨，她都以同一的凄声向我说道：“铎，不要走了吧！”

“等到 8 月间再走不好么？”

我踌躇着，我不能下一个决心，我真的时时刻刻想不走。去年我们俩一天的相离，已经不可忍受了，何况如今是两三年的相别呢？

我真的不想走！

“泪眼相见，觉无语幽咽。”在别前的三四天已经是如此了。每天的早餐，我都咽不下去，心上似有千百重的铅块压着，说不出的难过。当护照没有签好字时，箴暗暗地希望着英、法领事拒绝签字，于是我可以不走了。我也竟是如此暗暗地希望着。

当许多朋友请我们饯别宴上，我曾笑对他们说道：“假定我不走呢，吃了这一顿饭要不要奉还？”这不是一句笑话，我是真的这样想呢。即在整理行装时，我还时时地这样暗念着：姑且整理整理，也许去不成。

然而护照终于签了字，终于要于第二天动身了。

只有动身的那一天早晨，我们俩是始终地聚首着。我们同倚在沙发上。有千万语要说，却一句也都说不出，只是默默地相对。

箴呜咽地哭了，我眼眶中也装满了热泪。谁能吃得下午饭呢！

码头上，握了手后，我便上船了。船上催送客者回去的铃声已经叮叮地摇着了。我倚在船栏上，她站在岳父身边，暗暗地在拭泪。中间隔的是几丈的空间，竟不能再一握手，再一谈话。此情此景，将何以堪！最后，岳父怕她太伤心了，便领了她先去。那临别的一瞬，她已经不能再有所表示了，连手也不能挥送，只慢慢地走出码头，她的手握着白巾，在眼眶边不停地拭着。我看着她的黄色衣服，她的背影，渐渐地远了，消失在过道中了！

“黯然魂销者唯别而已矣！”

Adieu！ Adieu!

希望几个月之后——不敢望几天或几十天，在国外再有一次“不速之客”的经历。

“别离”，那真不是容易说的！

海燕

乌黑的一身羽毛，光滑漂亮，积伶积俐，加上一双剪刀似的尾巴，一对劲俊轻快的翅膀，凑成了那样可爱的活泼的一只小燕子。当春间二三月，轻飔微微地吹拂着，如毛的细雨无因地由天上洒落着，千条万条的柔柳，齐舒了它们的黄绿的眼，红的白的黄的花，绿的草，绿的树叶，皆如赶赴市集者似的奔聚而来，形成了烂漫无比的春天时，那些小燕子，那么伶俐可爱的小燕子，便也由南方飞来。加入了这个隽妙无比的春景的图画中，为春光平添了许多的生趣。小燕子带了它的双剪似的尾，在微风细雨中，或在阳光满地时，斜飞于旷亮无比的天空之上，唧的一声，已由这里稻田上飞到了那边的高柳之下了。再几只却隽逸地在粼粼如縠纹的湖面横掠着，小燕子的剪尾或翼尖，偶沾了水面一下，那小圆晕便一圈一圈地荡漾了开去。那边还有飞倦了的几对，闲散的憩息于纤细的电线上——嫩蓝的春天，几支木杆，几痕细线连于杆与杆间，线上是停着几个粗而有致的小黑点，那便是燕子，是多么有趣的一幅图画呀！还有一家家的快乐家庭，他们还特为我们的小燕子备了一个两个小巢，放在厅梁的最高处，假如这家有了一个匾额，那匾后便是小燕子最好的安巢之所。第一年，小燕子来往了，第二年，我们的小燕子，就是去年的一对，它们还要来住。

“燕子归来寻旧垒。”

还是去年的主，还是去年的宾，他们宾主间是如何的融融洽洽呀！偶然的有几家，小燕子却不来光顾，那便很使主人忧戚，他们邀召不到那么隽逸的嘉宾，每以为自己运命的蹇劣呢。

这便是我们故乡的小燕子，可爱的活泼的小燕子，曾使几多的孩子们欢呼着、注意着、沉醉着，曾使几多的农人们市民们忧戚着，或舒怀地指点着，且曾平添了几多的春色，几多的生趣于我们的春天的小燕子！

如今，离家是几千里！离国是几千里！托身于浮宅之上，奔驰于万顷海涛之间，不料却见着我们的小燕子。

这小燕子，便是我们故乡的那一对，两对么？便是我们今春在故乡所见的那一对，两对么？

见了它们，游子们能不引起了，至少是轻烟似的，一缕两缕的乡愁么？

海水是皎洁无比的蔚蓝色，海波是平稳得如春晨的西湖一样，偶有微风，只吹起了绝细绝细的千万个粼粼的小皱纹，这更使照晒于初夏之太阳光之下的、金光烂灿的水面显得温秀可喜。我没有见过那么美的海！天上也是皎洁无比的蔚蓝色，只有几片薄纱似的轻云，平贴于空中，就如一个女郎，穿了绝美的蓝色夏衣，而颈间却围绕了一段绝细绝轻的白纱巾。我没有见过那么美的天空！我们倚在青色的船栏上，默默地望着这绝美的海天；我们一点杂念也没有，我们是被沉醉了，我们是被带入晶天中了。

就在这时，我们的小燕子，二只，三只，四只，在海上出现了。它们仍是隽逸的从容的在海面上斜掠着，如在小湖面上一样；海水被它的似剪的尾与翼尖一打，也仍是连漾了好几圈圆晕。小小的燕子，浩莽的大海，飞着飞着，不会觉得倦吗？不会遇着暴风疾雨吗？我们真替它们担心呢！

小燕子却从容地憩着了。它们展开了双翼，身子一落，落在海面上了，双翼如浮圈似的支持着体重，活是一只乌黑的小水禽，在随波上下地浮着，又安闲，又舒适。海是它们那么安好的家，我们真是想不到。

在故乡，我们还会想象得到我们的小燕子是这样的一个海上英雄吗？

海水仍是平贴无波，许多绝小绝小的海鱼，为我们的船所惊动，群向远处窜去；随了它们飞窜着，水面起了一条条的长痕，正如我们当孩子时之用瓦片打水漂在水面所划起的长痕。这小鱼是我们小燕子的粮食吗？

小燕子在海面上斜掠着，浮憩着。它们果是我们故乡的小燕子吗？

啊，乡愁呀，如轻烟似的乡愁呀！

同舟者

今天午餐刚毕，便有人叫道："快来看火山，看火山！"我们知道是经过意大利了，经过那风景秀丽的意大利了；来不及把最后的一口咖啡喝完，便飞快地跑上了甲板。

船在意大利的南端驶过，明显地看得见山上的树木，山旁的房屋。转过了一个弯，便又看见西西利岛的北部了；这个山峡，水是镜般平。有几只小舟驶过，那舟上的摇橹者也可明显的数得出是几个人。到了下午2时，方才过尽了这个山峡。

啊，我们是已经过意大利了，我们是将到马赛了；许多人都欣欣的喜色溢于眉宇，而我们是离家远了，更远了！

啊，我们是将与一月来相依为命的"阿托士"告别了，将与许多我们所喜的所憎的许多同舟者告别了。这个小小的离愁也将使我们难过。真的是，如今船中已是充满了别意了。一个军官走过来说：

"明天可以把椅子抛在海上了。"

一个葡萄牙水兵操着同我们说的一般不纯熟的法语道：

"后天，早上，再会，再会！"

有的人在互抄着各人的通信地址，有的人在写着要报关的货物及衣服单，有的人在忙着收拾行装。

别了，别了，我们将与这一月来所托命的“阿托士”别了！

在这将离别的当儿，我们很想恰如其真地将我们的几个同舟者写一写，他们有的是曾给我们以许多帮忙，有的是曾使我们起了很激烈的恶感的。然而，谢上帝，我是自知自己的错误了，在我们所最厌恶者之中，竟有好几个是使我们后来改变了厌恶的态度的。愿上帝祝福他们！我是如何的自惭呀！我觉得没有一个人是压根儿的坏的，我们应该爱人类，爱一切的人类！

第一个使我们想起的是一位葡萄牙太太和她的公子。她是一位真胖的女子，终日喋喋多言。自从香港上船后，一班军官便立刻和她熟悉了，有说有笑的，态度很不稳重。许多正人君子，便很看不起她。在甲板上，在餐厅中，她立刻是一个众目所注的中心人物了。然而，后来我们知道她并不是十分坏的人。在印度洋大风浪中的几天，她都躺在房中没出来，也没人去理会她——饭厅中又已有了一个更可注目的人物了，谁还理会到她。这个后来的人物，我下文也要一写——据说，她晕船了，然而在头晕脚软之际，还勉强地挣扎着为她儿子洗衣服。刚洗不到一半，便又软软地躺在床上轻叹了一口气。她同我们很好。在晕船那几天，每天傍晚，都借了我的藤椅，躺在甲板上休息着。那几天，刚好魏也有病，他的椅子空着，我自然是很乐意地把自己所不必用的椅子借给她。她坐惯了我的椅子，每天都自动地来坐。她坐在那里，说着她的丈夫，说着她的跳舞，“别看我身子胖，许多人和我跳舞过的，都很惊诧于我的‘身轻如燕’呢”；还说着她女儿时代的事，说着她剖了肚皮把孩子取出的事，说着她儿子的不听话而深为叹息。她还轻声地唱着，唱着。听见三层楼客厅里的隐约的音乐声，便双脚在甲板上轻蹬着，随了那隐约的乐声。船过了亚丁，是风平浪静了，许多倒在床上的人都又立起来活动着。魏的病也好了。我于每日午、晚二餐后，便有无椅可坐之感，然而我却是不能久立的。于是，踌躇又踌躇，有一天黄昏，只得向她开口了：

“夫人，我坐一会儿椅子可以不可以？”

她立刻站起来了，说道：“拿去，拿去！”

“十分的对不起！”

“不要紧，不要紧。”

我把我的椅子移到西边坐着，我们的几个人都在一处。隔了不久，她又立在我们附近的船栏旁了，且久立着不走。我非常难过，很想站起来让她，然怕自此又成了例，只得踌躇着，踌躇着，这些时候是我在船上所从没有遇到的难过的心境，然而她终于走开了。自此。她有一两天不上甲板，还有一顿饭是房里吃的。后来，即上了甲板，也永远不再坐着我们的椅子。我一见她的面，我便难过，我只想躲避了她。

她的儿子 Jim 最初也使我们不喜欢，一脸的顽皮相，我们互相说道：“这孩子，我们别惹他吧。”真的，我们一个人也不曾理他。他只同些军官们闹闹，隔了好几天，他也并不见怎么爱闹，我开始见出我的错误。到西贡后，船上又来了二个较小的孩子。Jim 带领了他们玩，也不大欺负他们。我们看不出他的坏处。在他的十岁生日时，我还为他和他母亲照了一个相。然而他母亲却终于在这日没有一点举动，也没有买一点礼物给他。在这一路上，没有见他吃过一点零食，没有见他哭过一声，对母亲也还顺和。别人上岸去，带了一包一包东西回来，他从来没有闹着要；许多卖杂物的人上船来，他也从不向他母亲要一个两个钱来买。这样的孩子还算是坏吗？我颇难过自己最初对他之有了厌恶心。学昭女士还说——她本是与他们同一个房间的——每天早晨起来时，或每晚就寝时，这个孩子，一定要做一回祷告；这个小小的人儿，穿着睡衣，赤着足儿，跪在地上箱上，或板上，低声合掌地念念有词；念完了，便睁开眼望着他母亲叫了声“妈”。这幅画够多么动人！

一位白发萧萧的老头儿，在西贡方才上船来，他的饭厅上的座位，恰好可以给我们看得见。我不晓得他已有了多少年纪，只看他向下垂挂着的白须，迎着由窗口吹进来的风儿，一根根的微飘着；那样的银须呀，至少增加他以十分的庄严，十二分的美貌。他没有一个朋友，镇日坐着走着，精神仿佛很好。过了好几天，他忽然对我们这几个人很留意。他最先送了一个礼物来，那是由他亲手做成的，一个用线和硬纸板剪缀成的人形，把线一拉手足便会活动着。纸上还用钢笔画了许多眉目口鼻之类。老实说，这人形并不漂亮，然而这老人的皱纹重重的手中做出的礼物，我们却不能不慎重地领受着，慎重地保存着。他很好事，常常到我们桌子上来探探问问。什么在他看来都是新奇的：照相机也要看看，饼干也要问这是中国的或别国的；还很诧异地看着我们写字；我写着横行的字，这使他更奇怪：“是中国字吗？中国是直行向下写的。”直到了我们告诉他这是新式的写法，他方才无话，然而“诧异”似还挂在他的眉宇间。有一天，他看见一位穿着牧师的黑衣的西班牙教士来探望我们，他一直注目不已。这位教士刚走出饭厅门口，他便跑来殷殷地查问了：“是中国人吗？是天主教牧师吗？”人家说，老人是像孩子的。这句话真不错，他简直是一位孩子。听说——因为我没有看见——那几天他执了剪刀、硬纸板、针和线，做了不少这些活动的人形分给同饭厅的孩子们，然而没有一个孩子和他亲热。军官们、少年们、太太们，没有一个人理会他。这几天，他是由房里取出一个袋子来，独自坐在椅上，把袋子里的绒线、长针都搬出，在那里一针一针地编织着绒线衣衫。他织得真不坏！这绒线衫是做了给谁的呢？我猜不出，我也不想猜。然而我每见了这位白发萧萧而带着童心的孤独的老人，我便不禁有一种无名的感动。

一位瘦瘦的男人，和一位瘦瘦的他的妻，最惹我们讨厌。第一天上船，他们的一个小孩子便啼哭不止，几乎是整夜地哭。徐、袁、魏三位的房门恰对着他的房门。他们谈话的声音略高，那瘦丈夫便跑来干涉，说是怕扰了孩子的睡眠。他们门窗没有放下，那瘦丈夫又跑来说，有女太太在对门不方便。这使他们非常的气愤。那样瘦得只剩皮和骷髅的脸，唇边两劈（撇）乌浓的黑胡子，一见面便使人讨厌。后来，他们终于迁居了一个房间，仿佛孩子也从此不哭了。他们夫妻俩似乎也很沉默，不大和人说话，我们也不大理会他们。他们那两个孩子可真有趣，大的女孩不过五岁，已经能够做事了——当她母亲晕船的那几天，她每顿饭总要跑好几趟路，又是面包、冷水，又是菜。我见了那小小的人儿、小小的手儿，郑重其事地把大盆子、大水杯子捧着，走过我的面前，我几乎要脱口地说道：“小小的朋友，让我替你拿去了吧。”当然，这不过是一瞬间的幻想，并没有真的替她拿过。他们的小女孩子，那是更小了，需有人领着，才会在甲板上走。她那双天真的小黑眼，东方人的圆圆的小脸，常常笑着看着人。我不相信，她便是那位曾终夜啼哭过的孩子。

再有，上文说起过的那位胖女人，她也是由西贡上船来的。我不是说过了么，有了她一上船，那位葡萄牙太太便失了为军官们所注意的中心人物吗？她胖得真可笑，身重至少比那位葡萄牙的胖太太要加重二分之一。她终日的笑声不绝，和那些军官玩笑得更为下流。我们不由得不疑心她是一个妓女。那些和她开玩笑的军官，都是存心要逗她玩玩的，只要看他们那样的和同伴们挤小眼儿便可见，然而她似乎一点也没有觉到这些。她是真心真意地说着、笑着、唱着、闹着、快乐着，不惜以她自己为全甲板、全饭厅的人的笑料。没有一个人见了她不摇摇头。她常不穿袜子，裸着半个上身，半个下身，拖着一双睡鞋，就这样地入饭厅、上甲板。啊，那肥胖到褶挂下来的黄色肌肉，走一步颤抖一下的，使我见了几乎要发呕。我躺在藤椅上，一见她走过便连忙闭了眼不敢望她一下。没有一个同舟的人比之她使我更厌恶的。有一次，她忽然和一位兔脸儿的军官，大开玩笑。她收集了好几瓶的未吃的红酒，由这桌到那桌地收集着，尽往兔脸军官那儿送去。兔脸军官立了起来，满怀抱都是酒瓶。他做的那副神情真使人发笑，于是全饭厅的人都拍了掌。从这一天起，她便每天由这桌到那桌地收集了红酒往兔脸军官那儿送去。只有我们这个桌子，她没有来光顾过；她往往望着我们的酒瓶，我们的酒瓶早已空了。有一天，隔壁桌儿上的军官，故意地把水装满了一瓶放在我们桌上。她来取了，倒还机灵，先倒来一试，说道水，又还给我们了。总算我们的桌上，她是始终没有光顾过。后来，船到了波赛，不知什么时候她已上岸了。她的座位上换了一个讨厌的新闻记者，而饭厅里不复闻有笑声。

讲起兔脸军官来，我也觉得了自己的错误，有一天，他在Lavatory门口对我说了一声“Bon jour”，我勉强地还了一声。然而他除了和胖女人逗趣外，并无别的讨厌的事。在甲板上，他常常带领了几个孩子们玩耍，细心而且体贴。Jim连连地捏了他的红鼻子，他并不生气，只是笑嘻嘻的，还替两个孩子造了两个小车，放在满甲板上跑。他总是嘻嘻笑的，对了我总是点头。

啊，在这里，人是没有讨厌的，我是自知自己的错误了。然而那瘦脸的新闻记者，那因偷钱而被贬入四等舱而常到三等舱来的魔术家，我却是始终讨厌他们的。

不，上帝原谅我，我没有和他们深交，作兴他们也有可爱之处而为我们所不知道呢！

还有，许许多多的军官、同伴，帮忙我们不少的，早有别的人写了，我且不重复，姑止于此。

我在此，得了一个大教训，是：人都是好的。

黄昏的观前街

我刚从某一个大都市归来。那一个大都市，说得漂亮些，是乡村的气息较多于城市的。它比城市多了些乡野的荒凉况味，比乡村却又少了些质朴自然的风趣。疏疏的几簇住宅，到处是绿油油的菜圃，是蓬篙没膝的废园，是池塘半绕的空场，是已生了荒草的瓦砾堆。晚间更是凄凉。太阳刚刚西下，街上的行人便已“寥若晨星”。在街灯如豆的黄光之下，踽踽地独行着，瘦影显得更长了，足音也格外的寂寥。远处野犬，如豹的狂吠着。黑衣的警察，幽灵似的扶枪立着。在前面的重要区域里，仿佛有“站住！”“口号！”的呼叱声。我假如是喜欢都市生活的话，我真不会喜欢到这个地方；我假如是喜欢乡间生活的话，我也不会喜欢到这个所在。我的天！还是趁早走了吧。（不仅是“浩然，”简直是“凛然有归志”了！）

归程经过苏州，想要下去，终于因为舍不得抛弃了车票上的未用尽的一段路资，蹉跎地被火车带过去了，归后不到三天，长个子的樊与矮而美髯的孙，却又拖了我逛苏州去。早知道有这一趟走，还不中途而下，来得便利吗？

我的太太是最厌恶苏州的，她说舒舒服服地坐在车上，走不了几步，却又要下车过桥了。我也未见得十分喜欢苏州：一来是，走了几趟都买不到什么好书；二来是，住在阊门外，太像上海，而又没有上海的繁华。但这一次，我因为要换换花样，却拖他们住到城里去。不料竟因此而得到了一次永远不曾领略到的苏州景色。

我们跑了几家书铺，天色已经渐渐地黑下来了，樊说："我们找一个地方吃饭吧。"饭馆里是那么样的拥挤，走了两三家，才得到了一张空桌。街上已上了灯。楼窗的外面，行人也是那么样的拥挤。没有一盏灯光不照到几堆子人的，影子也不落在地上，而落在人的身上。我不禁想起了某一个大城市的荒凉情景，说道："这才可算是一个都市！"

这条街是苏州城繁华的中心的观前街。玄妙观是到过苏州的人没有一个不熟悉的；那么粗俗的一个所在，未必有胜于北平的隆福寺、南京的夫子庙、扬州的教场。观前街也是一条到过苏州的人没有一个不曾经过的，那么狭小的一道街，三个人并列走着，便可以不让旁的人走，再加之以没头苍蝇似的乱钻而前的人力车，或萝或桶的一担担的水与蔬菜，混合成了一个道地的中国式的小城市的拥挤与纷乱无秩序的情形。

然而，这一个黄昏时候的观前街，却与白昼大殊。我们在这条街上舒适地散着步，男人，女人，小孩子，老年人，摩肩接踵而过，却不喧哗，也不推拥。我所得的苏州印象，这一次可说是最好。——从前不曾于黄昏时候在观前街散步过。半里多长的一条古式的石板街道，半部车子也没有，你可以安安稳稳地在街心踱方步。灯光耀耀煌煌的，铜的，布的，黑漆金字的市招，密簇簇地排列在你的头上，一举手便可触到了几块。茶食店里的玻璃匣，亮晶晶地在繁灯之下发光，照得匣内的茶食通明地映入行人眼里，似欲伸手招致他们去买几色苏制的糖食带回去。野味店的山鸡野兔，已烹制的，或尚带着皮毛的，都一串一挂地悬在你的眼前——就在你的眼前，那香味直扑到你的鼻上。你在那里，走着，走着。你如走在一所游艺园中。你如在暮春三月，迎神赛会的当儿，挤在人群里，跟着他们跑，兴奋而感到浓趣。你如在你的少小时，大人们在做寿，或娶亲，地上铺着花毯，天上张着锦幔，长随打杂老妈丫头，客人的孩子们，全都穿戴着崭新的衣帽，穿梭似的进进出出，而你在其间，随意地玩耍，随意地奔跑。你白天觉得这条街狭小，在这时，你才觉这条街狭小得妙。她将你紧压住了，如夜间将自己的手放在心头，做了很刺激的梦；他将你紧紧地拥抱住了，如一个爱人身体的热情的拥抱；她将所有的宝藏，所有的繁华，所有的可引动人的东西，都陈列在你的面前，即在你的眼下，相去不到三尺左右，而别用一种黄昏的灯纱笼罩了起来，使它们更显得隐约而动情，如一位对窗里面的美人，如一位躲于绿帘后的少女。她假如也像别的都市的街道那样的开朗阔大，那么，便将永远感不到这种亲切的繁华的况味，你便将永远受不到这种紧紧地箍压于你的全身，你的全心的燠暖而温馥的情趣了。你平常觉得这条街闲人太多，过于拥挤，在这时却正显得人多的好处。你看人，人也看你；你的左边是一位时装的小姐，你的右边是几位随了丈夫父亲上城的乡姑，你的前面是一二位步履维艰的道地的苏州佬，一二位尖帽薄履的苏式少年，你偶然回过头来，你的眼光却正碰在一位容光射人，衣饰过丽的少奶奶的身上。你的团团转转都是人，都是无关系的无关心的最驯良的人；你可以舒舒适适地踱着方步，一点也不用担心什么。这里没有趁机的偷盗，没有诱人入魔窟的“指导者”，也没有什么风驰电掣、左冲右撞的一切车子。每一个人都是那么安闲地散步着，散步着；川流不息地在走，肩摩踵接地在走，他们永不会猛撞着你身上而过。他们走得那么安闲，那么小心。你假如偶然过于大意地撞了人，或踏了人的足——那是极不经见的事！他们抬眼望了你，你对他们点点头，表示歉意，也就算了。大家都感到一种的亲切，一种的无损害，一种的无忧无虑的生活；大家都似躲在一个乐园中，在明月之下，绿林之间，悠闲地微步着，忘记了园外的一切。

那么鳞鳞比比的店房，那么密密接接的市招，那么耀耀煌煌的灯光，那么狭狭小小的街道，竟使你抬起头来，看不见明月，看不见星光，看不见一丝一毫的黑暗的夜天。她使你不知道黑暗，她使你忘记了这是夜间。啊，这样的一个“不夜之城”！

“不夜之城”的巴黎，“不夜之城”的伦敦，你如果要看，你且去歌剧院左近走着，你且去辟加德莱圈散步，准保你不会有一刻半秒的安逸；你得时时刻刻地担心，时时刻刻地提防着，大都市的灾害，是那么多，每个人都是匆匆地走灯似的向前走，你也得匆匆地走；每个人都是紧张着，矜持着，你也自然得会紧张着，矜持着。你假如走惯了黄昏时候的观前街，你在那里准得要吃大苦头。除非你已将老脾气改得一干二净。你假如为店铺的窗中的陈列品所迷住了，譬如说，你要站住了仔仔细细地看一下，你准得要和后面的人猛碰一下，他必定要诧异地望了望你，虽然嘴里说的是“对不起”，你也得说“对不起”。然而你也饱受了他，以至他们的眼光的奚落。你如走到了歌剧院的阶前，你如走到了那尔逊的像下，你将见斗大的一个个市招或广告牌，闪闪在放光；一片的灯光，映射得半个天空红红的。然而那里却是如此的开朗敞阔、建筑物又是那么的宏伟，人虽拥挤。却是那样的藐小可怜，Taxi 和 Bus 也如小甲虫似的，如红蚁似的在一连串地走着。大半个天空是黑漆漆的，几颗星在冷冷地睒着眼看人。大都市的荣华终敌不住黑夜的侵袭。你在那里，立了一会儿，只要一会儿，你便将完全地领受到夜的凄凉了。像观前街那样的燠暖温馥之感，你是永远得不到的。你在那里是孤零的，是寂寞的，算不定会有什么飞灾横祸光临到你身上，假如你要一个不小心。像在观前街的那么舒适无虑的亲切的感觉，你也是永远不会得到的。

有观前街的燠暖温馥与亲切之感的大都市，我只见到了一个委尼司；即在委尼司的 St.Mark 方场的左近。那里也是充满了闲人，充满了紧压在你身上的燠暖的情趣的；街道也是那么狭小，也许更要狭，行人也是那么拥挤，也许更要拥挤，灯光也是那么辉辉煌煌的，也许更要辉煌。有人口口声声地称呼苏州为东方的委尼司；别的地方，我看不出，别的时候，我看不出，在黄昏时候的观前街，我却深切地感到了。——虽然观前街少了那么宏丽的 Piazza of St.Mark，少了那么轻妙的此奏彼息的乐队。

访笺杂记

我搜求明代雕版画已十余年。初仅留意小说戏曲的插图，后更推及于画谱及他书之有插图者。所得未及百种。前年冬，因偶然的机缘，一时获得宋、元及明初刊印的出相佛道经二百余种。于是宋、元以来的版画史，粗可踪迹。间亦以余力，旁骛清代木刻画籍。然不甚重视之。像《万寿盛典图》《避暑山庄图》《泛槎图》《百美新咏》一类的画，虽亦精工，然颇嫌其匠气过重。至于流行的笺纸，则初未加以注意。为的是十年来，久和毛笔绝缘。虽未尝不欣赏《十竹斋笺谱》《萝轩变古笺谱》，却视之无殊于诸画谱。

约在六年前，偶于上海有正书局得诗笺数十幅，颇为之心动；想不到今日的刻工，尚能有那样精丽细腻的成绩。仿佛记得那时所得的笺画，刻的是罗两峰的小幅山水，和若干从《十竹斋画谱》描摹下来的折枝花卉和蔬果。这些笺纸，终于舍不得用，都分赠给友人们，当作案头清供了。

这也许便是访笺的一个开始。然上海的忙碌生活，压得我透不过气来，哪里会有什么闲情逸趣来搜集什么。

1931年9月，我到北平教书。琉璃厂的书店，断不了我的足迹。有一天，偶过清秘阁，选购得笺纸若干种，颇高兴，觉得较在上海所得的，刻工、色彩都高明得多了。仍只是作为礼物送人。

引起我对于诗笺发生更大的兴趣的是鲁迅先生。我们对于木刻画有同嗜。但鲁迅先生所搜求的范围却比我广泛得多了；他尝斥资重印《士敏土》之图数百部——后来这部书竟鼓动了中国现代木刻画的创作的风气。他很早便在搜访笺纸，而尤注意于北平所刻的。今年春天，我们在上海见到了。他认为北平的笺纸是值得搜访而成为专书的。再过几时，这工作恐怕要不易进行。我答应一到北平，立即便开始工作。预定只印五十部，分赠友人们。

我回平后，便设法进行刷印笺谱的工作。第一着还是先到清秘阁，在那里又购得好些笺样。和他们谈起刷印笺谱之事时，掌柜的却斩钉截铁地回绝了，说是五十部绝对不能开印。他们有种种理由：板片太多，拼合不易，刷印时调色过难；印数少，板刚拼好，调色尚未顺手，便已竣工；损失未免过甚。他们自己每次开印都是五千一万的。

"那么印一百部呢？"我道。

他们答道："且等印的时候再商量吧。"

这场交涉虽是没有什么结果，但看他们口气很松动，我想，印一百部也许不成问题。正要再向别的南纸店进行，而热河的战事开始了；接着发生喜峰口、冷口、古北口的争夺战。沿长城线上的炮声、炸弹声，震撼得这古城的人们寝食不安，坐立不宁。哪里还有心绪来继续这"可怜无补费精神"的事呢？一搁置便是一年。

9月初，战事告一段落，我又回到上海。和鲁迅先生相见时，带着说不出的凄惋的感情，我们又提到印这笺谱的事。这场可怖可耻的大战，刺激我们有立刻进行这工作的必要。也许将来便不再有机会给我们或他人做这工作！

“便印一百部，总不会没人要的。”鲁迅先生道。

“回去便进行。”我道。

工作便又开始进行。第一步自然是搜访笺样。清秘阁不必再去。由清秘阁向西走，路北第一家是淳菁阁，在那里，很惊奇地发现了许多清隽绝伦的诗笺，特别是陈师曾氏所作的，虽仅寥寥数笔，而笔触却是那样的潇洒不俗。转以十竹斋，萝轩诸笺为烦琐，为做作。像这样的一片园地，前人尚未之涉及呢！我舍不得放弃了一幅。吴待秋、金拱北诸氏所作和姚茫文氏的《唐画壁砖笺》《西域古迹笺》等，也都使我喜欢。流连到三小时以上。天色渐渐地黑暗下来，朦朦胧胧的有些辨色不清。黄豆似的灯火，远远近近地次第放射出光芒来。我不能不走。那么一大包笺纸，狼狈不堪地从琉璃厂抱到南池子，又抱到了家。心里是装载着过分的喜悦与满意。那一个黄昏便消磨在这些诗笺的整理与欣赏上。

过了五六天，又进城到琉璃厂去——自然还是为了访笺。由淳菁阁再往西走，第一家是松华斋；松华斋的对门，在路南的，是松古斋。由松华斋再往西，在路北的，是懿文斋。再西，便是厂西门，没有别的南纸店了。

先进松华斋，在他们的笺样簿里，又见到陈师曾所作的八幅花果笺，说它们“清秀”是不够的、“神采之笔”的话也有些空洞。只是赞赏，无心批判。陈半丁、齐白石二氏所作，其笔触和色调，和师曾有些同流，唯较为繁稠燠暖。他们的大胆的涂抹，颇足以代表中国现代文人画的倾向；自吴昌硕以下，无不是这样的粗枝大叶的不屑屑于形似的。我很满意地得到不少的收获。

带着未消逝的快慰，过街而到松古斋。古旧的门面，老店的规模，却不料售的倒是洋式笺。所谓洋式笺，便是把中国纸染了矾水，可以用钢笔写；而笺上所绘的大都是迎亲、抬轿、舞灯、拉车一类的本地风光；笔法粗劣，且惯喜以浓红大绿涂抹之。其少数，还保存着旧式的图版画。然以柔和的线条、温茜的色调，刷印在又涩又糙的矾水拖过的人造纸面上，却格外显得不调和。那一片一块的浮出的彩光，大损中国画的秀丽的情绪。

我的高兴的情绪为之冰结，随意地问道："都是这一类的吗？"

"印了旧样的销不出去，所以这几年来，都印的是这一类的。"

我不能再说什么，只拣选了比较还保有旧观的三盒诗笺而出。

懿文斋没有什么新式样的画笺，所有的都是光、宣时所流行的李伯霖、刘锡玲、戴伯和、李毓如诸人之作，只是谐俗的应市的通用笺而已。故所画不离吉祥、喜庆之景物，以至通俗的着色花鸟的一类东西。但我仍选购了不少。

第三次到琉璃厂，已是9月底。那一天狂飙怒号，飞沙蔽天；天色是那样惨澹可怜；顶头的风和尘吹得人连呼吸都透不过来。一阵的风沙，扑脸而来，赶紧闭了眼，已被细尘潜入，眯着眼，急速的睁不开来看见什么。本想退回去。为了像这样闲空的时间不可多得，便只得冒风而进了城。这一次是由清秘阁向东走。偏东路北，是荣宝斋，一家不失先正典型的最大的笺肆，仿古和新笺，他们都刻得不少。我们在那里，见到林琴南的山水笺、齐白石的花果笺、吴待秋的梅花笺，以及齐、王诸人合作的壬申笺、癸酉笺等，刻工较清秘为精。仿成亲王的拱花笺，尤为诸肆所见这一类笺的白眉。

半个下午便完全耗在荣宝斋，外面仍是卷尘撼窗的狂风。但我一点都没有想到将怎样艰苦地冒了顶头风而归去。和他们谈到印竹笺谱的事，他们也有难色，觉得连印一百部都不易动工。但仍是那么游移其词地回答道：“等到要印的时候再商量罢。”

我开始感到刷印笺谱的事，不像预想那么顺利无阻。

归来的时候，已是风平尘静。地上薄薄地敷上了一层黄色的细泥，破纸枯枝，随地乱掷，显示着风力的破坏的成绩。

从荣宝斋东行，过厂甸的十字路口，便是海王村。过海王村东行，路北，有静文斋，也是很火的一家笺肆。当我一天走进静文的时候，已在午后。太阳光淡淡地射在罩了蓝布套的桌上。我带着怡悦的心情在翻笺样簿。很高兴地发见了齐白石的人物笺四幅。说是仿八大山人的，神情色调都臻上乘。吴待秋、汤定之等二十家合作的梅花笺也富于繁赜的趣味。清道人、姚茫父、王梦白诸人的罗汉笺、古佛笺等，都还不坏，古色斑斓的彝器笺，也静雅足备一格。又是到上灯时候才归去。

静文斋的附近，路南，有荣禄堂，规模似很大，却已衰颓不堪。久已不印笺。亦有笺样簿，却零星散乱，尘土封之，似久已无人顾问及之。循样以求笺，十不得一。即得之，亦都暗败变色。盖搁置架上已不知若干年。纸都用舶来之薄而透明的一种，色彩偏重于浓红深绿；似意在迎合光、宣时代市人们的口味，肆主人须发皆白，年已七十余，唯精神尚矍铄。与谈往事，娓娓可听。但搜求将一小时，所得仅缦卿作的数笺。于暮色苍茫中，和这古肆告别，情怀殊不胜其凄怆。

由荣禄更东行，近厂东门，路北，有宝晋斋。此肆诗笺，都为光、宣时代的旧型，佳者殊鲜，仅选得朱良材作的数笺。

出厂东门，折而南，过一尺大街，即入杨梅竹斜街。东行数百步，路北，有成兴斋。此肆有冷香女士作的月令笺，又有清末为慈禧代笔的女画家缪素筠作的花鸟笺；在光、宣时代，似为一当令的笺店。然笺样多缺，月令笺仅存其七。

再东行，有彝宝斋，笺样多陈列窗间，并样簿而无之。选得王昭作的花鸟笺十余幅，颇可观，而亦零落不全。

以上数次的所得，都陆续地寄给鲁迅先生，由他负最后选择的责任。寄去的大约有五百数十种，由他选定的是三百三十余幅，就是现在印出的样式。

这部《北平笺谱》所以有现在的样式，全都是鲁迅先生的力量——由他倡始，也由他结束了这事。

说是访笺的经过来，也并不是没有失望与徒劳。我不单在厂甸一带访求。在别的地方，也尝随时随地地留意过，却都不曾给我以满足。好几个大市场里，都没有什么好的笺样被发现。有一次，曾从东单牌楼走到东四牌楼，经隆福寺街东口而更往北走。推门而入的南纸店不下十家，大多数只售洋纸笔墨和八行素笺。最高明的也只卖少数的拱花笺，却是那么的粗陋浮躁，竟不足以当一顾。

在厂甸，也不是不曾遇见同样狼狈的事。厂甸中段的十字街头，路南，有两家规模不小的南纸店。一名崇文斋，在路东，有笺样簿，多转贩自诸大肆者。一名中和丰，在路西，专售运动器具及纸墨。并诗笺而无之。由崇文东行数十步，路南，有豹文斋，专售故宫博物院出品，亦尝翻刻黄瘿瓢人物笺，然执以较清秘、荣宝所刻，则神情全非矣。

但北平地域甚广，搜访所未及者一定还有不少。即在琉璃厂，像伦池斋，因无笺样簿，遂至失之交臂。他们所刻“思古人笺”，版已还之沈氏，故不可得；而其王雪涛花卉笺四幅，刻印俱精，色调亦柔和可爱。惜全书已成，不及加入。又北平诸文士私用之笺纸，每多设计奇诡，绘刻精丽的。唯访求较为不易。补所未备，当俟异日。

选笺已定，第二步便进行交涉刷印。淳菁、松华、松古三家，一说便无问题。荣宝、宝晋、静文诸家，初亦坚执百部不能动工之说，然终亦答应下来。独清秘最为顽强，交涉了好几次，他们不是说百部太少不能用，便是说人工不够，没有工夫印。再说下去，便给你个不理睬。任你说得舌疲唇焦，他们只是给你个不理睬！颇想抽出他们的一部分不印。终于割舍不下溥心畬、江采诸家的二十余幅作品。再三奉托了刘淑度女士和他们商量，方才肯答应印。而色调转繁的十余幅蔬果笺，却仍因无人担任刷印而被剔出。蔬果笺刻印不精，去之亦未足惜。荣禄堂的笺纸，原只想印缦卿作的四幅。他们说，年代已久，不知板片还在否，找得出来便可开印，只怕残缺不全。但后来究竟算是找全了。

最后到彝宝斋。一位仿佛湖南口音的掌柜的，一开口便说："不能印。现在已经没有印刷这种信笺的工人了！我们自己要几千几万份的印，尚且不能，何况一百张！"我见他说得可笑，便取出些他家的定印单给他看，说道："那么别家为什么肯印呢？"他无辞可对，只得说老实话："成兴斋和我们足联号，您老到他们那里去看看吧。这些花鸟笺的板片他们那里也有。"我立刻明白那是怎么一回事，到成兴斋一打听，果然那板片已归他们所有。

看够了冰冷冷的拒人千里的面孔，玩够了未曾习惯的讨价还价、斤两计较的伎俩，说尽了从来不曾说过的无数恳托敷衍的话——有时还未免带些言不由衷的浮夸——一切都只为了这部《北平笺谱》！可算是全部工作里最麻烦，最无味的一个阶段。但不能不感激他们：没有他们的好意合作，《北平笺谱》是不会告成的。

为了访问画家和刻工的姓氏，也费了很大的工夫。有少数的画家，其姓氏是我所不知道的——我对于近代的画坛是那样的生疏！访之笺肆，亦多不知者。求之润单，间亦无之。打听了好久，有的还是见到了他的画幅，看到他的图章，方才知道。只有缦卿的一位，他的姓氏到现在还是一个谜。荣禄堂的伙计说："老板也许知道。"问之老主人则摇摇头，说："年代太久了，我已记不起来。"

刻工实为制笺的重要分子，其重要也许不下于画家。因彩色诗笺，不仅要精刻而且要就色彩的不同而分刻为若干板片；笺画之有无精神，全靠分板的能否得当。画家可以恣意地使用着颜料，刻工则必须仔细地把那么复杂的颜色，分析为四五个乃至一二十个单色板片。所以，刻工之好坏，是主宰着制笺的运命的。在《北平笺谱》里，实在不能不把画家和刻工并列着。但为了访问刻工姓名，也颇遭逢白眼。他们都觉得这是可怪的事，至多只是敷衍地回答着。有的是经了再三的追问，四处的访求，方才能够确知的。有的因为年代已久，实在无法知道。目录里所注的刻工姓名，实在是不止三易稿而后定的。宋版书多附刊刻工姓名，明代中叶以后，刻图之工，尤自珍其所作，往往自署其名，若何铃、汪士珩、魏少峰、刘素明、黄应瑞、刘应祖、洪国良、项南洲、黄子立，其尤著者。然其后则刻工渐被视为贱技；亦鲜有自标姓氏者。当此木板雕刻业像晨星似的摇摇将坠之时，而复有此一番表彰，殆亦雕版史末页上重要的文献。

淳菁阁的刻工，姓张，但不知其名。他们说，此人已死，人皆称之为张老西，住厂西门。其技能为一时之最。我根据了张老西的这个诨名，到处地打听着。后来还是托荣宝斋查考到，知道他的真名是启和。松华斋的刻工，据说是专门为他们刻笺的，也姓张。经了好几次的追问，才知道其名为东山。静文斋的刻工，初仅知其名为板儿杨；再三地恳托着去查问，才知道其名为华庭。清秘阁的刻工，也经了数次的访问后，方知其亦为张东山。因此，我颇疑刻工与制笺业的关系，也许不完全是处在雇工的地位；他们也许是自立门户，有求始应，像画家那个样子的。然未细访，不能详。

荣宝斋的刻工名李振怀，懿文斋的刻工名李仲武，松古斋的刻工名杨朝正，成兴斋的刻工名杨文、萧桂，也颇费恳托，方能访知。至于荣禄、宝晋二家，则因刻者年代已久，他们已实在记不清了，姑缺之。刻工中，以张、李、杨三姓为多，颇疑其有系属的关系，像明末之安徽黄氏、鲍氏。这种以一个家庭为中心的手工业是至今也还存在的。

刷印之工，亦为制笺的重要的一个步骤。因不仅拆板不易，即拼板、调色，亦煞费工夫。惜印工太多，不能一一记其姓名。

对此数册之笺谱，不禁也略略有些悲喜和沧桑之感。自慰幸不辜负搜访的勤劳，故记之如右。

北　平

你若是在春天到北平，第一个印象也许便会给你以十分的不愉快。你从前门东车站或西车站下了火车，出了站门，踏上了北平的灰黑的土地上时，一阵大风刮来，刮得你不能不向后倒退几步；那风卷起了一团的泥沙；你一不小心便会迷了双眼，怪难受的；而嘴里吹进了几粒细沙在牙齿间萨拉萨拉地作响。耳朵壳里，眼缝边，黑马褂或西服外套上，立刻便都积了一层黄灰色的沙垢。你到了家，或到了旅店，得仔细地洗涤了一顿，才会觉得清爽些。

“这鬼地方！那么大的风，那么多的灰尘！”你也许会很不高兴地诅咒地说。

风整天整夜地呼呼地在刮，火炉的铅皮烟通，纸的窗户，都在乒乒乓乓地相碰着，也许会闹得你半夜睡不着。第二天清早，一睁眼，呵，满窗的黄金色，你满心高兴，以为这是太阳光，你今天将可以得一个畅快的游览了。然而风声还在呼呼地怒吼着。擦擦眼，拥被坐在床上，你便要立刻懊丧起来。那黄澄澄的，错疑做太阳光的，却正是漫天漫地地吹刮着的黄沙！风声吼吼的还不曾歇气。你也许会懊悔来这一趟。

但到了下午，或到第三天，风渐渐地平静起来。太阳光真实地黄亮亮地晒在墙头，晒进窗里。那份温暖和平的气息儿，立刻便会鼓动了你向外面跑跑的心思。鸟声细碎地在鸣叫着，大约是小麻雀儿的唧唧声居多。——碰巧，院子里有一株杏花或桃花，正含着苞，浓红色的一朵朵，将放未放。枣树的叶子正在努力地向外崛起。——北平的枣树那么多，几乎家家天井里都有个一株两株的。柳树的柔枝儿已经是透露出嫩嫩的黄色来。只有硕大的榆树上。却还是乌黑的秃枝，一点什么春的消息都没有。

你开了房门，到院子里，深深地吸了一口气。啊，好新鲜的空气，仿佛在那里面便挟带着生命力似的。不由得不使你神清气爽。太阳光好不可爱。天上干干净净没有半朵浮云，俨然是“南方秋天”的样子。你得知道，北平当晴天的时候，永远的那一份儿“天高气爽”的晴明的劲儿，四季皆然，不独春日如此。

太阳光晒得你有点暖得发慌。“关不住了！”你准会在心底偷偷地叫着。

你便准得应了这自然之招呼而走到街上。

但你得留意，即使你是阔人，衣袋里有充足的金洋银洋，你也不应摆阔，坐汽车。被关在汽车的玻璃窗里。你便成了如同被蓄养在玻璃缸的金鱼似的无生气的生物了。你将一点也享受不到什么。汽车那么飞快地冲跑过去，仿佛是去赶什么重要的会议。可是你是来游玩，不是来赶会。汽车会把一切自然的美景都推到你的后面去。你不能吟味，你不能停留，你不能称心如意地欣赏。这正是猪八戒吃人参果的勾当。你不会蠢到如此的。

北平不接受那么摆阔的阔客。汽车客是永远不会见到北平的真面目的。北平是个“游览区”。天然地不欢迎“走车看花”——比走马看花还杀风景的勾当——的人物。

那么，你得坐“洋车”——但得注意：如果你是南人，叫一声黄包车，准保个个车夫都不理会你，那是一种侮辱，他们以为。（黄包，北音近于王八。）或酸溜溜地招呼道“人力车”，他们也不会明白的。如果叫到“胶皮”，他们便知道你是从天津来的，准得多抬些价。或索性洋气十足的，叫到“力克夏”，他们便也懂，但却只能以“毛”为单位的给车价了。

“洋车”是北平最主要的交通物。价廉而稳妥，不快不慢，恰到好处。但走到大街上，如果遇见一位漂亮的姑娘或一位洋人在前面车上，碰巧，你的车夫也是一位年轻力健的小伙子，他们赛起车来，那可有点危险。

干脆，趟路，倒也不坏。近来北平的路政很好，除了冷街小巷，没有要人、洋人住的地方，还是“无风三尺土，有雨一街泥”之外，其余冲要之区，确可散步。

出了巷口，向皇城方面走。你便将渐入佳景的。黄金色的琉璃瓦在太阳光里发亮光；土红色的墙，怪有意思地围着那“特别区”。入了天安门内，你便立刻有应接不暇之感。如果你是聪明的，在这里，你必得跳下车来，散步地走着。那两支白石盘龙的华表，屹立在中间，恰好烘托着那一长排的白石栏杆和三座白石拱桥，表现出很调和的华贵而苍老的气象来，活像一位年老有德、饱历世故、火气全消的学士大夫，没有丝毫的火辣辣的暴发户的讨厌样儿。春冰方解，一池不浅不溢的春水，碧油油的可当一面镜子照。正中的一座拱桥的三个桥洞，映在水面，恰好是一个完全的圆形。

你过了桥，向北走。那厚厚的门洞也是怪可爱的。（夏天是乘风凉最好的地方)。午门之前，杂草丛生，正如一位不加粉黛的村姑，自有一种风趣。那左右两排小屋，仿佛将要开出口来，告诉你以明清的若干次的政变，和若干大臣、大将雍雍锵锵地随驾而出入。这里也有两支白色的华表，颜色显得黄些，更觉得苍老而古雅。无论你向东走，或向西走——你可以暂时不必向北进端门，那是历史博物馆的入门处，要购票的。——你可以见到很可愉悦的景色。出了一道门，沿了灰色的宫墙根，向西北走，或向东北走，你便可以见到护城河里的水是那么绿得可爱。太庙或中山公园后面的柏树林是那么苍苍郁郁的，有如见到深山古墓。和你同道走着的，有许多走得比你还慢，还没有目的的人物；他们穿了大袖的过时的衣服，足上蹬着古式的鞋，手上托着一只鸟笼，或臂上栖着一只被长链锁住的鸟，懒懒散散地在那里走着。有时也可遇到带着一群小哈叭狗的人，有气势地在赶着路。但你如果到了东华门或西华门而折回去时，你将见他们也并不曾往前走，他们也和你一样地折了回去。他们是在这特殊幽静的水边溜达着的！溜达，是北平人生活的主要的一部分；他们可以在这同一的水边，城墙下，溜达整个半天，天天如此，年年如此，除了刮大风，下大雪，天气过于寒冷的时候。你将永远猜想不出，他们是怎样过活的。你也许在幻想着，他们必定是没落的公子王孙，也许你便因此凄怆地怀念着他们的过去的豪华和今日的沦落。

啪的一声响，惊得你一大跳，那是一个牧人，赶了一群羊走过，长长的牧鞭打在地上的声音。接着，一辆1934年式的汽车呜呜地飞驰而过。你的胡思乱想为之撕得粉碎。——但你得知道，你的凄怆的情感是落了空。那些臂鸟驱狗的人物，不一定是没落的王孙，他们多半是以驯养鸟狗为生活的商人们。

你再进了那座门，向南走。仍走到天安门内。这一次，你得继续地向南走。大石板地，没有车马的经过，前面的高大的城楼，作为你的目标。左右全都是高及人头的灌木林子。在这时候，黄色的迎春花正在盛开，一片的喧闹的春意。红刺梅也在含苞。晚开的花树，枝头也都有了绿色。在这灌木林子里，你也许可以徘徊个几小时。在红刺梅盛开的时候，连你的脸色和衣彩也都会映上红色的笑影。散步在那白色的阔而长的大石道，便是一种愉快。心胸阔大而无思虑。昨天的积闷，早已忘了一干二净。你将不再对北平有什么诅咒。你将开始发生留恋。

你向南走，直走到前门大街的边沿上，可望见东西交民巷口的木牌坊，可望见你下车来的东车站或西车站，还可望见屹立在前面的很宏伟的一座大牌楼。乱纷纷的人和车，马和货物；有最新式的汽车，也有最古老的大车，简直是最大的一个运输物的展览会。

你站了一会儿，觉得看腻了，两腿也有点发酸了，你便可以向前走了几步，极廉价地雇到一辆洋车，在中山公园口放下。

这公园是北平很特殊的一个中心。有过一个时期，当北海还不曾开放的时候，它是北平唯一的社交的集中点。在那里，你可以见到社会上各种各样的人物。——当然无产者是不在内，他们是被几分大洋的门票摈在园外的。你在那里坐了一会儿，立刻便可以招致了许多熟人。你不必家家拜访或邀致，他们自然会来。当海棠盛开时，牡丹、芍药盛开时，菊花盛开时的黄昏，那里是最热闹的上市的当儿。茶座全塞满了人，几乎没有一点空地。一桌人刚站起来，立刻便会有候补的挤了上去。老板在笑，伙计们也在笑。他们的收入是如春花似的繁多。直到菊花谢后，方才渐渐地冷落了下来。

你坐在茶座上，舒适地把身体堆放在藤椅里，太阳光满晒在身上，棉衣的背上，有些热起来。前后左右，都有人在走动，在高谈，在低语。坛上的牡丹花，一朵朵总有大碗粗细。说是赏花，其实，眼光也是东溜西溜的。有时，目无所瞩，心无所思的，可以懒懒地待在那里，整整地待个大半天。

一阵和风吹来，遍地白色的柳絮在团团地乱转，渐渐成一个球形，被推到墙角。而漫天飞舞着的棉状的小块，常常扑到你面上，强塞进你的鼻孔。

如果你在清晨来这里，你将见到有几堆的人，老少肥瘦俱齐，在大树下空地上练习打太极拳。这运动常常邀引了患肺痨者去参加，而因此更促短了他们的寿命。而这时，这公园里也便是肺痨病者们最活动的时候。瘦得骨立的中年人们，倚着杖，蹒跚地在走着——说是呼吸新鲜的空气——走了几步，往往咳得伸不起腰来，有时，咔的一声，吐了一大块浓痰在地上。为了这，你也许再不敢到这园来。然而，一到了下午，这园里却仍是拥挤着人。谁也不曾想到天天清晨所演的那悲剧。

园后的大柏树林子，也够受糟蹋的。茶烟和瓜子壳，熏得碧绿的柏树叶子都有点显出枯黄色来，那林子的寿命，大约也不会很长久。

和中山公园的热闹相陪衬的是隔不几十步的太庙的冷落。不知为了什么，去太庙的人到底少。只有年轻的情人们，偶尔一对两对的避人到此密谈。也间有不喜追逐在热闹之后的人，在这清静点的地方散步。这里的柏树林，因为被关闭了数百年之后，而新被开放之故，还很顽健似的，巢在树上的“灰鹤”也不曾搬家他去。

太庙所陈列的清代的各帝的祭殿和寝宫，未见者将以为是如何的辉煌显赫，如何的富丽堂皇，其实，却不值一看，一色黄缎绣花的被褥衣垫，并没有什么足令人羡慕。每张供桌上所列的木雕的杯碗及烛盘等，还不如豪人家的祖先堂的讲究。从前读一明人笔记，书上说，到明孝陵参观上供，见所供者不过冬瓜汤等极淡薄贱价的菜。这里在皇帝还在宫中时，祭供时，想也不过如此。是帝王和平民，不仅坟墓里同为枯骨，即所馨享的也不过如此如此而已。

你在第二天可以到北城去游览一趟，那一边值得看的东西很不少。后门左边近有国子监、钟楼及鼓楼。钟鼓楼每县都有之，但这里，却显得异常的宏伟。国子监，为从前最高的学府，那里边，藏有石鼓——但现在这著名的石鼓却已南迁了。由后门向西走，有什刹海；相传《红楼梦》所描写的大观园就在什刹海附近。这海是平民的夏天的娱乐场。海北，有规模极大的冰窖一区。海的面积，全都是稻田和荷花荡。（北平人的养荷花是一业，和种水稻一样。）夏天，荷花盛开时，确很可观。倚在会贤堂的楼栏上，望着骤雨打在荷盖上，那喷人的荷香和沙沙的细碎的响声，在别处是闻不到、听不到的。如果在芦席棚搭的茶座上听着，虽显得更亲切些，却往往棚顶漏水，而水点落在芦席上，那声音也怪难听的，有喧宾夺主之感。最佳的是夏已过去，枯荷满海，什刹海的闹市已经收场，那时如果再到会贤堂楼上，倚栏听雨，便的确不含糊的有“留得残荷听雨声”之妙，不过，北平秋天少雨，这境界颇不易逢。

什刹海的对面，便是北海的后门。由这里进北海，向东走，经过澄心斋、松坡图书馆、仿膳、五龙亭，一直到极乐世界，没有一个地方不好。唯惜五龙亭等处，夏天人太闹。极乐世界已破坏得不堪，没有一尊佛像能保得不断脰折臂的。而北海之饶有古趣者，也只有这个地方。那个地方，游人是最少进去的。如果由后面向南走，你便可以走到北海董事会等处，那里也是开放的，有茶座，却极冷落。在五龙亭坐船，渡过海——冬天是坐了冰船滑过去——便是一个圆岛，四面皆水，以一桥和大门相通。岛的中央，高耸着白塔。

依山势的高下，随意布置着假山、庙宇、游廊小室，那曲折的工程很足供我们作半日游。

如果，在晴天，倚在漪澜堂前的白石栏杆上，静观着一泓平静不波的湖水，受着太阳光，闪闪的反射着金光出来，湖面上偶然泛着几只游艇，飞过几只鹭鸶，惊起一串的呷呷的野鸭，都足够使你留恋个若干时候。但冬天，那是最坏的时候了，这场面上将辟为冰场，红男绿女们在那里奔走驰驶，叫闹不堪。你如果已失去了少年的心，你如果爱清静，爱独游，爱默想，这场面上你最好不必出现。

出了北海的前门，向西走，便是金鳌玉蛴桥。这座白石的大桥。隔断了中南海和北海。北海的白日，如画映在水面上，而中海的万善殿的全景，也很清晰地可看到。中南海本亦为公园，今则又成了“禁地”。只有东部的一个小地方，所谓万善殿的，是开放着。这殿很小，游人也极冷落，房室却布置得很好。龙王堂的一长排，都是新塑的泥像，很庸俗可厌。但你要是一位细心的人，你便可在一个殿旁的小室里，发见了倚在墙角无人顾问的两尊木雕的菩萨像。那形态面貌，无一处不美，确是辽金时代的遗物；然一尊则双臂俱折，一尊则胆部只剩了半边。谁还注意到他们呢？报纸上却在鼓吹着龙王堂的神像塑得有精神，为明代的遗物，却不知那是民国三四年间的新物！仍由中南海的后门走出，那斜对过便是北平图书馆，这绿琉璃瓦的新屋，建筑费在一百四十万以上，每年的购物费则不及此数之十二。旧书是并合了方家胡同京师图书馆及他处所藏的，新书则多以庚款购入。在中国可称是最大的图书馆。馆外的花园，邻于北海者，亦以白色栏杆围隔之；唯为廉价之水门汀所制成，非真正的白石也。

由北平图书馆再过金鳌玉蛴桥，向东走，则为故宫博物院。由神武门入院，处处觉得寥寂如古庙，一点生气都没有。想来，在还是

“帝王家”的时代，虽聚居了几千宫女、太监们在内，而男旷女怨，也必是“戾气”冲天的。所藏古物，重要者都已南迁，游人们因之也廖落得多。

神武门的对门是景山。山上有五座亭，除当中最高的一亭外，多被破坏。东边的山脚，是崇祯自杀处。春天草绿时，远望景山，如铺了一层绿色的绣毡，异常的清嫩可爱。你如果站在最高处，向南望去，宫城全部，俱可收在眼底。而东交民巷使馆区的无线电台，东长安街的北京饭店，三条胡同的协和医院都因怪不调和而被你所注意。而其余的千家万户则全都隐藏在万绿丛中，看不见一瓦片，一屋顶，仿佛全城便是一片绿色的海。不到这里，你无论如何不会想象得到北平城内的树木是如何的繁密；大家小户，哪一家天井不有些绿色呢。你如站在北面望下时，则钟鼓楼及后门也全都耸然可见。

三大殿和古物陈列所总得耗费你一天的工夫。从西华门或从东华门入，均可。古物陈列所因为古物运走得太多，现在只开放武英殿，然仍有不少好东西。仅李公麟《击壤图》便足够消磨你半天。那人物，几乎没有一个没精神的，姿态各不相同，却不曾有一懈笔。

三大殿虽空无所有，却宏伟异常。在殿廊上，下望白石的“丹墀”，不能不令你想到那过去的充满了神秘气象的“朝廷”，和叔孙通定下的“朝仪”的如何能够维持着常在的神秘的尊严性。你如果富于幻想，闭了眼，也许还可以如见那静穆而紧张的随班朝见的文武百官们的精灵的往来。这时有很舒适的茶座。坐在这里，望着一列一列的雕镂着云头的白石栏杆和雕刻得极细致的陛道，是那样的富丽而明朗的美。

你还得费一二天工夫去游南城。出了前门，便是商业区和会馆区。从前汉人是不许住在内城的，故这南城或外城，便成了很重要的繁盛区域。但现在是一天天地冷落了。却还有几个著名的名胜所在，足供你的流连、徘徊。西边有陶然亭，东边有夕照寺、拈花寺和万柳堂。从前都是文士们雅集之地。如今也都败坏不堪，成为工人们编麻索、织丝线之地。所谓万柳也都不存一株。只有陶然亭还齐整些。不过，你游过了内城的北海、太庙、中山公园，到了这些地方，除了感到“野趣”之外，也便全无所得的了。你或将为汉人们抱屈；在二十几年前，他们还都只能局促于此一隅。而内城的一切名胜之地，他们是全被摈斥在外的。别看清人诗集里所歌咏的是那么美好，他们是不得已而思其次的呢！

而现在，被摈斥于内城诸名胜之外的，还不依然是几十百万人么？

南城的娱乐场所，以天桥为中心。这个地方倒是平民的聚集之所；一切民间的玩意儿，一切廉价的旧货物，这里都有。

先农坛和天坛也是极宏伟的建筑。天坛的工程尤为浩大而艰巨，全是圆形的；一层层的白石栏杆，白石阶级，无数的参天的大柏树，包围着一座圆形的祭天的圣坛。坛殿的建筑，是圆的，四围的阶级和栏杆也都是圆的。这和三大殿的方整，恰好成一最有趣的对照。在这里，在大树林下徘徊着，你也便将勾引起难堪的怀古的情绪的。

这些，都只是游览的经历。你如果要在北平多住些时候，你便要更深刻地领略到北平的生活了。那生活是舒适、缓慢、吟味、享受，却绝对的不紧张。你见过一串的骆驼走过吗？安稳、和平，一步步地随着一声声叮当叮当的大颈铃向前走；不匆忙，不停顿；那些大动物的眼里，表现的是那么和平而宽容，负重而忍辱的性情。这便是北平生活的象征。

和这些宏伟的建筑，舒适的生活相对照的，你不要忘记掉，还有地下的黑暗的生活呢。你如果有一个机会，走进一所“杂合院”里，你便可见到十几家老少男女紧挤在一小院落里住着的情形：孩子们在泥地上爬，妇女们是脸多菜色，终日含怒抱怨着，不时的，有咳嗽的声音从屋里透出。空气是恶劣极了；你如不是此中人，你便将不能做半日留。这些“杂合院”便是劳工、车夫们的居宅。有人说，北平生活舒服，第一件是房屋宽敞，院落深沉，多得阳光和空气。但那是中产以上的人物的话，百分之八九十以上的人口，是住着龌龊的“杂合院”里的，你得明白。

更有甚的，在北城和南城的僻巷里，听说，有好些人家，其生活的艰苦较住“杂合院”者为尤甚，常有一家数口合穿一裤或一衣的。他们在地下挖了一个洞。有一人穿了衣裤出外了，家中裸体的几人便站在其中。洞里铺着稻草或破报纸，借以取暖。这是什么生活呢！

年年冬天，必定有许多无衣无食的人，冻死在道上。年年冬天，必定有好几个施粥厂开办起来。来就食的，都是些可怕的窘苦的人们。然也竟有因为无衣而不能到粥厂来就吃的！

“九渊之下，更有九渊。”北平的表面，虽是冷落破败下去，尚未减都市之繁华。而其里面，却想不到是那样的破烂、痛苦、黑暗。

终日徘徊于三海公园乃至天桥的，不是罪人是什么！而你，游览的过客，你见了这，将有动于中，而怏怏地逃脱出这古城呢，还是想到“我不入地狱谁入地狱”一类的话呢？

幻　境

不知在睡梦里，还是在半睡半醒的状态里，我很清楚地经历着一场可怕的景象。

是夜云四合，暮色苍茫的时候。不知走在什么地方。前面是无边无际的一座大森林。一株株的大树，巨人似的森立着，披着一头乌黑蓬乱的头发，毛鬖鬖的树杈，像手臂似的，各各伸出向我扑攫。

但我镇定而无视地踏着坚实而稳定的足步，走向这座大森林里去。

只有自己的足音沉重地踏在地上。寥阔而寂寞。走了好一段路。

叶叶叶地从枝头上飞起了几只宿鸟，抛物线似的投射了出去，不知飞向何方。

远远的有猫头鹰在招魂似的丑恶地一声声地嚎叫着。

但我镇定而无视地踏着坚实而稳定的足步，在这大森林里走着。

走了好一段路。蓦然地一抬头，在毛鬖鬖的乌黑的树枝缝隙间，发现有两只夜猫似的滚圆的眼睛，射出寒森的绿色的冷光，在炯炯地守望着我。那两道绿色的冷光仿佛就像一对十万支烛光的探海灯似的，在我脸上，眼上徘徊着，扫射着。

吃了一惊，浑身的毛孔都松张了，毛毛痒痒的像预警着有什么危害要袭击来似的。

膝盖头软软的，脚底下有点不得劲儿。

那两道绿的冷光，大了，更大更肥圆了，像升在东方的天空的满月似的，正迎着头，在守望着我；在我脸上，眼上徘徊着，扫射着，仿佛要搜索出什么秘密似的。似连一条皱纹，一点黑斑都要注意得到。

加紧了足步，装做不见，抢了过去。

但抢了过去，转过这株树，远远的却又见两道绿色的冷光，像两条手电筒的光似的，在探索着，而我的脸，恰又成了它的目的物。更走近了，那两道绿色的冷光，大了，更大了，更肥圆了，像升在东方的天空的满月似的，正迎着头，在守望着我，在脸上，眼上，徘徊着，扫射着，仿佛要搜索出什么秘密似的。

足步开始有点乱，虚飘飘地踏在地上。心脏像打鼓似的在猛跳，额上细珠似的汗滴不断地渗出。

那两道绿色的冷光，老是炯炯地在守望着我，在脸上，眼上，徘徊着，扫射着。

开始奔跑，要把它抛在后面。

刚转过这株可怕的毛鬖鬖的大树，在前面，远远的却又见有两道绿色的冷光在炯炯地守望着我。

想转向左边跑。刚一回头，那边却又是几道绿色的冷光在炯炯地守望着我。向右边跑，还不是又有这劳什子的东西在守望着我。

刚一转身，向后面退却，不好了，那一对对的绿炯炯的冷光，简直是数不清的像午夜的繁星似的在此呼彼应地闪耀着，而全对准了我脸上，在炯炯地目不转睛地守望着。

再向前望，向左望，向右望，那一对对的绿光，竟像黄昏的都市的灯光似的，陆续地密增了数不清的数目。

有点恼怒，索性站定了不走。

那繁星似的绿炯炯的冷光，四面八方地投射而来，全都对准了我，炯炯地目不转睛地在守望着。

仿佛黑暗里有吃吃的冷笑之声。

我的血沸腾着，索性不做理会。绿炯炯的冷光还在守望着，而冷笑却自己落了空。

不曾施展出什么更毒的伎俩。

远远地有猫头鹰在招魂似的丑恶地一声声地嚎叫着。

我继续地踏着坚实而稳定的足步向前走。

东方的天空有些发白。玫瑰色的曙光的影子已经在外面飘荡着。

那一对对的绿炯炯的冷光，逐渐地和黑夜一同消失了去，像夜星之消失在晨天上。

我镇定而无视地踏着坚实而稳定的足步向前走。

猛地足踏了空，仿佛落下万丈的深阱里去。

睁醒了来，吓得一身的冷汗。

太阳光辉煌地照在窗台上，鸟儿们在天井矮树上细碎地唱着。今天准是一个不坏的天气呢。

秋夜吟

幸亏找到了小石。这一年的夏天特别热，整个夏天我以面包和凉开水作为午餐；等太阳下去，才就从那蛰居小楼的蒸烤中溜出来，嘘一口气，兜着圈子，走冷僻的路到他家里，用我们的话，“吃一顿正式的饭”。

小石是一个顽皮的学生，在教室里发问最多，先生们一不小心，就要受窘。但这次在忧患中遇见，他却变得那么沉默寡言了。既不问我为什么不到内地去，也不问我在上海有什么任务，当然不问我为什么不住在庙弄，绝对不问我如今住在什么地方。

我突然地找到他了，突然每晚到他家里吃饭了，然而这仿佛是平常不过的事，早已如此，一点不突然。料理饮食的也是小石一位朋友的老太太，我们共同享用着正正式式的刚煮好的饭，还有汤——那位老太太在午间从不为自己弄汤菜，那是太奢侈了。——在那里，我有一种安全的感觉。直到有一次我在这“晚宴”上偶然缺席，第二天去时看到他们的脸上是怎样从焦虑中得到解放，才知道他们是如何理解我的不安全。那位老太太手里提着铲刀，迎着我说：“哎呀，郑先生，您下次不来吃饭最好打电话来关照一声啊，我们还当您怎么了呢。”

然而小石连这个也不说。

于是只好轮到我找一点话，在吃过晚饭之后，什么版画，元曲，变文，老庄哲学，都拿来乱谈一顿，自己听听很像是在上文学史之类，有点可笑。

于是我们就去遛马路。

有时同着二房东的胖女孩，有时拉着后楼的小姐L，大家心里舒舒坦坦地出去“走风凉”。小石是喜欢魏晋风的，就名之谓“行散”。

遛着遛着也成为日课，一直到光脚踏屐的清脆叩声渐渐冷落下来，后门口乘风凉的人们都缩进屋里去了，我们行散的兴致依然不减。

秋天的黄昏比夏天的更好，暮霭像轻纱似的一层一层笼罩上来，迷迷糊糊的雾气被凉风吹散。夜了，反觉得亮了些，天蓝的清清净净，撑得高高的，嵌出晶莹皎洁的月亮，真是濯心涤神，非但忘却追捕，躲避，恐怖，愤怒，直要把思维上腾到国家世界以外去。

我们一边走着，一边谈性灵，谈人类的命运，争辩月之美是圆时还是缺时，是微云轻抹还是万里无垠……

小石的住所朝南再朝南。是徐家汇路，临着一条河，河南大都是空地和田，没有房子遮着，天空更畅得开，我们从打浦桥顺着河沿往下走往下走，把一道土堆算城墙，又一幢黑魆魆的房屋算童话里的堡垒，听听河水是不是在流。

走得微倦，便靠在河边一株横倒的树干上，大家都不谈话。

可是一阵风吹过来了，夹着河水污浊的气味，熏得我们站起来。这条河在白天原是不可向迩的。“夜只是遮盖，现实到底是现实，不能化朽腐为神奇！”小石叹了口气。

觉着有点凉，我随手取起了放在树干上的外衣，想穿。“嗄！”L叫了起来，“有毛毛虫！”外衣上附着两只毛虫呢，连忙抖拍了下去。大家一阵忙，皮肤起着栗，好像有虫在爬。

“不要神经过敏了，听，叫哥哥在叫呢。”

“不，那是纺织娘。”

“哪里，那一定是铜管娘。”

“什么铜管娘，昆虫学里没有的名字。”

其实谁也没有研究过昆虫学。热心地争论起来了，把毛毛虫的不快就此抖掉。

“听，那边更多呢。”

一路倾听过去，忽然有一个孩子的声音叫：

“在这里了。”

那是一个穿了睡衣裤的小孩，手里执着小竹笼，一条辫子梢上还系着红线，一条辫子已经散了，大概是睡了听见叫哥哥叫得热闹又爬起来的。

“你不要动，等我捉。”铁丝网那边的丛莽中有一个男人在捉，看样子很是外行，拿了盒火柴，一根根划着。

秋虫的声音到处都是，可是去捉呢，又像在这里，又像在那里，孩子怕铁丝网刺他，又急着捉不到，直叫。

小石也钻进丛莽里去了。

一个骑自行车的人经过，也停下来，放好了车，取下了车上的电石灯，也加入去捉了。

这人可是个惯家，捉了一会儿，他说：“不行，这样，你拿着灯，我们来捉。”原来的男人很听话地赶快把灯接过来，很合拍地照亮着。

果然，不一会儿，骑自行车的人就捉到了一只，大家钻出来，孩子喜欢得直跳。

骑自行车的人大大的手里夹着叫哥哥，因为感觉到大家欣赏他的成功而害羞，怯怯地说道：“给谁呢？给谁呢？”

原来在捉的男人就推给小石说：“先给他吧，他不会捉的。”孩子也说：“给你吧，我们还好再捉。”

小石被这亲热的推让和赠予弄得不好意思起来，连忙走开去，说：“哪里，哪里，我原不想要，我是帮你们捉的，”想想自己又不会捉，又改说，“我不过凑凑热闹。”

我们也说：“小妹妹别客气了，把它放在笼子里吧，看跳掉了。”

那个孩子才欢欢喜喜感谢地要了，男人和骑自行车的又钻进丛莽中去。

小石一边走，一边笑，一边咕噜：“我又不是小孩子，推给我做什么。”

L说：“人家当你比那个小孩还小啦，这又有什么可脸红的呢。”

于是小石就辩了：“月亮光底下看得出脸红脸白么。”

其实我们大家都饫饮这善良的温情而陶然了。

走得很远，回过头去，还看得见丛莽里一闪一闪亮着自行车的摩电灯。

轻歌妙舞送黄昏

——观印度卡玛拉姊妹的表演后作

假如有什么好书使你读了一次之后，还想再读两次三次的话，有什么风光明媚的山畔水涯，使你到过一次之后，还想再去两次三次的话，那么，那些好书或那些风景区的确是值得人们吟味和留恋的了，也就是古语所云“好书不厌百回读”之意。我看了印度婆罗多舞舞蹈家卡玛拉姊妹的表演就有这个感觉。我看了一次，又看了一次，但余味无穷，还想再看三次四次，以至更多次，如果有可能的话。

那些场极高超的艺术的表演，是那么简朴，又是那么丰富多彩。舞台上着不得一丁点儿背景或道具什么的，几千只眼睛只集中在一位或两位舞蹈者的身上，随着她或她们的一举手，一投足，一扬眉，一转眼的疾如脱兔、宛若游龙的细腻之至，却又是变化无端的动作而移转着，只恐怕疏忽了一个身段，漏掉了一个手势。她们的舞姿，是那么柔媚，却又是那么刚劲；柔若无骨，刚如利剑。也许只有一句话可以描述她们：“百炼钢化为绕指柔。”不经过“百炼”，怎能如此地颈肩柔转，臂指圆融呢。卡玛拉女士的脸上表情是无穷无尽的，一会儿欢欢喜喜，一瞬之间，又一变而为痛楚凄凉，又一变而为愤怒填胸，你简直有点赶不上她的变化。她的象牙色的十指，会表演出各式各样的姿态。在印度舞蹈艺术里手势的表演本来占很重要的地位，舞蹈家的十指尖尖，是会说出无穷尽的话语、无穷尽的情意来的。不仅如此，全身的各部分，特别是眉、眼、嘴、唇、面颊，颈、肩、臂、足，无不会说出各式各样的话语和情意的。卡玛拉女士的开合迅速的十指和眉、眼、颈、臂，是成功地而且优雅地达到了印度舞技的高峰了。见到她的一场舞蹈基本动作的表演，表演蜜蜂，仿佛就使观众像听到嗡嗡之声，渐飞渐近，绕着香花而转，而憩息了下来。表演双角岐嶷的牡鹿，就使我们见到它的确在惊奔着，双眼是那么恐怯。表演孔雀，就使我们觉得它是悠闲而高贵地在散步，在饮啄，在骄傲地张开锦色斑斓的尾屏。

卡玛拉姊妹是从印度的南部大海港马德拉斯来的。马德拉斯是保存着印度风趣最醇厚的地方，也是印度舞蹈艺术的重要宝库之一。卡玛拉姊妹的婆罗多舞和其他的好些舞蹈都是属于南方一派的，但那不是说，她们就不擅长别的舞蹈了。卡玛拉女士的北方卡塔克舞，是那样地迷人。随着音乐的缓奏，手足和眼眉，逐渐舞开了，缓缓地挥着手，缓缓地转着足，铿锵悦耳的脚铃声，有节奏地响着，像天上彩虹似的百褶裙子，也有节奏地时张时合，眉眼之间仿佛含着无限的幽怨。突然地，舞步由缓而疾，乐声也急骤地变快了，表情也顿时紧张起来。手之舞之，足之蹈之，那姿态优美极了，就像一只五色缤纷的蝴蝶，在眼前飞翔着，就像彩色幻变不穷的虹霓在眼前闪耀着。看她那脸部的表情，也便是瞬息万变，和舞蹈的动作紧紧地结合无间，配合得奇妙可喜。

卡玛拉姊妹的每场舞蹈都给予我们以两小时以上的无上的欢愉与欣爱，没有一秒钟容许你转眼他顾。一下子疏忽，或偶然地没有全神贯注的话，便会失去了一段、一节最美妙的柔姿妙态。舞蹈者以整个的身心、整个的感情、整个的灵魂在舞台上舞着，观众们也必须打叠起全副精神来观看。粗心大意的人是不会充分地欣赏得到其细致优美的好处的，但即使是他们，也绝对不会无动于衷，不会不屏息宁神在观看着，而到了红幕垂下时才轻喟一口气的。

乐队只有四个人，一位吹笛，一位击鼓，一位击磬兼歌唱，一位是导演，有时也参加歌唱。人数虽不多，却配合得十分紧凑。假如我们能够听得懂那些歌词，一定会更加感动的，但即使是不懂它们，而这场轻歌妙舞已足够使观众度过一个最有意义和最愉快的黄昏了。

印度这个伟大民族，正和中国民族似的，蕴蓄着的是多大的力量，多么繁赜、多么丰富多彩的文化艺术的遗产啊！是取之不竭、用之不尽的一个世界上最优秀艺术的源泉。

苏州赞歌

苏州这个天堂似的好的地方，只要你逛过一次，你就会永远地爱上了它，会久久地想念着它。它是典型的一个江南的城市，是水乡，又是鱼米之乡。

春天的时候，一大片的开着紫花的苜蓿田，夹杂着一块块的娇黄色的油菜花儿的田，还有一望无际的嫩绿可喜的刚刚插好稻秧儿的水田，那色彩本身，就是一幅秀丽无边的绝大的天然的图案画。谁不喜爱这表现着春天的烂漫而又娇嫩的颜色呢？很像维纳斯刚从海水泡沫儿里生了出来，一双眼睛还朦朦忪忪地带着惶惑之意。它就是春天自己！田埂上还开放着各色各样小花朵，白色的，黄色的，还有粉红色的，深红色的。清澈的春水，顺着大渠小沟，略略地流着。小鸟儿在叫着。合作社的男女社员们，一大早就肩负着锄头，手拿着小筐子下田去了。他们彼此在竞赛着。《青年突击队歌》，高响入云。他们把春天变得更活跃又有精神了。

千万盆的茉莉花、代代花和玫瑰花都已从玻璃房里搬出来，在花田里竞媚斗艳，老远地，就嗅到那喷射出来的清馨的香味儿。站在虎丘山的大石块上，望着桃红柳绿的山景，望着更远的五色斑斓的田野和躺在太阳光底下放亮光的湖泊和小河流。天气老是润滋滋的，不知什么时候就会有一阵春雨，在云端飘洒下来。

走在留园、西园一带的石塘上，望着运河的流水，嘴里吟着“凌波不过横塘路，但目送芳尘去”，足旁有一大块深绿色的菜园，正开着紫中透黑的蚕豆花儿，那不时钻入鼻孔的菜花香，夹杂着泥土气味，甜甜地像要醉人。在西园的略带野趣和荒凉味儿的后花园里，有游人们在等候着大癞头龟在池塘里出现。留园的引人入胜的园景，吸引着更多的外地的客人们。还有城里的许多花园，个个有特色，够你逛个一天半天的，狮子林的假山洞，钻得你不禁嘻嘻哈哈地大惊小怪起来，拙政园不再是几十间东倒西歪的老屋和千百株将枯未倒的老树，显得凄凉暗淡的园林了，它成为精神百倍的大好的游逛的地方。汪氏义庄就剩下靠北面的一带假山和几间房子了，但还别有风趣地吸引着游人们，它们活像是小摆没，不，它们并不小；它们乃是模拟着名山大川而缩小之于寻丈之地的。这显出了我们老祖先们怎样地喜爱自然，又怎样地能够把自然缩小了搬运到家园里来。从一扇小窗里望过去，不是有几棵碧绿的芭蕉树，一峰玲珑剔透的太湖石，还有小小的几株花木吗？那就显得那个屋角勃勃地有生趣、有远趣起来。无梁殿是一座很坚实的古建筑。沧浪亭就在水边，具有渺荡的深趣。中国最古老的《天文图》和《舆地图》就放在孔庙里。许多的记载织工们斗争的石碑，也在玄妙观等处发现。这些美好的园林和重要的古迹名胜，不仅供应了苏州市人民自己和它四乡的工农兵的享用和游逛，而且，更重要的是给予江南一带的特别是大上海市的工农民以惊喜，以舒畅、以闲憩的休息和快乐。苏州人和扬州人所擅长培植的小盆景，这些苏州市的大大小小的园林，就活像是一座座的大盆景。

苏州不完全是一个游逛的、休息的城市。它有长久的斗争的历史。苏州是中国封建社会的一个典型的手工业城市。织坊老早就成立了，织工们的斗争史值得写成厚厚的几本书。“吴侬软语”的苏州人民，看起来好像很温和，但往往是站在斗争的最前线，勇猛无前，坚忍不屈。它那里产生了不少民族英雄、革命烈士以至劳动模范，他们的故事是可歌可泣的，是十分感动人的。

苏州城外有一座寒山寺，那是以唐代诗人张继的一首“姑苏城外寒山寺，夜半钟声到客船”而著名的。清初诗人王渔洋，就为了要题一首诗在这寺的山门上，半夜里坐船赶到那里，在山门上用墨笔写了诗，然后就下船离开了，连大殿也没进。到了今天，还有不少人慕名而去到那里。有一口大钟，但已经不是原来的那口钟了，听说原来的钟是被日本帝国主义者盗去的，下落不明。如今，这座本来荒凉不堪的寺院变成了很华美。有一座盘梯的楼，很精致，是从城里一个旧家搬来的，包括搬运、重建、修整、油漆等费用，只花上五千元。苏州人民就是会那么勤俭起家的。听说那些美丽的园林，也都是花了不多的钱而都收拾得“有声有色”，漂漂亮亮。

苏州的许多工艺美术品，特别是刺绣、云锦等，乃是国家的光荣，也是国家的财富。它的农业的成就，乃是属于全国高产地区，供给着许多城市，其农业的生产技术和经验乃是值得推广的。

苏州城和苏州人民是勤俭的、谦虚的、温暖的，却又是那么可喜可爱。凡是到过那里一次的人，准保不会忘了它。

石　湖

前年从太湖里的洞庭东山回到苏州时，曾经过石湖。坐的是一只小火轮，一眨眼间，船由窄窄的小水口进入了另一个湖。那湖要比太湖小得多了，湖上到处插着蟹簖和围着菱田。他们告诉我："这里就是石湖。"我跃然地站起来，在船头东张西望的，想尽量地吸取石湖的胜景。见到湖心有一个小岛，岛上还残留着东倒西歪的许多太湖石。我想：这不是一座古老的园林的遗迹吗？

是的，整个石湖原来就是一座大的园林。在离今八百多年前，这里就是南宋初期的一位诗人范成大（1126—1193年）的园林。他和陆游、杨万里同被称为"南宋三大诗人"。成大因为住在这里，就自号石湖居士，"石湖"因之而大为著名于世。杨万里说："公之别墅曰石湖，山水之胜，东南绝境也。"我们很向往于石湖，就是为了读过范成大的关于石湖的诗。"石湖"和范成大结成了这样的不可分的关系，正像陶渊明的"栗里"，王维的"辋川"一样，人以地名，同时，地也以人显了。成大的《石湖居士诗集》，吴郡顾氏刻的本子（1688年刻），凡三十四卷，其中歌咏石湖的风土人情的诗篇很不少。他是一位中国文学史上重要的田园诗人，继承了陶渊明、王维的优良传统，描写着八百多年前的农民的辛勤的生活。他的《四时田园杂兴》六十首，就是淳熙丙午（1186 年）在石湖写出的。在那里，充溢着江南的田园情趣，像读米芾和他的儿子米友仁所作的山水，满纸上是云气水意，是江南的润湿之感，是平易近人的熟悉的湖田农作和养蚕、织丝的活计，他写道：

昼出耘田夜绩麻，村庄儿女各当家。
童孙未解供耕织，也傍桑阴学种瓜。

农村里是不会有一个“闲人”存在的，包括孩子们在内。

垂成穑事苦艰难，忌雨嫌风更怯寒。
笺诉天公休掩剩，半偿私债半输官。

他是同情于农民的被剥削的痛苦的。更有连田也没有得种的人，那就格外的困苦了。

采菱辛苦废犁锄，血指流丹鬼质枯。
无为买田聊种水，近来湖面亦收租。

他住在石湖上，就爱上那里的风土，也爱上那里的农民，而对于他们的痛苦，表示同情。后来，在明朝弘治间（1488—1505 年），有莫旦的，曾写下了一部《石湖志》，却只是夸耀着莫家的地主们的豪华的生活，全无意义。至今，在石湖上莫氏的遗迹已经一无所存，问人，也都不知道，是“身与名俱朽”的了。但范成大的名字却人人都晓得。

去年春天，我又到了洞庭东山。这次是走陆路的，在一年时间里，当地的农民已经把通往苏州的公路修好了。东山的一个农业合作社里的人，曾经在前年告诉过我：

“我们要修汽车路，通到苏州，要迎接拖拉机。”

果然，这条公路修好了，如今到东山去，不需要走水路，更不需要花上一天两天的时间了，只要两小时不到，就可以从苏州直达洞庭东山。我们就走这条公路，到了石湖。我们远远地望见了渺茫的湖水，安静地躺在那里，似乎水波不兴，万籁皆寂。渐渐地走近了，湖山的胜处也就渐渐地豁露出来。有一座破旧的老屋，总有三进深，首先唤起我们注意。前厅还相当完整，但后边却很破旧，屋顶已经可看见青天了，碎瓦破砖，抛得满地，墙垣也塌颓了一半。这就是范成大的祠堂。墙壁上还嵌着他写的《四时田园杂兴》的石刻，但已经不是全部了。我们在湖边走着，在不高的山上走着。四周的风物秀隽异常。满盈盈的湖水一直溢拍到脚边，却又温柔地退回去了，像慈母抚拍着将睡未睡的婴儿似的，它轻轻地抚拍着石岸。水里的碎瓷片清晰可见。小小的鱼儿，还有顽健的小虾儿，都在眼前游来蹦去。登上了山巅，可望见更远的太湖。太湖里点点风帆，历历可数。太阳光照在粼粼的湖水上面，闪耀着金光，就像无数的鱼儿在一刹那之间，齐翻着身。绿色的田野里，夹杂着黄色的菜花田和紫色的苜蓿田，锦绣般地展开在脚下。

这里的湖水，滋育着附近地区的桑麻和水稻，还大有鱼虾之利。劳动人民是喜爱它的，看重它的。

“正在准备把这一带全都绿化了，已经栽下不少树苗了。”陪伴着我们的一位苏州市园林处的负责人说道。

果然有不少各式各样的矮树，上上下下，高高低低地栽种着。不出十年，这里将是一个很幽深新洁的山林了。他说道："园林处有一个计划，要把整个石湖区修整一番，成为一座公园。"当然，这是很有意义的，而且东山一带已将成为上海一带的工人的疗养区，这座石湖公园是有必要建设起来的。

他又说道："我们要好好地保护这一带的名胜古迹，范石湖的祠堂也要修整一下。有了那个有名的诗人的遗迹，石湖不是更加显得美丽了吗？"

事隔一年多，不知石湖公园的建设已经开始了没有？我相信，正像苏州—洞庭东山之间的公路一般，勤劳勇敢的苏州市的人民一定会把石湖公园建筑得异常漂亮，引人入胜，来迎接工农阶级的劳动模范的游览和休养的。

避暑会

到处都张挂着避暑会的通告，在莫干山的岭下及岭脊。我们不晓得避暑会是什么样的组织，并且不知道以何因缘，他们的通告所占的地位和语气，似乎都比当地警察局的告示显得冠冕而且有威权些。他们有一张中文的通告说：

> 今年本山各工匠擅自加价，每天工资较去年增加了一角。本避暑会董事议决，诸工匠此种行动，殊为不合。本年姑且依照他们所增，定为水木各匠，每天发给工资五角。待明年本会大会时再决定办法。此布。
>
> 莫干山避暑会（原文大意）

增加工资的风潮，居然由上海蔓延到乡僻的山中来了，我想。避暑会的力量倒不小，倒可以有权力操纵着全山的政治大权。大约这个会一定是全山的避暑者与警察当局共同组织的，或至少是得到当地政治当局的同意而组织的。后来，遇到了几位在山上有地产，而且年年来避暑的人，如鲍君、丁君，我问他们：

“避暑会近来有什么新的设备？”

“我不知道。”

“我们是向来不预闻的。”

这使我更加疑诧了。到底这个“莫干山避暑会”是由谁组织的呢？

“你能把这会的内容告诉我吗？我很愿意知道这会里面的事。”有一天，我遇见了一位孙君这样地问他。

“我也不大清楚，都是外国人在那里主办的。”

“没有一个中国人在内吗？”

“没有。”

“为什么不加入？”

“我也不晓得，不过听说中国人的避暑者也正想另外组织一个会呢。”

“年年来避暑的，如丁君、鲍君他们都连来了二十多年了，怎样没有想到这事？”

“他们正想联络全山的中国避暑者。”

“进行得如何了？什么时候可以成立？”

孙君沉默了一会儿，似乎怪我多问。

“我也不大仔细知道他们的事。”

几天又过了，我渐渐明白了这避暑会的事业：他们设了一个游泳池，一个很大的网球场，建筑都很好，管理得都很有秩序。还有一个大会堂，为公共的会议厅，为公共的礼拜堂，会堂之旁，另辟了一个图书馆，还有一个幼稚园。每一个星期，大约是在星期五，总有一次音乐合奏会在那里举行。一切事业都举办得很整齐的。

一天，一位美国人上楼来找我们了。他自己介绍说是避暑会派来的，因为去年募款建造大会堂，还欠下一万多块钱的债，要每年向上山避暑的人捐助一点，以便还清。

“你没有到过大会堂吗？那边有图书馆，可以去看书借书，还有音乐会，每星期一次，欢迎你们大家都去听。还有幼稚园，儿童们可以去上课。”

我便乘机略问了避暑会的情形。最后，他说，他是沪江大学的教员。见我桌上放了许多书，布了原稿纸在工作，便笑着说：“我每天上午也都做工，预备下半年的教材。”

我们写了几块钱的款，他道了谢，便走了。

原来，这个山，自开辟为避暑区域以来，不到四十年，最初来的是一个英国人施牧师，他买了二百多亩地，除留下十分之二三为公地，做球场、礼拜堂之用外，其余的都由教友分买了。到了后来，来的人一天一天得多，避暑区域也一天一天的扩大，施牧师虽然死了，而他的工作却有人继续着做去。

他们的人却不多，而且很复杂。据说，全山总计起来，中国避暑者却比他们多得很多。他们的国籍，有美、法、英、德；他们的职业，有教员，有牧师，有商人，有上海工部局里的巡捕头。我们愤怒他们之侵略，厌恶他们之横行与这种不问主人的越俎代谋的举动，然而我们自己则如何！

要眼不见他们的越俎代谋，除非是我们自己出来用力地干去，有条理地干去！

我们一向是太懒惰了，现在是非做事不可了！能做的便是好人，能一同向前走去，为公共而尽力的便是好人，能不因私意而阻挡别人之工作者便是好人！

这个愤谈却禁不住的要发。

本来要写《山中通信》第二封，第三封……的，因为工作太忙了，且赶着要把它做完，所以没有工夫再写下去。现在把回忆中所有的东西，陆续地写出，作为如上的“山中杂记”，虽然并不是真的在山中记的，却因为都是山中的事，便也如此题着了。

月夜之话

是在山中的第三夜了。月色是皎洁无比，看着她渐渐地由东方升了起来。蝉声叽——叽——叽——的曼长地叫着，岭下涧水潺潺的流声，隐略地可以听见，此外，便什么声音都没有了。月如银的圆盘般大，静定地挂在晚天中，星没有几颗，疏朗朗地间缀于蓝天中，如美人身上披的蓝天鹅绒的晚衣，缀了几颗不规则的宝石。大家都把自己的摇椅移到东廊上坐着。

初升的月，如水银似的白，把它的光笼罩在一切的东西上；柱影与人影，粗黑地向西边的地上倒映着。山呀，田地呀，树林呀，对面的许多所的屋呀，都朦朦胧胧的不大看得清楚，正如我们初从倦眠中醒了来，睁开了眼去看四周的东西，还如在渺茫梦境中似的；又如把这些东西都幕上了一层轻巧细密的冰纱，它们在纱外望着，只能隐约地看见它们的轮廓；又如春雨连朝，天色昏暗，极细极细的雨丝，随风飘拂着，我们立在红楼上，由这些蒙雨织成的帘中向外望着。那样的静美，那样柔秀的融合的情调，真非身临其境的人不能说得出的。

“那么好的月呀！”擘黄先生赞赏似的叹美着。

同浴于这个明明的月光中的，还有梦旦先生和心南先生。静悄悄的，各人都随意地躺在他的摇椅上，各自在默想他的崇高的思绪，也不知道有多少秒，多少分，多少刻的时间是过去了。红栏杆外是月光、蝉声与溪声，红栏杆内是月光照浴着的几个静思的人。

月光光，
照河塘。
骑竹马，
过横塘。
横塘水深不得过，
娘子牵船来接郎。
问郎长，问郎短，
问郎此去何时返。

心南先生的女公子依真跳跃着地由西边跑了过来，嘴里这样的唱着。那清脆的歌声漫溢于朦胧的空中，如一塘静水中起了一个水沤似的，立刻一圈一圈地扩大到全个塘面。

“这是各处都有的儿歌，辜鸿铭曾选入他的《幼学弦歌》中。”梦旦先生说。他真是一个健谈的人，又恳挚，又多见闻，凡是听过他的话的人，总不肯半途走了开去。

“福州还有一首大家都知道的民歌，也是以月为背景的，真是不坏。”梦旦先生接着说。于是他便背诵出了这一首歌。

共哥相约月出来，
怎样月出哥未来？

没是奴家月出早？

没是哥家月出迟？

不论月出早与迟，

恐怕我哥未肯来。

当日我哥未娶嫂，

三十无月哥也来。

这首歌的又真挚又曲折的情绪，立刻把大家捉住了。像那么好的情歌，真不多见。

“我真想把它抄录了下来呢！”我说。于是梦旦先生又逐句地背念了一遍，我便录了下来。

“大约是又成了《山中通信》的资料吧。”擘黄先生笑着说道，他今天刚看见我写着《山中通信》。

“也许是的，但这样的好词，不写了下来，未免太可惜了。”

“我也有一个，索性你再写了吧。”擘黄说。

我端正了笔等着他。

七月七夕鹊填桥，

牛郎织女渡天河。

人人都说神仙好，

一年一度算什么！

“最后一句真好，凡是咏七夕的诗，恐怕不见得有那样透彻的口气吧。可见民歌好的不少，只在自己去搜集而已。”擘黄说。

大家的话匣子一开，沉静的气氛立刻打破了，每个人都高高兴兴地谈着唱着，浑忘了皎洁月光与其他一切。月已升得很高，倒向西边的柱影，已渐渐地短了。

梦旦先生道："还有一首歌，你们听人说过没有？"

采苹你去问秋英，
怎么姑爷跌满身？
他说："相公家里回，
也无火把也无灯。"

既无火把也要灯！
他说相公家里回，
怎么姑爷跌满身？
采苹你去问秋英！

"是的，听见过的。"擘黄说，"但其层次与说话之语气颇不易分得出明白。"

"大约是小姐见姑爷夜间回来，跌了一身的泥，不由得起了疑心，便叫丫头采苹去问跟班秋英。采苹回到小姐那里，转述秋英的话，相公之所以跌得一身泥者，因由家里回来，夜色黑漆漆的，又无火把又无灯笼也。第二首完全是小姐的话，她的疑心还未释，相公既由家回，如无火把也要有灯，怎么会跌得一身泥？于是再叫采苹去问秋英。虽然是如连环诗似的二首，前后的意思却很不同。每个人的口气也都逼真得像。"梦旦先生说。

经了这样一解释，这首诗，真的也成了一首名作了。

真鸟仔，
啄瓦檐，
奴哥无“母”这数年。
看见街上人讨“母”，
奴哥目泪挂目檐。
有的有，没的没，
有人老婆连小婆！
只愿天下做大水，
流来流去齐齐没。

这一首也是这一夜采得的好诗，但恐非“非福州人”所能了解。所谓“真鸟仔”者，即小麻雀也。“母”者，即女子也，即所谓公母之“母”是也。“奴哥”者，璧黄以为是他人称他的，我则以为是自称的口气。兹译之如下：

小小的麻雀儿，
在瓦檐前啄着，啄着，
我是这许多年还没有妻呀！
看见街上人家闹洋洋地娶亲，
我不由得双泪挂眼边。
有的有，没有的没有，
有的人，有了妻，却还要小老婆。
但愿天下起了大水，
流来流去，使大家一齐都没有。

这个译文，意思未见得错，音调的美却完全没有了。所以要保存民歌的绝对的美，似非用方言写出来不可。

这一夜，是在山上说得最舒畅的一夜，直到了大家都微微地哈欠着，方才散了，各进房门去睡。第二夜，月光也不坏。我却忙着写稿子；再一夜，天色却不佳，梦旦先生和擘黄又忙着收拾行囊，预备第二天一早下山。像这样舒畅的夜谈，却终于只有这一夜，这一夜呀！

山中的历日

“山中无历日。”这是一句古话，然而我在山中却把历日记得很清楚。我向来不记日记，但在山上却有一本日记，每日都有二三行的东西写在上面。自 7 月 23 日，第一日在山上醒来时起，直到了最后的一日早晨，即 8 月 21 日，下山时止，无一日不记。恰恰的在山上三十日，不多也不少，预订的要做的工作，在这三十日之内，也差不多都已做完。

当我离开上海时，一个朋友问我：“什么时候可以回来？”

“一个月。”我答道。真的，不多也不少，恰是一个月。有一天，一个朋友写信来问我道：“你一天的生活如何呢？我们只见你一天一卷的原稿寄到上海来，没有一个人不惊诧而且佩服的。上海是那样的热呀，我们一行字也不能写呢。”

我正要把我的山上生活告诉他们呢。

在我的二十几年的生活中，没有像如今的守着有规则的生活，也没有像如今那么努力地工作着的。

第一晚，当我到了山时，已经不早了，滴翠轩一点灯火也没有。

我问心南先生道："怎么黑漆漆的不点灯？"

"在山上，我们已成了习惯，天色一亮就起来，天色一黑就去睡，我起初也不惯，现在却惯了。到了那时，自然而然地会起来，自然而然地会去睡。今夜，因为同家母谈话，睡得迟些，不然，这时早已入梦了。家中人，除了我们二人外，他们都早已熟睡了。"心南先生说。

我有些惊诧，却不大相信。更不相信在上海起迟眠迟的我，会服从了这个山中的习惯。

然而到了第二天绝早，心南先生却照常地起身。我这一夜是和他暂时一房同睡的，也不由得不起来，不由得不跟了他一同起身。"还早呢，还只有 6 点钟。"我看了表说。

"已经是太晚了。"他说。果然，廊前太阳光已经照得满墙满地了。

这是第一次，我倚了绿色的栏杆——后来改漆为红色的，却更有些诗意了——去看山景。没有奇石，也没有悬岩，全山都是碧绿色的竹林和红瓦黑瓦的洋房子。山形是太平行了。然而向东望去，却可看见山下的原野。一座一座的小山，都在我们的足下，一畦一畦的绿田，也都在我们的足下。几缕的炊烟，由田间升起，在空中袅袅地飘着，我们知道那里是有几家农户了，虽然看不见他们。空中是停着几片的浮云。太阳照在上面，那云影倒映在山峰间，明显地可以看见。

"也还不坏呢，这山的景色。"我说。

"在起了云时，漫山的都是云，有的在楼前，有的在足下，有时浑不见对面的东西，有时，诸山只露出峰尖，如在海中的孤岛，这简直可称为云海，那才有趣呢。我到了山时，只见了两次这样的奇景。"心南先生说。

这一天真是忙碌，下山到了铁路饭店，去接梦旦先生他们上山来。下午，又东跑跑，西跑跑。太阳把山径晒得滚热的，它又张了大眼向下望着，头上是好像一把火的伞。只好在邻近竹径中走走就回来了。

在山上，雨是不预约就要落下来的，看它天气还好好的，一瞬间，却已乌云蔽了楼檐，沙沙的一阵大雨来了。不久，眼望着这块大乌云向东驶去，东边的山与田野却现出阴郁的样子，这里却又是太阳光满满地照着了。

“伞在山上倒是必要的：晴天可以挡太阳，下雨的时候可以挡雨。”我说。

这一阵雨过去后，天气是凉爽得多了，我便又独自由竹林间的一条小山径，寻路到瀑布去。山径还不湿滑，因为一则沿路都是枯落的竹叶躺着，二则泥土太干，雨又下得不久。山径不算不峻峭，却异常好走。足踏在竹叶上，柔柔的如履铺了棉花的地板，手攀着密集的竹竿，一竿一竿地递扶着，如扶着栏杆，任怎么峻峭的路，都不会有倾跌的危险。

莫干山有两个瀑布，一个是在这边山下，一个是碧坞。碧坞太远了，听说路也很险。走过去，要经过一条只有一尺多阔的栈道，一面是绝壁，一面是十余丈深的山溪，轿子是不能走过的，只好把轿子中途弃了，两个轿夫牵着游客的双手，一前一后地把他送过去。去年，有几个朋友到那里去游，却只有几个最勇敢的这样的走了过去，还有几个却终于与轿子一同停留在栈道的这边，不敢过去了。这边的山下瀑布，路途却较为好走，又没有碧坞那么远，所以我便渴于要先去看看——虽然他们都要休息一下，不大高兴走。

瀑布的气势是那样的伟大，瀑布的景色是那样的壮美：那么多的清泉，由高山石上，倾倒而下，水声如雷似的，水珠溅得远远的，只要闭眼一想象，便知它是如何的可迷人呀！我少时曾和数十个同学们一同旅行到南雁荡山。那边的瀑布真不少，也真不小。老远的老远的，便看见一道道的白练布由山顶挂了下来，却总是没有走到。经过了柔湿的田道，经过了繁盛的村庄，爬上了几层的山，方才到了小龙湫。那时是初春，还穿着棉衣。长途的跋涉，使我们都气喘汗流。但到了瀑布之下，立在一块远隔丈余的石上时，细细的水珠却溅得你满脸满身都是，阴凉的，阴凉的，立刻使你一点的热感都没有了；虽穿了棉衣，还觉得冷呢。面前是万斛的清泉，不休地只向下倾注，那景色是无比的美好，那清而宏大的水声，也是无比的美好。这使我到如今还记念着，这使我格外地喜爱瀑布与有瀑布的山。十余年来，总在北京与上海两处徘徊着，不仅没有见什么大瀑布，便连山的影子也不大看得见。这一次之到莫干山，小半的原因，因为那山有瀑布。

山径不大好走，时而石级，时而泥径，有时，且要在荒草中去寻路。亏得一路上溪声潺潺的。沿了这溪走，我想总不会走得错的。后来，终于是走到了。但那水声并不大，立近了，那水珠也不会飞溅到脸上身上来。高虽有二丈多高，阔却只有两个人身的阔。那样萎靡的瀑布，真使我有些失望。然而这总算是瀑布，万山静悄悄的，连鸟声也没有，只有几张照相的色纸，落在地上，表示曾有人来过。在这瀑布下流连了一会儿，脱了衣服，洗了一个身，濯了一会儿足，便仍旧穿便衣，与它告别了。却并不怎么样的惜别。

刚从林径中上来，便看见他们正在门口，打算到外面走走。

“你去不去？”擘黄问我。

“到哪里去？”我问道。

“随便走走。”

我还有余力，便跟了他们同去。经过了游泳池，个个人喧笑地在那里泅水，大都是碧眼黄发的人，他们是最会享用这种公共场所的。池旁，列了许多座位，预备给看的人坐，看的人真也不少。沿着这条山径，到了新会堂，图书馆和幼稚园都在那里。一大群的人正从那里散出，也大都是碧眼黄发的人。沿着山边的一条路走去，便是球场了。球场的规模并不小，难得在山边会辟出这么大的一个地方。场边有许多石级凸出，预备给人坐，那边贴了不少布告，有一张说："如果山岩崩坏了，发生了什么意外之事，避暑会是不负责的。"我们看那山边，围了不少层的围墙。很坚固，很坚固，那里会有什么崩坏的事。然而他们却要预防着。在快活地打着球的，也都是碧眼黄发的人。

梦旦先生他们坐在亭上看打球，我们却上了山脊。在这山脊上缓缓地走着，太阳已将西沉，把那无力的金光亲切地抚摩我们的脸。并不大的凉风，吹拂在我们的身上，有种说不出的舒适之感。我们在那里，望见了塔山。

心南先生说："那是塔山，有一个亭子的，算是莫干山最高的山了。"望过去很远，很远。

晚上，风很大。半夜醒来，只听见廊外呼呼地啸号着，仿佛整座楼房连基底都要为它所摇撼。

山中的风常是这样的。

这是在山中的第一天。第二天也没有做事。到了第三天，却清早的起来，6 点钟时，便动手做工。8 时吃早餐，看报，看来信，邮差正在那时来。9 时再做，直到了 12 时。下午，又开始写东西，直到了 4 时。那时，却要出门到山上走走了。却只在近处，并不到远处去。天未黑便吃了饭。随意闲谈着。到了 8 时，却各自进了房。有时还看看书，有时却即去睡了。一个月来，几乎天天是如此。

下午 4 时后，如不出去游山，便是最好的看书时间了。

山中的历日便是如此，我从来没有过着这样的有规则的生活过！

塔山公园

由滴翠轩到了对面网球场，立在上头的山脊上，才可以看到塔山；远远地，远远地，见到一个亭子立在一个最高峰上，那就是所谓塔山公园了。到山的第三天的清早，我问大家道："到塔山去好吗？"

朝阳柔黄的满山照着，鸟声细碎地啁啾着，正是温凉适宜的时候，正是游山最好的时候。

大家都高兴去走走，但梦旦先生说，不一定要走到塔山，恐怕太远，也许要走不动。

缓缓地由林径中上了山；仿佛只有几步可以到顶上了，走到那处，上面却还有不少路，再走了一段，以为这次是到了，却还有不少路。如此的，"希望"在前引导着，我们终于到山脊。然后，缓缓地，沿山脊而走去。这山脊是全个避暑区域中最好的地方。两旁都是建造得式样不同的石屋或木屋，中间一条平坦的石路，随了山势而高起或低下。空地不少，却不像山下的一样，粗粗地种了几百株竹，它们却是以绿绿的细草铺盖在地上，这里那里的置了几块大石当作椅子，还有不少挺秀的美花奇草，杂植于平铺的绿草毡上。我们在那里，见到了优越的人为淘汰的结果。

一家一家的楼房构造不同，一家一家的园花庭草，亦布置得不同。在这山脊上走着，简直是参观了不少的名园。时时地，可于屋角的空隙见到远远的山峦，见到远远的白云与绿野。

走到这山脊的终点，又要爬高了，但梦旦先生有些疲倦了，便坐在一块界石上休息，没有再向前走的意思。

大家围着这个中途的界石而立着，有的坐在石阶上。静悄悄的还没有一个别的人，只有早起的乡民，满头是汗的挑了赶早市的东西经过这里，送牛奶面包的人也有几个经过。

大家极高兴地在那里谈天说地，浑忘了到塔山去的目的。太阳渐渐地高了，热了，心南看了手表道：

“已经9点多了。快回去吃早餐吧。”

大家都立了起来，拍拍背后的衣服，拍去坐在石上所沾着的尘土，而上了归途。

下午，我的工作完了，便向大家道：“现在到塔山去不去呢？”

“好的。”擘黄道，“只怕高先生不能走远道。”

高先生道：“我不去，你们去好了。我要在房里微睡一下。”

于是我和心南、擘黄同去了。

到塔山去的路是很平坦的。由山后的一条很宽的泥路走去，后面的一带风景全可看到。山石时时有人在叮叮地伐采，可见近来建造别墅的人一天天得多了，连山后也已有了几家住户。

塔山公园的区域，并不很广大，都是童山，杂植着极小极小的竹树，只有膝盖的一半高。还有不少杂草，大树木却一株也没有。将到亭时，山势很高峭，两面石碑，立在大门的左右，是叙这个公园的缘起，碑字已为风雨所侵而模糊不清，后面所署的年月，却是宣统二年（1910年）。据说，近几年来，亭已全圮，最近才有一个什么督办，来山避暑，提倡重修。现在正在动工。到了亭上，果有不少工匠在那里工作，木料灰石，堆置得凌乱不堪。亭是很小的，四周的空地也不大，却放了四组的水门汀建造的椅桌，每组二椅一桌，以备游人野餐之用。亭的中央，突然的隆起了一块水门汀建的高丘，活像西湖西泠桥畔重建的小青墓。也许这也是当桌子用的，因为四周也是水门汀建的亭栏，可以给人坐。

再没有比这个亭更粗陋而不谐和的建筑物了，一点式样也没有，不知是什么东西，亭不像亭，塔不像塔，中不是中，西不是西，又不是中西的合璧，简直可以说是一无美感，一无知识者所设计的亭子。如果给工匠们自己随意去设计，也许比这样的式子更会好些。

所谓公园者，所谓亭子者不过如此！然而这是我们中国人在莫干山所建筑的唯一的公共场所。

亏得地势占得还不坏。立在亭畔，四面可眺望得很远。莫干山的诸峰，在此一一可以指点得出来，山下一畦一畦的田，如绿的绣毡一样，一层一层，由高而低，非常地有秩序。足下的岗峦，或起或伏，或趋或耸，历历可指，有如在看一幅地势实型图。

太阳已经渐渐地向西沉下，我们当风而立，略略地有些寒意。那边有乌云起了，山与田都为一层阴影所蔽，隐隐地似闻见一阵一阵的细密的雨声。

“雨也许要移到这边来了，我们走吧。”

这是第一次到塔山。

第二次去是在一个绝早的早晨，人是独自一个。

在山上，我们几乎天天看太阳由东方出来。倚在滴翠轩廊前的红栏杆上，向东望着，我们便可以看到一道强光四射的金线，四面都是斑斓的彩云托着，在那最远的东方。渐渐地，云渐融消了，血红血红的太阳露出了一角，而楼前便有了太阳光。不到一刻，而朝阳已全个地出现于地平线上了，比平常大，比平常红，却是柔和的，新鲜的，不刺目的。对着了这个朝阳而深深地呼吸着，真要觉得生命是在进展，真要觉得活力是已重生。满腔的朝气，满腔的希望，满腔的愉意，满腔的跃跃欲试的工作力！

怪不得晨鸟是要那样地对着朝阳婉转地歌唱着。

常常地在廊前这样的看日出。常常地移了椅子在阳光中，全个身子都浸没在它的新光中。

也许到塔山那个最高峰去看日出，更要好呢。泰山之观日出不是一个最动人的景色吗？

一天，绝早，天色还黑着，我便起身，胡乱地洗漱了一下，立刻起程到塔山。天刚刚有些亮，可以看见路。半个行人也没有遇见。一路上急急地走着，屡次地回头看，看太阳已否升起。山后却是阴沉沉的。到了登上了塔山公园的长而多级的石阶时，才看见山头已有金黄色，东方是已经亮晶晶的了。

风呼呼地吹着，似乎要从背后把你推送上山去。愈走得高风愈大，真有些觉得冷栗，虽然是在6月，且穿上了夹衣。

飞快地上山，到了绝顶时，立刻转身向东望着，太阳却已经出来了，圆圆的红血的一个，与在廊前所见的一模一样，眼界并不见得因更高而有所不同。

在金黄的柔光中浸溶了许久许久才回去，到家还不过8时。

第三次，又到了塔山，是和心南先生全家去的，居然用到了水门汀的椅桌，举行了一次野餐会。离第一次到时，只有半个月，这里仿佛因工程已竣之故，到的人突多起来。空地上垃圾很不少，也无人去扫除。每个人下山时都带了不少只苍蝇在衣上帽上回去。沿路费了不少驱逐的工夫。

不速之客

这里离上海虽然不过一天的路程，但我们却以为上海是远了，很远了；每日不再听见隆隆的机器声，不再有一堆一堆的稿子待阅，不再有一束一束来往的信件。这里有的是白云，是竹林，是青山，如果镇日地靠在红栏杆上，看看山，看看田野，看看书，那么，便可以完全与外面的世界隔绝。偶然地听着鸟声喋格喋格地哢着，或一只两只小鸟，如疾矢似的飞过槛外，或三五丛蝉声曼长地和唱着，却更足以显出山中的静谧与心中的静谧来。

然而我们每天却有两次或三次是要与上海及外面世界接触的：一次便是早晨8时左右邮差的降临，那是照例总有几封信及一束日报递来的。如果今天邮差迟了一点来，或没有信件，我们心里便有些不安逸。

“我有信没有？”一见绿衣人的急步噔噔噔地上了楼，便这样的问；有时在路上遇见了，那时时间是更早，也便以这同样的问题问他。

他跑得满头是汗，从邮袋中取了信件日报出来，便又匆匆地转身下楼了。我到了山中不到三天，已与这个邮差熟悉。因为每次送这一带地方邮件的总是他。据他说，今年上山的人不到三百。因为熟悉了，在中途向他要信时，他当然不会不给的。

再一次是下午 1 时左右：那时带了外面的消息来的，又是邮差，且又是同样的那一个邮差；不过这一次是靠不住的，有时来，有时不来。

最后一次是夜间 9、10 时左右，那时是上海或杭州的旅客由山下坐了轿子来的时候。因为滴翠轩的一部分是旅馆，所以常常有旅客来。我的房间隔壁，有两间空房，后面也有一间，这几个房间的住客是常常更换的。有时是官僚，有时是军人，有时是教育家，有时是学生——我还曾在茶房扫除房间时，见到一封住客弃掉的诉说大学生活的苦闷的信——有时是商人，有时是单身，有时是带了女眷。虽然我是不大同他们攀谈的，但见了他们的各式各样的脸，各式各样的举动，也颇有趣。不过他们来时，往往我们已经睡了。第二天一清晨，便听见老妈子们纷纷传说来的是什么样的人。有时，座谈得迟了，便也看见他们的上山。大约每一二夜总有一批人来。一见轿夫挑夫的喧语，呼唤茶房的声音，楼梯上杂乱匆促的足步声，便知山客是又多了几个了。有时，坐在廊前，也看见对山有灯火荧荧的移动。老妈子们便道："又有人上山了。"刘妈道："一个，两个，还有一个，妈妈呀，轿子多着呢！今天来的人真不少呀！"这些人当然不是到滴翠轩来的，因为到滴翠轩是走老路近，而对山却是新路，轿夫们向来不走的。走新路的，都是到岭上各处别墅上去的。

第一次第二次的外面消息，是我们所最盼望的，因为载来的是与我们有关的消息。尤其热忱地来候着的是我。因为，箴没有和我同来，我几次写信去，总催她快些上山来。上海太热，是其一因，还有……

别离，那真不是轻易说的。如果你偶然孤身做客在外，如果你不是怕见你那母夜叉似的妻，如果你没有在外眷恋了别一个女郎，你必定会时时地想思到家中的她，必定会有一种说不出的离情别绪萦挂在心头的，必定会时时的因事，因了极小极小的事，而感到一种思乡或思家之情怀的。那是每个人都是这个样子的，毋庸其讳言。即使你和她向来并不怎么和睦，常常要口角几声，隔了几天，且要大闹一次的，然而到了别离之后，你却在心头翻腾着对于她的好感。别离使你忘了她的坏处，而只想到了她，特别是她的好处。也许你们一见面，仍然再要口角，再要拍桌子，摔东西的大闹，然而这时却有一根极坚固极大的无形的情线把你和她牵住，要使你们互相接近。你到了快归家时，你心里必定是“归心如箭”；你到了有机会时，必定要立刻地接了她出来同住。有几个朋友，在外面当教员的，一到暑假，经过上海回家时，必定是极匆忙地回去，多留一天也不肯。“他是急于要想和他夫人见面呢。”大家都嘲笑似的谈着。那不必笑，换了你，也是要如此的。

这也毋庸讳言，我在这里，当然的，时时要想念到她。我写了好几封信给她，去邀她来。“如果路上没有伴，可叫江妈同来。”但她回了信，都说不能来。我们大约每天总有一封信来往，有时有两封信，然而写了信，读了信，却更引起了离别之感。偶然她有一天没有信来，那当然是要整天地不安逸的。

“铎，你不在，我怎么都不舒服，常常地无端生气，还哭了几次呢。你什么时候才能回来呢？”这是她在我走了第二日写来的信。

凄然的离情，弥漫了全个心头，眼眶中似乎有些潮润，良久，良久，还觉得不大舒适。

听心南先生说，有两位女同事写信告诉他，要到山上来住。那是很好的机会，可以与箴结伴同行的。我兴冲冲地写了信去约她。但她们却终于没有成行，当然她也不来了。我每天匆匆地工作着，预备早几天把要做的工做完。她既不能来，还是我早些回去吧。

有一次，我写信叫她寄了些我爱吃的东西来。她回信道："明后天有两位你所想不到的人上山来，我当把那些东西托他们带上。"

这两位我所想不到的人是谁呢？执了信沉吟了许久，还猜不出。也许是那两位女同事也要来了吧？也许是别的亲友们吧？我也曾写信去约圣陶、予同他们来游玩几天，也许会是他们吧？

一天过去了，两天过去了，这两位还没有到，我几乎要淡忘了这事。

第三夜，10点钟的左右，我已经脱了衣，躺在床上看书。倦意渐渐迫上眼睫，正要吹灭了油灯，楼梯上突然有一阵匆促的杂乱的足步声；这足步到了房门口，停止了。是茶房的声音叫道：

"郑先生睡了没有？楼下有两位女客要找你。"

"是找我吗？"

"她说是要找你。"

我心头扑扑地跳着。女客？那两位女同事竟来了么？匆匆地穿上了睡衣，黑漆漆地摸到楼梯边，却看不出站在门外的是谁。

"铎，你想得到是我来了么？"这是箴的声音，她由轿夫执的灯笼光中先看见了我，"是江妈伴了我来的。"

这真是一位完全想不到的不速之客！

在山中，我的情绪没有比这一时更激动得厉害的了。

大佛寺

祝福那些自由思想者!

挂了黄布袋去朝山，瘦弱的老妇、娇嫩的少女、诚朴的村农，一个个都虔诚地一步一挨的，甚至于一步一拜的，登上了山；口里不息地念着佛，见蒲团就跪下去磕头，见佛便点香点烛。自由思想者站在那里看着笑着，“呵，呵，那一班愚笨的迷信者”。一个蓝布衣衫、拖着长辫的农人，一进门便猛拜下去，几乎是朝了他拜着，这使他吓了一跳，便打断了他的思想。

几个教徒，立在小教堂门外唱着《赞美诗》，唱完后便有一个在宣讲“道理”，四周围上了许多人听着，大多数是好事的小孩子们，自由思想者经过了那里，不禁嗤了一声，连站也不一站地走过了。

几个教徒陪他进了一座大礼拜堂。礼拜堂门口放了两个大石盆，盛着圣水，教徒们用手蘸了些圣水，在胸前画了一个“十”字，便走进了。大殿的四周都是一方一方的小方格，立着圣像，各有一张奇形的椅子，预备牧师们听忏悔者自白时用的，那里是很庄严的，然而自由思想者是漠然淡然地置之。

祝福那些自由思想者!

然而自由思想者果真漠然淡然吗?

他嗤笑那些专诚的朝山者、传道者、烧香者、忏悔者，真的是!然而他果真漠然淡然吗?

不，不!

黄色的围墙，庄严的庙门，四个极大的金刚神分站左右。一二人合抱不来的好多根大柱，支持着高难见顶的大殿；香烟缭绕着；红烛熊熊的点在三尊金色的大佛之前，签筒嘀嗒嘀嗒的作响，时有几声低微的宣扬佛号之声飘过你的耳边。你是被围抱在神秘的伟大的空气中了。你将觉得你自己的空虚，你自己的渺小，你自己的无能力；在那里你是与不可知的运命、大自然、宇宙相见了。你将茫然自失，你将不再嗤笑了。

尖耸天空的高大建筑，华丽而整洁的窗户、地板，雄伟的大殿，十字架上是又苦楚又慈悲的耶稣，一对对的纯洁无比的白烛燃着。殿前是一个空棺，披罩着绣着白“十”字的黑布，许多教徒的尸体是将移停于此的。静悄悄的一点声响也没有，连苍蝇展翼飞过之声也会使你听见。假使你有意地高喊一声，那你将听见你的呼声凄楚地自灭于空虚中。这里，你又被围抱在别一个伟大的神秘的空气中了，你受到一种不可知的由无限之中而来的压迫，你又觉得你自己是空虚、渺小、无能力。你将茫然自失，你将不再嗤笑了。

便连几缕随风飘荡的星期日的由礼拜堂传出的风琴声、赞歌声以及几声断续的由寺观传到湖上的薄暮的钟声、鼓声，也将使你感到一种压迫、一种神秘、一种空虚。

那些信仰者是有福了。

呵，我们那些无信仰者，终将如浪子似的，如秋叶似的萎落在漂流在外面么?

我不敢想，我不愿想。

我再也不敢嗤笑那些专诚的信仰者。

我怎敢踏进那些“庄严的佛地”呢?然而，好奇心使我们战胜了这些空想，而去访问科仑布的大佛寺。

无涯的天，无涯的海，同样的甲板、餐厅、卧房，同样的人物，同样的起、餐、散步、谈话、睡，真使我们厌倦了；我们渴欲变换一下沉闷空气。于是我们要求新奇的可激动的事物。

到了科仑布，我们便去访问那久已闻名的大佛寺。我们预备着领受那由无限的主者、由庄严的佛地送来的压迫。压迫，究之是比平淡无奇好些的。

呵，呵，我们预备着怎样的心情去瞻仰这古佛、这伟佛，这只有我们自己知道。

到了！一所半西式的殿宇，灰白色的墙，并不庄严地立在南方的晚霞中。到了！我有些不信。那不是我们所想象的“佛地”，没有黄墙，没有高殿，没有一切一切，一进门是一所小园，迎面便是大卧佛所在的地方。我们很不满意，如预备去看一场大决斗的人，只见得了平淡的和解之结局一样的不满意。我们直闯进殿门。刚要揭开那白色嵌花的门帘时，一个穿黄色的和尚来阻止了。“不！”他说，“请先脱了鞋子。”于是我们都坐到长凳上脱下了皮鞋，用袜走进光滑可鉴的石板上。微微地由足底沁进阴凉的感触。大佛就在面前了。他慈和地倚卧着，高可一二丈，长可四五丈，似是新塑造的，油漆光亮亮的。四周有许多小佛，高鼻大脸，与中国所塑的罗汉之类面貌很不相同。“那都是新的呢。”同行的魏君说。殿的四周都是壁画，也似乎是新画上去的。佛前有好些大理石的供桌，桌上写着某人献上，也显然是新的。

那不是我们所想象的大佛寺里的大卧佛！

不必说了，我们是错走入一个新的佛寺里来了！

然而，光洁无比的供桌，堆着许多许多“佛花”，神秘的花香，一阵阵扑到鼻上来时，有几个土人，带了几朵花来，放在桌上合掌向佛，低微地念念有词；风吹动门帘，那帘上所系的小铜铃，便丁零作声。我呆呆地立住，不忍立时走开。即此小小的殿宇，也给我以所预想的满足。

我并不懊悔！那便是大佛寺，那便是那古旧的大卧佛！

出门临上车时，车夫指着庭中一个大围栏说：“那是一株圣树。”圣树枝叶披离，已是很古老了。树下是一个佛龛，龛前一个黑衣妇人，伏在地上默默地祷告着。

呵，怕吃辣的人，尝到一点辣味已经足够了。

从清华园到宣化

别后，坐载重汽车向清华园车站出发。沿途道路太坏，颠簸得心跳身痛。因为坐得高，绿榆树枝，时时扑面打来，一不小心，不低头，便会被打得痛极。8 时 12 分，上平绥车，向西走，“渐入佳境”。左边是平原，麦田花畦，色彩方整若图案。右边，大山峙立，峰尖巉巉若齿，色极青翠。白云环绕半山，益增幻趣。绝似大幅工笔的青绿山水图。天阴，欲雨未雨。道旁大石巨崖棋布罗立，而小树散缀于岩间，益显其细弱可怜。沿途马缨花树最多，树尖即在车窗之下，绿衣红饰，楚楚有致。9 时半，到南口。车停得很久。下去买了一筐桃子，总有一百多个，价仅二角。味极甜美。果贩们抢着叫卖，以脱手卖出为幸，据说获利极少。过南口，车即上山。溪水清冽，铮淙有声。过了几个山洞，山势险峨甚。在青龙桥站停了一会儿。又过山洞，经八达岭下，即入大平原。俨然换一天地。山势平衍若土阜，绿得可爱。长城如在车下。回顾八达岭一带，则山皆壁立，峻削不可攀援。长城蜿蜒卧于山顶，雉堞相望。山下则堡垒形的烽火台连绵不断。昔日的国防，设备是这样地周密，今已一无所用了。长城一线已不能阻限敌人们铁骑的蹂躏了！

11时45分到康庄。这是一个很大的车站，待运的货物堆积得极多。有许多山羊，装在牲畜车上，当是从西边运来的。12时25分，过怀来，山势又险峻起来。山色黄绿相间，斑斓若虎皮纹，白云若断若连的懒散地拥抱于山腰。太阳光从云隙中射下，一缕一缕的，映照山上，益显得彩色的幻变不居。

下午1时余，到土木堡。此地即明英宗被也先所俘处，侍臣及兵士们死难者极多。闻有大墓一，今已不知所在。有显忠祠一，祀死难诸臣的，今尚在堡内。我们下车，预备在此处停留数小时。堡离车站数里，在田垄间走着。进沛津门，即入堡。房屋构造，道路情形，已和“关内”不同。大街极窄小，满是泥泞，不堪下足，除小毛驴外，似无其他代步物。街下有“岁进士”和“选元”的匾额，初不知所指，后读题字，始知前者为“岁贡生”，后者为“选拔贡生”。商店很少，有所谓“孟尝君子之店”者，即为旅馆。门上又悬“好大豆腐”的招记，后又数见此招记。似居民食物主要品即为豆腐。到显忠祠，房屋破败不堪，明碑也鲜存者。此祠立于景泰间，至万历时焚于火，清初又毁于兵。康熙五十六年（1717年）雷有乾等重建之。嘉庆间又加重修。祠后，辟屋祠文昌帝君，壁上画天聋、地哑像，乔模作态，幽默可喜。3时半，回到车站，4时又上车西去。6时20分到下花园车站。这个地方，辽代的遗迹颇多，惜未及下车。鸡鸣山远峙于左，洋河浊浪滔滔，车即沿河而走。右有一峰孤耸，若废垒，四无依傍，拔地数十丈，色若焦煤，是一奇景。一路上都是稻田，大有江南的风光。6时55分到辛庄子，溯河而上，洋河之水，势极湍急，奔流而下，潺潺之声满耳。堤岸皆方石所筑，极齐整，间亦有已被冲刷坏了的。对山一带，自山腰以下，皆是黄色，风力吹积之痕迹，宛然可见。漠外的沙碛，第一次睹得一斑。山色本来是绿的；为了黄沙的烘托，觉得幽暗，更显出暗绿。柳树极多，极目皆是。

7 时 40 分到宣化。车停在车站，拟即在此过夜。城外有兵士甚多，正在筑土堡，据说是在盖建营房。夜间，风很大，虎虎有声，不像是夏天。

8 日，清晨即起身。遥望山腰，白云绵绵不绝，有若衣带环束者，有若炊烟上升者。半山黄沙，看得更清楚。7 时半，坐人力车进城。入昌平门，门两旁有烧砖砌成之金刚神。城门上钉的是钟形之铁钉，极别致。城墙上有一石刻小孩做向下放便势；下有一猴，头顶一盘承之。据车夫说，从前每逢天将雨，盘上便有水渍。今已没有这效验了。穿城而过，出北门。北门的城楼，即有名之威远楼，明代所建，今尚未全颓。正对此楼，为镇虏台，台高四丈，远望极雄壮。旁有一小阜，名药王阁。我们走上去，无一人，屋内皆停棺木。狗吠声极凶猛。一老太婆在最高处出而问客。语声不可懂。她骨瘦如柴，说一声话，便要咳嗽几声。明白的是肺痨病已到不可救药的地步，真所谓“与鬼为邻”的了。我心头上觉得有物梗塞，非常难过，便离开了她，向镇虏台走来。台下为龙王殿，台上有匾曰“眺远”。此台为嘉靖甲寅（1554 年）所建，登之，可眺望全城。有明代碑记，凡“镇虏台”之“虏”字，皆已被铲去，殆是清代驻防军人所为。台下山旁，有洞穴二，初不知为何物，入其中，可容人坐立。车夫云：“为一山西客民所居，今已弃之而去。”这是我第一次见到的穴居。

过镇虏台，便望见恒山寺（一名北岳庙）。寺占一山巅，须过一小河始可达。山径已湮没，无路可上。行于乱石细草之间，尚不难走。前殿为安天殿，后殿为子孙娘娘庙。有顺治十年（1653 年）及乾隆甲午（1774 年）二碑。山石皆铁色。对河即为龙烟铁矿办事处。

本有铁路支线一，因此矿停工，路亦被拆去。此矿规模极大，炼矿砂处，在北平之石景山。恒山寺下葡萄园极多，亦间有瓜田。平津一带所需之葡萄，皆由此处供给。又有天主堂的修道院一，建筑不久，式样似辅仁大学，当为同时所造的。院主为本国人吴君，在内修道者，有五六十人，都是从远方来的。

回到城内，游城中央的镇朔楼，本为鼓楼，大鼓尚存，今改为民众教育馆，办事精神很好，图书有《万有文库》等，尚不少。其北为清远楼，尚是旧形，原为钟楼，崇阁三层，为明成化间御史秦纮所造，因上楼之门被锁上了，未能上去。清远楼正居城的中央，楼下通自衢四达，似峨（格）特式的建筑，全是圆拱式的。

甘霖桥东有朝玄观（亦作朝天观），有宣德九年（1434 年）杨荣撰及正统三年（1438 年）吴大节撰的碑记。楼阁虽已破败，而宏伟的规模犹在。

次到介春园（今名玉家花园），园本清初王毅洲（墨庄）的藏书处，乾隆间为李氏所得。道光十年（1830 年），始为守备王焕功所得，大加经营，为一邑名胜。鱼池花木，幽雅宜人，今也已衰败，半沦为葡萄园，闻年可出葡萄八千斤。园亭的建筑大有日本风（味），小巧玲珑。春时芍药极盛，今仅存数株耳。大树不少，正有两株绝大的，被斫伐去，斥卖给贾人。工匠叮叮地在挖掘树根。不禁有重读柴霍夫《樱桃园》剧之感。

次到弥陀寺。朝玄观的道士云："先有弥陀，后有宣化，不可不看。"但此寺今已改为第二师范，仅存明代的铜钟及大铜佛各一。其实，弥陀寺乃始建于元中书右丞相安童，元、清皆曾重修。今碑文皆不见。铜佛高一丈八尺五寸，重四千余斤，为明宣德十四年（1439 年）九月十五日比丘性杲真源募缘建造。校园中，有大葡萄树数株，远者已有六十余年。

次去参观一清真寺，脱鞋入殿。此地教徒约五千人，甚占势力。

宣化本为李克用的沙陀国城，余址今尚可辨，又有镇国府，为明武宗的行在，曾辇豹房珍宝及妇女实其中，称曰“家里”，今为女子师范学校。惜因时促，均未及游。

宣化城内用水，皆依靠洋河，全城皆有小沟渠，引水入城，饮用，洗濯，及灌溉葡萄园皆用此水。人工河道，规模之小，似当以此处为最。

张家口

由宣化到张家口，不过半小时：下午 7 时 35 分开车，8 时便到。饭后，到日新池沐浴。临时买了一瓶消毒药水，店伙竟以为奇，不知如何用法。大街上很热闹，商店极多，虽比不上上海、天津，却有北平最热闹街道的气象。洋货铺及麻菇店最多；西路东路的麻菇，皆以此地为总汇。又有悬挂“批发”招记而无售卖何物之标识的，听说，都是批发“特货”的店铺。

9 日，从睡梦中为喇叭声所惊醒。一队队的军士，肩负铁铲，唱着军歌，出去做工。这时，天色刚亮，红霞满天，仅 5 点多钟。从车窗里远望，山势蜿蜒，狼烟台依山势的高下布置着。虽然都已颓败，但还可看出古代军事家的有计划的国防布置。

8 时，从车站到大境门。这门是通口外的大道，很重要。路过清水河，河上有桥名清水桥，工程甚大。过桥后，有名“西来顺”的一家商店，同行者指着道：“这店便是批发‘特货’的一家。”一看果然是没有任何标识，只有店名及“批发”二字。

又经下堡，即昨夜走过的商业区。下堡又名旧城，明宣德四年

（1429年）所建。

出大境门，沿西沟而至元宝山，此地为汉蒙交易处。“半里许有地名马桥，由6月6日到9月10日止，每晨卖马牛羊者，集于此桥。”（白眉初:《中国省区全志》第一册）商店皆用满、蒙、藏三种文字为店标。墙上又高标外国商店二家之名，一为英商西密得，专收皮革；一为德商德华洋行，做外蒙的买卖，规模极大，成为中蒙贸易的专利的公司。他们有长途汽车不少，往来于张家口、库伦间。每年获利极巨。闻去年即挣了纯利四百余万元。途中牛车百数十辆，连绵不断。山边有水泉流出，在沙地中流着，牛马皆就之而饮。泉水的发源地，在一所极小的小庙下的岩中。前望山岭，回环拥抱，仅此一线峡涧，为交通的孔道。峰回路转，气象万千。但此处为大车路，不通汽车，到库伦去的汽车，要经万全。

大境门上有“大好河山”四字，为高维嶽手笔。沿途稽查很严，每逢要摄影的地方，岗警必来要去名片并盘问几句。足见这地方在防守上地位的重要，实不能不这样防备的。

回车午餐，休息了一会儿，车上热度到华氏表九十八度。便坐车到公园，布置尚楚楚，动物笼中仅山兔及狼而已。次到赐儿山，山为张垣最有名的胜地，有汽车道，正在修理，可直达半山。山一名云泉山，上有云泉寺。寺为娘娘庙，顺治辛卯年（1651年）重修，求子者多祷于此，故香火很盛。殿下有二洞，一曰冰洞，终年皆冰；一曰水洞，冬日不冻。但入而观之，则水洞当此夏季，当然有水；而冰洞则干涸见底，不仅无冰，也不见有水。娘娘殿两旁有忠义宫及袁公亭。忠义宫祀关羽，袁公亭则祀清时粮厅袁某者。袁公亭最高爽，登览之顷，四山似皆在足下。整个张垣，历历可指。亭中，闻有某军官在避暑，阶上放着留声机一具；亭下小屋一间，贴着“小厨房”字样。

忠义宫中，满挂着仙佛的“照相”，阴影憧憧，鬼形可怖。闻民国十八、十九年（1929—1930年）间，扶乩之风最盛，此皆其所遗之痕迹。道人云：“近来已衰落了。”但观其陈列之物很整齐、很新鲜，似还有人在开坛捣鬼。

园中有浊水一池，游人们多坐在池边纳凉，池中一无所有。公园四周，多树“格言画”牌，每牌画一个故事，表现“孝悌忠信，礼义廉耻”八个大字的训条。西北军的传统的老信念也。

次到地藏寺，一进门，开殿门的人便给我们一个警告：“有汗的不要进去。”其实我们都已走得汗出。“为什么？”“洞里头冷，怕着凉。”进洞，确是很冷，和外面温度至少相差十五度。原来此殿是就山洞而造的。骤由太阳的炎光中走到这洞里，觉得很爽快。没有人肯听警告者的话。殿里很黑暗，柱上都盘着龙，不是彩画的，是泥和木塑成的，张牙舞爪，形状可怕，这是我们第一次见到的这样的“龙柱”。旁有风神祠及仓神殿。仓神殿亦为扶乩之所，陈列的鬼影不少。风神祠惜因门锁闭，未得进去，不知风神果做何状。寺内有康熙、乾隆、嘉庆各时代的碑。一阵风来，天井中亭角的风铃当当作响，清脆可听。这声音，在南方似已不易听到了。

次到市圈，即所谓上堡（一名新堡）者是。堡修于明万历时，为对蒙交易之所。有万历四十四年（1616年）汪道亨所作“新城来远堡题名记”，今尚存。殆为张垣最古的一碑。闻在中俄通商、库伦贸易未断之前，此处商业甚盛。还有医院一所，今则半成颓垣废瓦，空无居人，仅有军士数人看守耳。军土们作业甚勤，提筐倒土，执铲去泥，无役不作。即抬土时，亦开正步走。我们去时，正有兵士数人被罚跪于道旁。堡上最高处为关岳庙，规模甚大，其戏台乃在市圈广场之一边。庙中有“合圣佛坛”，亦为扶乩的地方。

次到旧堡，亦有城，甚大。有玉皇阁，在城边上，就城为庙，可望见全部商业地及四山。道人遥指道：“对山是宋主席新建的观音寺，还没有完工呢。”绿山之中，一大块的白茫茫的新斫的山岩，即为其地。

归时，往怡安市场，大似北平头发胡同的旧货市，不过所售者非旧物耳。

张垣风光，和东南及冀鲁都不相同。我们到处所见皆为新鲜的事物，几乎是带着好奇的心去考察。这里没有旧的文化，没有像大同那样的惊人的古迹，甚至没有像宣化那样漂亮的建筑和楼牌。这里始终是一个商业的中心，从明代到民国初元都是在这样的情形底下发展着，但现在却形势全非了！那地方的险要是什么人都知道的。西北几省的存亡，几以此一要塞的保全与否为关键；甚至在远东的国际战争上，也是握着极重要的关键。目前的这样熙熙攘攘的景象，果能保持到几时呢？

车正从一所戏园边经过，悲壮凄凉的秦声正从园中透出。

大　同

10日，5时即起身。6时20分由张家口开车。过阳高时，本想下去游白登堡，因昨夜大雨滂沱，遍地泥泞，不能下足，只好打消此议。下午1时半到大同。

大同在六朝做过北魏的都城，历代也都是大邑重镇。遗留古迹极多。在平绥路线上是一个最有过去的光荣的地方。现在车道可通太原等处。将来同蒲路修竣，这个地方在军事和商业上占的地位更为重要。

过大同的人，没有一个不耳熟于云冈石窟之名。这是北魏时代的一个伟大的艺术的宝窟，我憧憬于兹者已有好多年。到大同的目的，大半在游云冈。但并不是说，城内便没有可逛的地方。大同的城内也到处都是古迹，都有伟大的建筑物和艺术品在着。在大同，便够你逛个十天八天，逛个心满意足，还使你流连徘徊，不忍即返。

在车站上听见人说，连日大雨倾盆，通云冈的汽车道已被水冲坏，交通中断。这话使我的游兴为之减去大半。其田、文藻到骑兵司令部去打听关于云冈道上的消息，并去借汽车——到云冈虽不过三十里，汽车一小时余可达，坐骡车骑马却都很费事，故非去借汽车不可。过了许久，他们才回来，说赵司令承绶已赴云冈，他也因路断不能回来。现在正派工兵连夜赶修，大约明天这条路可以修好。

这样的在期待中，在车厢里过了半天，夜色苍茫，如豆的电灯光照得人影如鬼影似的，实在鼓不起上街的兴趣。到这陌生的地方，也不愿意夜游。便在车上闲谈，消遣过这半夜。

11 日 6 时起。9 时左右，司令部的载重汽车来了。先游城内。云冈的修路消息还没有来，据说，要 12 时前后方才知道确实的情形。颉刚游过大同数次，他独留在车上写信，不出去。

大同旧城外，有外郭三，除兵房外，无甚商店。但马路甚好，兵士时常地在修理。一进旧城，便是县政府的范围，那马路的崎岖不平，泥泞满途，有过于北平人所称的“无风三尺土，有雨一街泥”。我们坐在大汽车上颠簸得真够受。旧城的城楼，曾改建成西式的楼房，作为图书馆。后冯玉祥军围大同，图书馆为炮火所毁。至今未能恢复。一座破坏了的洋楼孤巍巍地耸立在城头，倒是一个奇观。

到了阳和街东，便是九龙壁的所在。这是代王邸前的一道照壁。王邸已沦为民居，仅此照壁尚存。锁上了门，须叫看守者开门进去。那九条龙张牙舞爪的显得很活泼。琉璃砖瓦砌合的东西，光彩过于辉煌耀目，火辣辣的，一看便有非高品之感。但此壁琉璃砖上的彩色已剥落了不少，却觉得古色斑斓，恬暗幽静，没有一点火气，较之北海公园的那一座九龙壁来，这一座是够得上称作老前辈的了。在壁下徘徊了好久。壁的前面是一个小池。据看守人说，池里有水的时候，龙影映在水中，活像是真龙。又说，大小龙共计一千三百八十条。此数大约不确，连琉璃瓦片上的小龙计之，也不会到此巨数的。“九龙神迹”的一碑为乾隆重修时所立。又有嘉庆及民国十九年（1930年）重修的二碑。

次游华严寺，这是大同城内最著名的梵刹。共有上寺下寺二所，相距甚近。当初香火盛时，或是相连的，后来寺址的一部分被占为民居，便隔成两地了。这是很可能的解释。上华严寺规模极大，现在虽然破坏不堪，典型犹在。旁院及后院皆夷为民居。大雄宝殿是保存得最好的一部分。终年锁上了门，可想见香火的冷落。找到了一个看守的和尚，方才开了门。此殿曾经驻过兵，被蹂躏得不堪。壁画尚完好。但都是金碧焕然，显为二三十年内所作的。有题记云“信心弟子画工董安”，又云“云中钟楼西街兴荣魁信心弟子画工董安”。这位董安，当是很近代的人。但画的佛像及布置的景色却浑朴异常，饶有古意。有好几个地方还可看出旧的未经修补涂饰的原来痕迹。大约董安只不过修补一下，加上些新鲜的颜色上去而已。原来署名的地方，一定是有古人署名的，却为他所涂却，僭写上了自己的名号了。此种壁画，当不至经过一次两次的涂饰。每经过一次的“装修”，必定会失去若干的“神韵”。凡董安所曾“装修”过的，细阅之，笔致皆极稚弱，仅存古作的躯壳耳。凡未经他的“装修”的，气魄皆很伟大，线条使色，都比较老练、大胆。今日壁画的作家，仅存于西北一隅，而人皆视之为工匠，和土木工人等量齐观，所得也极微少，无怪他们的堕落。再过几年，恐怕连这类的“匠人”也不易找到了。北方的佛教势力实在是太微弱了，除了一年一度或数度的庙会之外，差不多终年是没有香火的。有香火的几个庙，不过是娘娘庙、城隍庙及关帝庙、玉皇庙等寥寥数座而已。为了生活的压迫，连宗教的崇拜也都专趋于与自己有切身利害关系的神祇们身上，释迦、如来之类，只好是关上大门喝西风了。故北方的庙宇，差不多不容易养活多少个僧侣。像灵隐寺及普陀山诸寺之每寺往往住着数百千个和尚的简直是没有。这有名的古刹华严寺，不过住着几个很穷苦的看守人而已，而其衣衫的破烂，殊有和这没落的古庙相依为命之概。北方的庙宇，听说，只有喇嘛庙还可以存在，每庙也常住着数百人。其经济的来源却是从蒙古王公们那方面供给的居多，然今日也渐渐地日见其衰颓了。

上华严寺的大殿上的佛像以及布置，都和江南及北平的不同。殿很大，共有九九八十一间。还是辽代的建筑，历经丧乱，巍然独存。佛像极庄严，至晚是金元时代的东西。供养佛前的花瓶，是石头造的。像后的焰光极繁缛绚丽，和永乐时代的木版雕刻的佛像有些相同。无疑地，木雕是从这实物上仿得的。

“大雄宝殿”四字是宣德二年（1427 年）写的。又有“调御丈夫”一额，是万历戊午年（1618 年）马林所题。此外，便无更古的题记了。

走过一条街便是下华严寺。一走进寺门，觉得气魄没有上寺大，眼界没有上寺敞。但当小和尚们——这里还有几个和尚及沙弥，庙宇保存得也还好——把大殿的门打开了时，我们的眼光突为之一亮，立刻喊出了诧异和赞叹之声。啊，这里是一个宝藏，一个最伟大的塑像的宝藏！从不曾见过那么多的那么美丽的塑像拥挤在一起的。这里的佛像确有过于拥挤之感，也许是从别的地方搬运了些过来的吧。简直像个博物院。上寺给我们的是衰败没落的感觉，到这下寺却使我们感到走进一个保存古物的金库里去。上寺的佛像是庄严的，但这里的佛像，特别倚立着的几尊菩萨像，却是那样的美丽。那脸部，那眼睛，那耳朵，那双唇，那手指，那赤裸的双足，那婀娜的细腰，几乎无一处不是最美的制造品，最漂亮的范型。那倚立着的姿态，娇媚无比啊，不是和洛夫博物院的 Venus de Melo 有些相同吗？那衣服的褶痕、线条，哪一处不是柔和若最柔软的丝布的，不像是泥塑的，是翩翩欲活的美人。地山曾经在北平地摊上买到过一尊木雕的小菩萨像，其姿势极为相同。当为同时代之物。大约还是辽代的原物吧？否则，说是金元之间的东西，是绝无疑问的。在明代，便不见了那飞动、那婀娜的作风了。明的塑像往往是庄严有余，生动不足的。清代的作物，则只有呆板的形象，连庄严慈祥的表情也都谈不到了。眼前便有一个好例：在这宝库里，同时便有几尊清代的塑像杂于其间，是那样的猥琐可怜！

我看了又看，相了又相，爬上了供桌，在佛像菩萨像之间，走着，相着，赞叹着。在殿前殿后转了好几个弯。要是我一个人在这里的话，便住在这里一天两天三天都还不能看得饱足的。可惜天已正午，不能不走。走出这拥挤的宝殿时，还返顾了好几次！

殿内有“大金国西京大华严寺重修薄伽藏教记”，为金天眷三年（1140 年）云中段子卿撰。原来这里是一个藏经殿。殿的四周，经阁尚存，但不知是否原物。打开了经阁看时，金代的藏经当然是不翼而飞了，但其中还藏着一部《正统藏》，残阙颇多，有的仅存经皮。赵城县广胜寺所藏的一部《金藏》或与这寺有些渊源关系吧。

回到车上，匆匆地吃了午饭。司令部的招待员不久便来，说云冈的汽车道已经修好了。我们便兴冲冲地又上了载重汽车，是带着那样的兴奋和期望走向我们的更伟大的佛教的宝藏云冈去！

在云冈预订至少要住两天。

云　冈

云冈石窟的庄严伟大是我们所不能想象得出的。必须到了那个地方，流连徘徊了几天、几月，才能够给你以一个大略的、美丽的轮廓。你不能草草地、浮光掠影地，跑着、走着地看。你得仔细地去欣赏。猪八戒吃人参果似的一口吞下去，永远不会得到云冈的真相。云冈决不会在你一次两次的过访之时，便会把整个的面目对你显示出来的。每一个石窟，每一尊石像，每一个头部，每一个姿态，甚至每一条衣襞，每一部的火轮或图饰，都值得你仔细地流连观赏，仔细地远观近察，仔细地分析研究。七十尺，六十尺的大佛，固然给你以宏伟的感觉，即小至一尺二尺，二寸三寸的人物，也并不给你以邈小不足观的缺憾。全部分的结构，固然可称是最大的一个雕刻的博物院，仅就一洞、一方、一隅的气氛而研究之，也足以得着温腻柔和、慈祥秀丽之感。它们各有一个完整的布局。合之固极繁赜富丽，分之亦能自成一个局面。

假若你能够了解，赞美希腊的雕刻，欣赏雅典处女庙的浮雕，假若你会在 Venus de Melo 像下，流连徘徊，不忍即去，看两次、三次、数十次而还不知满足者，我知道你一定能够在云冈徘徊个十天八天、一月两月的。

见到了云冈，你就觉得对于下华严寺的那些美丽的塑像的赞叹，是少见多怪。到过云冈，再去看那些塑像，便会有些不足之感——虽然并不会以他们为变得丑陋。

说来不信，云冈是离今一千五百年前的遗物呢。有一部分还完好如新，虽然有一部分已被风和水所侵蚀而失去原形，还有一部分是被斫下去盗卖了。

那么被自然力或奸人们所破坏的完整部分，还够得你赞叹欣赏的，且仍还使你有应接不暇之慨。入了一个佛洞，你便有如走入宝山，如走到山阴，珍异之多，山川之秀，竟使你不知先拾哪件好，先看哪一方面好。

曾走入一个大些的佛洞，刚在那里看大佛的坐姿和面相，忽然有一个声音叫道：

“你看，那高壁上的侍佛是如何的美！”

刚刚回过头去，又有一个声音在叫道：

“那门柱上的金刚，有五个头的如何的显得力和威！还有那无名的鸟，躯体是这样的显得有劲！”

“快看，这边的小佛是那么恬美，座前的一匹马，没有头的，一双前腿跪在地上，那姿态是不曾在任何画上和雕刻上见到呢。”

“啊，啊，一个奇迹，那高高的壁上的一个女像，手执了水瓶的，还不活像是阿述利亚风的浮雕吗？那扁圆的脸部简直是阿述帝国的浮雕的重现。”

这样的此赞彼叹，我怎样能应付得来呢！赵君执着摄影机更是忙碌不堪。

但贪婪的眼和贪婪的心是一点不知疲倦的。看了一处还要再看一处，看了一次，还要再看一次。

云冈石窟的开始雕刻，在公元453年（魏兴安二年）。那时，对于佛教的大迫害方才除去，主张灭佛法的崔浩已被族诛。僧侣们又纷纷地在北朝主者的保护下活动着。这一年有高僧昙曜，来到这武周山的地方，开始掘洞雕像。昙曜所开的窟洞，只有五所。后来成了风气，便陆续地扩大地域，增多窟洞。佛像也愈雕愈多，愈雕愈细致。

《魏书释老志》云："太安初，有师子国胡沙门邪奢遗多、浮陁难提等五人，奉佛像三，到京师，皆云备历西域诸国，见佛影迹及肉髻，外国诸王相承，成遣工匠摹写其容，莫能及难提所造者。去十余步，视之炳然，转近转微。又沙勒湖沙门赴京师致佛钵及画像迹。初昙曜以复佛法之明年（兴安二年，公元453年），自中山被命赴京。帝后奉以师礼。昙曜白帝，于京城西武周塞凿山石壁，开窟五所，镌建佛像各一，高者七十呎，次六十呎，雕饰奇伟，冠于一世。"又云："皇兴中，又构三级石佛图，榱栋楣楹，上下重结，大小皆石。高十丈，镇固巧密，为京华壮观。"（均见卷一百十四）

又《续高僧传》云："元魏北台恒北石窟通乐寺沙门解昙曜传：释昙曜，未详何些人也。少出家，摄行坚贞，风鉴闲约。以元魏和平年，任北台昭元统，绥辑僧众，妙得其心。住恒安石窟通乐寺，即魏帝之所造也。去恒安西北三十里，武周山谷，北面石崖，就而镌之，建立佛寺，名曰灵岩。龛之大者，举高二十余丈，可受三千许人，面别镌像，穷诸巧丽，龛别异状，骇动人神。栉比相连，三十余里。东头僧寺恒供千人，碑碣见存，未卒陈委。先是太武皇帝太平贞君七年，司徒崔浩，令帝崇重道士寇谦之，拜为天师，珍敬老氏，虔刘释种，焚毁寺塔。至庚寅年，太武感致疠疾，方始开始。帝既心悔，诛夷崔氏。至壬辰年，太武云崩，子文成立，即起塔寺，搜访经典。毁法七载，三宝还兴。曜慨前陵废。欣今重复（以和平三年壬寅）。故于北台石窟，集诸德僧，对天竺沙门译付法藏传，并净土经，流通后贤，意存无绝。”（卷一）

然这二书之所述，已可见开窟雕像的经过情形，不必更引他书。唯《续高僧传》所云“栉比相连，三十余里”，未免邻于夸大。武周山根本便没有绵延到三十余里之长，至多不过五六里长。还是《魏书释老志》所述“开窟五所”的话，最可靠。但昙曜开辟了此山不久，此山便成了皇家崇佛的圣地。在元魏迁都之前，《魏书》屡记皇帝临幸武周山石窟寺之事。

《魏书显祖记》：“皇兴元年八月丁酉，行幸武周山石窟寺”（公元467），以后又有七八次。

又《魏书高祖记》：“太和四年八月戊申，幸武周山石窟寺。”

以后又有三次。但也不仅皇家在那里开窟雕像；民间富人们和外国使者们也凑热闹地在那里你开一窟，我雕一像的相竞争。就连日所得的碑刻看来，西头的好几个洞，都是民间集资雕成的。这消息，足征各洞窟的雕刻所以作风不甚相同之故。因此，不久之后，武周山便成了极热闹的大佛场。

《水经注》“漯水”条下注云：“其水又东北流注武周川水，武周川水又东南流。水侧有石祇洹舍，并诸窟室，比邱尼所居也。其水又东转迳灵岩，凿石开山，因岩结构，真容巨壮，世法所希。山堂水殿，烟寺相望，林渊锦镜，缀目新眺。川水又东南流出山。《魏土地记》曰：平城西三十里，武周塞口者也。”

按《水经注》撰于后魏太和，去寺之建，不过四五十年，而已繁盛至此。所谓“山堂水殿，烟寺相望，林渊锦镜，缀目新眺”，绝不是瞎赞。

《大清一统志》引《山西通志》:“石窟十寺，在大同府冶两三十里，元魏建，始神瑞，终正光，历百年而工始完。其寺，一同升，二灵光，三镇国，四护国，五崇福，六童子，七能仁，八华严，九天宫，十兜率。内有元载所修石佛十二龛。”那十寺不知是哪一代的建筑。所谓元载云云，到底指的是元代呢，还是指的唐时宰相元载？或为“元魏”二字之误吧？云冈石刻的作风，完全是元魏的，并没有后代的作品掺杂在内。则所谓元载一定是元魏之误。十寺云云，也不会是虚无之谈。正可和《水经注》的“山堂烟寺相望”的话相证。今日所见，石窟之下，是一片的平原，武周山的山上也是一片的平原，很像是人工所开辟的；则“十寺”的存在，无可怀疑。今所存者，仅一石窟寺，乃是清初所修的，石窟寺的最高处，和山顶相通的，另有一个古寺的遗构。惜通道已被堵塞，不能进去。又云冈别墅之东，破坏最甚的那所大窟，其窟壁上有石孔累累，都是明显的架梁支柱的遗迹。此窟结构最为宏伟，难道便是《魏书释老志》所称“皇兴中又构三级石佛图”的故址所在吗？这是很有可能的。今尚见有极精美的两个石柱耸立在洞前。

经我们三日（11 日到 13 日）的奔走周览，全部武周山石窟的形势，大略可知。武周山因其山脉的自然起讫，天然的分为三个部分，每一部分都可自成一局面，中有山涧将它们隔绝开。如站在武周河的对岸望过去，那脉络的起讫是极为分明的。今人所游者大抵为中部；西部也间有游者，东部则问津者最少。所谓东部，指的是自云冈别墅以东的全部。东部包括的地域最广，惜破坏最甚，洞窟也较为零落。中部包括今日的云冈别墅、石窟寺、五佛洞，一直到碧霞宫为止。碧霞宫以西便算是西部了。中部自然是精华所在，西部虽也被古董贩者糟蹋得不堪，却仍有极精美的雕刻物存在。

我们11日下午1时20分由大同车站动身，坐的仍是载重汽车。沿途道路，因为被水冲坏的太多，刚刚修好，仍多崎岖不平处。高坐在车上，被颠簸得头晕心跳。有时，猛然一跳，连座椅都跳了起来。双手紧握着车上的铁条或边栏，不敢放松一下，弄得双臂酸痛不堪。沿武周河而行，中途憩观音堂。堂前有三龙壁，也是明代物。驻扎在堂内的一位营长，指点给我们看道："对山最高处便是马武塞，中有水井，相传是汉时马武做强盗时所占据的地方。惜中隔一水，山又太高，不能上去一游。"

三十华里的路，足足走了一个半钟头。渡过武周河两次，因汽车道是就河边而造的。第一次渡过河后，颉刚便叫道：

"云冈看见了！那山边有许多洞窟的就是。"

大家都很兴奋。但我只顾着紧握铁条，不遑探身外望；什么也没有见到，一半也因坐的地方不大好。

"看见佛字峪了，过了寒泉石窟了。"颉刚继续地指点道，他在三个月之前刚来过一次。

啊，啊，现在我也看见了，云冈全景展布我们之前。几个大佛的头和肩也可远远地见到。我的心是怦怦地急跳着。向往着许久的一千五百年前的艺术的宝窟，现在是要与它相见了！

3时到云冈。车停于石窟寺东邻的云冈别墅。这别墅是骑兵司令赵承绶氏建的。这时，他正在那里避暑。因为我们去，他今天便要回大同，让给我们住几天。这里，一切的新式设备俱全——除了电灯外。

这一天只是草草的一游。只到石窟寺（一作大佛寺）及五佛洞走走，别的地方都没有去。

登上了大佛寺的三层高楼，才和这寺内的一尊大佛的头部相对。

四周都是黄的红的蓝的色彩，都是细致的小佛像及佛饰。有点过于绚丽失真。这都是后人用泥彩修补的，修得很不好，特别是头部，没有一点是仿得像原形的。看来总觉得又稚弱又猥琐，毫没有原刻的高华生动的气势。这洞内几乎全部是彩画过的，有的原来未毁坏的，其真容也被掩却。想来装修不止一次，最后的一次是光绪十七年兴和王氏所修的。他“购买民院地点，装采五佛洞，并修饰东西两楼，金装大佛全身”。不能不说与云冈有功，特别是购买民地，保存石窟的一事。向西到五佛洞，也因被装修彩绘而大失原形，反是几个未被“装彩”过的小洞，还保全着高华古朴的态度。

游五佛洞时，有巡警跟随着。这个区域是属于他们管辖的；大佛寺的几个窟，便是属于寺僧管辖的；五佛洞西的几个窟，有居民，可负保管之责；再西的无人居的地方，便索性用泥土封闭了洞口，在洞外写道“内有手榴弹，游者小心”一类的话，其实没有。被封闭的无人看管的若干洞，也尽有好东西在那里。据巡长说，他们每夜都派人在外巡察。此地现已属于古物保管会管辖，故不像从前那样容易被毁坏。

五佛洞西，有几尊大佛的头部，远远地可望见。很想立刻便去一游。但暮色渐渐地笼罩上来，像在这古代宝窟之前，挂上了一层纱帘。我们只好打断了游兴，回到云冈别墅。

武周山下，靠近西部，为云冈堡，一名下堡，堡门上有迎薰、怀远二额，为万历十四年所立。云冈山上还有一座土城屹立于上，那便是云冈堡的上堡。明代以大同为重镇，此二堡皆为边防兵的驻所。

晚餐后，在别墅的小亭上闲谈。东部的大佛窟，全在眼前。那两个立柱还朦朦胧胧地可见到。忽听到山下人家有击筑奏筝及吹笛的声音；乐声呜呜、托托的，时断时续。我和颉刚及巨渊寻声而往，听说是娶亲。正在一个古洞的前面，庭际搭了一个小棚，有三个音乐家在吹打。贺客不少，新娘盘膝地坐在炕上。

在这古窟宝洞之前，在这天黑星稀的时候，在当前便是一千五百年前雕划的大佛，便是经历了不知多少次的人世浩劫的佛室，听得了这一声声的呜呜托托的乐调，这情怀是怎样可以分析呢？凄惋？眷恋？舒畅？忧郁？沉闷？啊，这飘荡着的轻纱似的无端的薄愁呀！啊，在罗马斗兽场见到黑衫党聚会，在埃及的金字塔下听到土人们作乐，在雅典处女庙的古址上见旅客们乘汽车而过，是矛盾？是调和？这永古不能分析的轻纱似的薄愁的情怀！

归来即睡。入睡了许久，中夜醒来，还听见那梆子的托托和笛声的呜呜。他们是彻夜地在奏乐。

12 日一早，我性急，便最先起身，迎着朝暾，独自向东部去周览各窟。沿着大道（这是骡车的道）向东直走，走过石窟寒泉，走过一道山涧，走过佛字峪。越向东走，石窟越少越小，零零落落的简直无可称道。山涧边，半山上有几个古窟，攀登了上去一看，那些窟里是一无所有。直走到尽头处，然后再回头向西来，一窟一窟地细看。

最东的可称道的一窟，当从“左云交界处”的一个碑记的东边算起。这一窟并不大。仅存一坐佛，面西，一手上举，姿态尚好，但面部极模糊，盖为风霜雨露所侵剥的结果。

窟的前壁，向内的一部分，照例是保存得最好的，这个所在，非风势雨力所能侵及，但也一无所有，刀斧斫削之痕，宛然犹在。大约是古董贩子的窃盗的成绩。

由此向西，中隔一山涧，地势较低，即“左云交界处”。道旁零零落落的，小佛窟不少。雕刻的小佛随处可见。一窟内有较大的立佛二，但极模糊。窟西，有一小窟，沙土满中，一破棺埋在那里，尸身的破蓝衣已被狗拖出棺外，很可怕。然此窟小佛像也有不少，窟外壁上有明人朱廷翰的题诗，字很大。由此往西，明人的题刻不少，但半皆字迹剥落，不堪卒读。在明代，此处或有一大庙，为入云冈的头门，故题壁皆萃集于此。

西首有二洞，上下相连，皆被泥土所堵塞，想其中必有较完好的佛像。一大窟，在其西邻，也已被堵塞，但从洞外罅隙处，可见其中彩色黝红，极为古艳，一望而知，是元魏时代所特有的鲜红色及绿色，经过了一千五百余年的风尘所侵所曝的结果，绝不是后代的新的彩饰所能冒充得来的。徒在门外徘徊，不能入内。这里便是所谓“石窟寒泉”。有一道清泉，由被堵塞的窟旁涓涓的流出，流量极微。窟上有“云深处”及“山水清音”二石刻，大约也是明人的手笔。

西边有一洞，可入。洞中有一方形的立柱，高约八尺。一佛东向，一佛西向，又一佛西南向，皆模糊不清。西南向者且为泥土所修补的，形态全非。所雕立的、坐的、盘膝的小佛像甚多，但不是模糊，便是头部或连身部俱被盗去。

再西为碧霞洞（并非原名，疑亦明人所题），窟门有六，规模不小。窟内一物无存，多斧凿痕，当然也是被盗的结果。自此以西，便没有石窟可见。颇疑自“左云交界处”向西到碧霞洞，原是以“石窟寒泉”那个大窟的中心的一组的石洞。在明代，大约这里是士人们来往最为繁密的地方，或窟下的平原上，本有一所大庙，可供士大夫往来住宿的，然今则成为云冈最寥落、最残破的一部分了。

碧霞洞以西，是另成一个局面的结构。那结构的规模的宏伟，在云冈诸窟中，当为第一。数十丈的山壁上，凿有三层的佛像，每层的中间，皆有石孔，当然是支架梁木的所在。故这里，在从前至少是一所高在三层以上的大梵刹。颉刚说：“这里便是刘孝标的译经台。”正中是一个大佛窟，窟前有二方形立柱，虽柱上雕刻皆已模糊不可辨识，那希腊风的人形雕柱的格局却是一看便知的。大窟的两旁，各有一窟，规模也殊不小。和这东西二窟相连的，更有数不清的小窟小龛。惜高处无法攀缘而上，只能周览最下层的一部分。

一进了正中的那个大窟，霉土之气便触鼻而来；还夹着不少鸽粪的特有的臭味，脱落的鸽翎，满地都是。有什么动物，咕咕咕地在低鸣着。啪啪地一扑着翼，成群地飞了出来，那都是野鸽。地上很潮湿，积满了古尘、泥屑和石屑。阴阴的，温度很低冷，如入了地下的古墓室，但一抬起头来，却见的是耀眼的伟大的雕刻物。正中是一尊大佛，总有六十多尺高，是坐像，旁有二尊菩萨的大像，侍立着。诸像腰部以下皆剥落不堪，连形态都不存，但上半身却仍是完好如新。那头部美妙庄严，赞之不尽。反较大佛寺、五佛洞诸大佛之曾经修补者为更真朴可爱。这是东部唯一的一尊大佛。但除此三大佛外，这大窟中是空无所有，后壁及东西壁皆被风势及水力或人工所削平，连半点模糊的雕像的形状都看不到。壁上湿漉漉的，一抹便是一手指的湿的细尘。窟口的向内的壁上，也平平的不存一物，唯一条条的极整齐的斧凿痕还很清显地在那里，一定是近十余年来的人工破坏的遗迹。

东边的一窟，其中也被破坏得无一物存在。地上堆积了不少的由壁上脱落下来的石块，被古尘沾满，和泥土成了同色，大约不是近数十年来之所为的。

西边的一窟，虽也破败不堪，却还有些浮雕可见到。副窟小龛里，遗物还不少。这西窟的东壁为泥土所堵塞，西壁及南壁，浮雕尚有规模可见。窟顶上刻有“飞天”不少，那半裸体的在空中飞舞着的姿态，是除了希腊浮雕外，他处少见的，肉体的丰满柔和，手足腰肢的曲线的圆融生动，都不是东方诸国的古石刻上所有的。我抬了头，站在那里，好久没有移开，有时，换了一个方向看去。但无论在哪个方向看去，那美妙、圆融的姿态总是令人满意、赞赏的。

由此窟向西，可通另一窟，也是一个相连的副窟。我们可称它为西窟第二洞。洞中有三尊坐佛，皆盘膝而坐。这个布置，在诸窟中不多见。东壁的浮雕皆比较的完整。后壁及西壁则皆模糊不堪。

如果把这以大佛窟为中心的一组洞窟恢复起来，其宏伟是有过于其西邻的大佛寺的。可惜过于残破，要恢复也不可能。我疑心《魏书释老志》上所说，皇兴中构的三级石佛图，其遗址便在此处。此地曾经住人，近代建的窖式的穹形洞尚存数所。

由此向西，不多数步，便是一道山涧，或小山峡，隔开了云冈别墅和这大佛窟的相连。

从云冈别墅开始向西走，便是中部。

中部又可分为五个部分来说。

我依旧是独自一个人由云冈别墅继续地向西走，他们都已出发到西头去逛了。

第一部分是云冈别墅。别墅的原址是否为一大洞窟，抑系由平地填高了的，今已不能查考。但别墅之后，今尚有好几个石窟，窟内有一佛的，有二佛对坐的，俱被风霜侵蚀得不成形体。小雕像也几乎无存。但在那些洞窟中，还堆着不少烧泥的屋瓦和檐饰。显然这别墅的原址，本是一座小庙，或竟是连合在大佛寺中的一个东偏院。惜不及详问大佛寺的住持以究竟。那些佛窟，绝不能独立成为一组，也当是大佛寺的大佛窟的东边的几个副窟。但为方便计，姑算它做中部的第一部分。

第二部分包括大佛寺内的两个大窟。这两窟的前面，各有一楼，高各三层，第三层上有游廊可相通达。三楼之上，更有最高的一层，仿佛另有梯级可通，却寻不到。前面已经说过，大约是较此楼更古的一个建筑物。

第一窟通称为大佛殿。殿前有咸丰辛酉重修碑，有不知年月满文碑，有同治十二年及光绪二年的满文碑。又有明万历间吴氏的一个刻石，更无古者。

入殿后，冷气飕飕由窟中出。和尚手执一把香燃点起来，为照看雕像之用。楼下一层很黑暗，非用火光，看不到什么。正中是一尊大佛，高约六十尺，身上都装了金，四壁浮雕，都被涂饰上新的色彩。且凡原像模糊不清，或已失去之处，皆一一以彩泥为之补塑，怪不调和的。第二层楼上，光线较好，壁上也多半都是彩泥的塑像。站在这楼，正对大佛的胸部，到了三层楼上，方才和大佛的头部相对。大佛究竟还完好，故虽装了金，还不失其美妙慈祥的面姿。

第二窟俗称如来殿。窟中也极黑暗，结构和大佛殿大不相同。正中是一个方形立柱，每一面有一立佛，像支柱似的站着，柱上雕得极细。但有一佛，已毁，为彩泥所补塑。北壁为泉水所侵害，仅模糊可辨人形。东西壁尚完好，修补较少，较大佛殿稍存原形。登上了三楼，有一木桥可通那四方柱的第二层。这一层雕刻的是四尊坐像，四边浮雕极多，皆是侍像及花饰，有极美者。这立方柱当是云冈最完好的最精致的一个。

第三部分包括所谓弥勒殿及佛籁洞的二窟。这二窟介于大佛寺和五佛洞之间，几成了瓯脱之地，无人经管，弥勒殿前有额曰“西来第一山”，为顺治四年马国柱所题。那结构又自不动。正壁有二佛对坐着，像在谈经。其上层则为三尊佛像。其东西二壁各有八佛龛；每龛的帏饰，各有不同；都极生动可爱。有的是圆帏半悬，有的是绣带轻飘，无不柔软圆和，一点石刻的生硬之感也没有。顶壁的飞天及莲花最为完整。六朵莲花，以雕柱隔为六部。每一朵莲花，四周皆绕以正在飞行的半裸体的飞天，隔柱上也都雕刻着飞天。总有四十位飞天，那姿态却没有一个相同的；处处都是美，都是最圆融的曲线，那设计和雕工是世界上所不多见的。更好的是这窟中的雕像，全为原形，未经后人涂饰。

佛籁洞在其西，破坏已甚。观其结构的形势，当和弥勒殿完全相同。唯无后殿，规模较小。正中的一佛，为后人用彩泥补塑的。原来，照其佛龛的布置及大小，当也是二佛对坐谈经的姿态。

此殿前面，本来有楼，已塌毁。窟门左右，一边有五头佛，一边有三头佛，都显出有威力和严肃的样子，似是把守门口的神道们，同时用来做支柱的。窟外壁上，有浮雕的痕迹甚多，惜剥落殆甚，极为模糊。以上二窟，似也为大佛洞的西首的副窟。

第四部分就是俗称的五佛洞，不知为什么这五佛洞保护得格外周密。有巡警室在其口外，游人入内，必有一警士随之而入。其实，这一部分被装修涂改得最厉害，远不及弥勒殿和如来殿天然秀丽。

说是五佛洞，其实却有六个大窟。最东的第一窟，分隔为三进。结构甚类大佛殿。正中有大佛一，高亦有五十余尺，尚完好。后壁低而潮湿，雕像毁败已甚，前窟的许多浮雕都被涂饰得不成形状，但也有尚存原形的。

西为第二窟，结构略同前窟，大佛已毁去。到处都是新修新饰的色彩，唯高处的飞天及立佛尚有北魏的典型。

再西为第三窟，内部较小，结构同如来殿，中为一方形立柱，一方各雕着一佛，四壁皆新修新饰者，原有浮雕皆被彩泥填平，几乎是整个重画过。

再西为第四窟，较大，有两进，外进有四支塔形的支柱，极挺秀，尚未失原形。第二进则完全被涂饰改造过。疑其结构本同弥勒殿，正中的佛龛，原分上下二层，上层为三佛，下层为二坐佛。但今则上下二龛都仅坐着泥塑的二佛。以三佛及二佛的宽敞的地位，安置了一佛，自然要显得大而无当。

再西为第五窟，结构同大佛殿。大佛高约五十呎，盘膝而坐，四壁多为新修饰的彩色泥像。

又西为第六窟，此窟内部已全毁，空无所有，故后人修补，亦不及之。仅窟门的内部，浮雕尚完好。西边即为一道泥墙，和寺外相隔绝。但此窟的外壁，小佛龛颇多，有几尊尚完整的佛像，那坐态的秀美，面姿的清俊，是诸窟内所罕见的，惜头部失去得太多。

再往西走，要出大佛寺，绕过五佛洞的外墙，才是中部的第五部分。这一部分的雕像我认为最美好，最崇高；却没有人加以保护，任其曝露于天空，任其夷为民居，任其给农民们作为存放稻草及农具之处所。其尚得保存到现在的样子，实在是侥幸之至。到这几个佛窟去，我们都得叩了农民们的大门进去。有时，主人不在家，便要费了大事。有一次，遇到一个病人，躺在床上起不来，没法开门，只好不进去，直等到第二次去，方才看到。

这一部分的第一大窟亦为一大佛洞，洞中有大佛一，高在六十尺以上，远远地便可望见其肩部及头部，壁上的浮雕也有一部分可见到。洞门却被泥墙所堵塞，没法进去。此窟东边，有二小窟；最东一窟有二坐佛，对坐谈经，却败坏已甚。较近的一窟也被堵塞。隐隐约约地看见其中彩色古艳的许多浮雕，心怦怦动，极力要设法进去一看而不可能。窟外数十丈的高壁上满雕着小佛像，不知其几千几百，功力之伟大，叹观止矣！

向西为第二大窟。这一窟，也在民居的屋后，保存得甚好。正中为一大坐佛，高亦在六十尺左右。两壁有二佛像，一立一坐，此二像的顶上，其“宝盖”却是雕成像戏院包厢似的，三壁的浮雕，也皆完好。

再西也为一大窟（第三窟）。正中一大佛为立像，高约七十尺，体貌庄严之至。袈裟半披在身上；而袈裟上却刻了无数的小佛像，像虽小而姿态却无粗率草陋者。两旁有四立佛。东壁的二立佛间，诸雕像都极隽好。特别是一个被袈裟而手执水瓶的一像，面貌极似阿述利亚人，袈裟上的红色，至今尚新艳无比。这一像似最可注意。

窟门口的西壁上，有刻石一方，题云：“大茹茹……可登□□斯□□□鼓之□尝□□以资征福。谷浑□方妙□。”每行约十字，共约二十余行，今可辨者不到二十字耳，然极重要。大茹茹即蠕蠕国。这在魏的历史上是极重要的一个发现。茹茹国竟到云冈来雕像求福，这可见此地在不久时候，便已成了东亚的一个圣地了。

再西为第四大窟，破坏最甚。一大佛盘膝而坐，曝露在天日中，左右有二大佛龛，尚有一二壁的浮雕还完好。因为此处光线较好，故游人们都在此大佛之下摄影。据说，此像最高，从顶至踵，有七十尺以上。

再西为第五大窟，亦有一大坐佛，高约六十尺，东西壁各有一立佛。西边的一佛已被毁去。

由此再往西走，便都是些小像小龛了。在那些小龛小像里，却不时的可发现极美丽的雕像。各像坐的姿态，最为不同，有盘膝而坐者，有交膝而坐者，有一膝支于他膝上，而一手支颐而坐者，处处都是最好的雕像的陈列所。惜头部被窃者甚多，甚至有连整个小龛都被凿下的。

到了碧霞宫止，中部便告了段落。碧霞宫为嘉庆十年所修，两壁有壁画，是水墨的，画得很生动。

颇疑中部的第五部分的相连续的五个大窟，便是昙曜最初所开辟的五窟。五尊大佛像是昙曜时所雕刻的，其壁上及前后左右的浮雕及侍像，也许是当地官民及外国人所捐助的，也未必是一时所能立即完全雕刻好。每一个大窟，其经营必定是很费工夫的。无力的或力量小些的人民，便在窟外雕个小龛，或开辟一小窟，以求消灾获福。

西部是从碧霞宫以西直到武周山的尽西头处。山势渐渐地向西平衍下去，最西处，恰为武周河的一曲所拥抱着。

这一路向西走，共有二十多个洞窟，规模都不甚大。愈向西走，愈见龛小，且也愈见其零落，正和东部的东首相同。故以中部的第三部分，假设为昙曜最初所选择而开辟的五窟，是很有可能的，那地位恰在正中。

西部的二十余窟，被古董贩子斫去佛头不少。几个较好的佛窟，又都被堵塞住了，而以“内有手榴弹”来吓唬你。那些佛像，有原来的色彩尚完整存在者。坐佛的姿势，隽好者不少。立像的衣襞，有翩翩欲活的。在中段的地方，一连四个洞，俱被堵塞，而标曰“内有手榴弹”。西部从罅中望进去，那顶壁的色彩是那样的古艳可喜！

西邻为一大窟，土人说，内为一石塔。由外望之，顶壁的色彩也极隽美。再西有一佛龛，佛像已为风雨所侵剥，而龛上的悬帏却是细腻轻软若可以手揽取。

再西的各小窟及各龛则大都破败模糊，无足多述。

这样匆匆地巡览了一遍，已经是过了一整天，连吃午饭的时间都忘记了。

把云冈诸石窟的大势综览了一下，如以中部的第五部分为中心，则今日的大佛寺、五佛洞和东部的大佛图的遗址，都是极宏大的另成段落的一部分。

高到五十尺至七十尺的大佛，或坐或立的，计东部有一尊，中部的大佛寺有一尊、五佛洞现存二尊（或当有三尊，一尊已毁）。连同中部的第五部分五尊，共只有九尊或十尊。《山西通志》所谓十二龛及一说的所谓的二十尊，都是不可靠的。

这一夜终夜的憧憬于被堵塞的那几个大窟的内容。恰好，第二天，赵司令来到了别墅。我们和他商议打开洞门的事。他说："那很容易，吩咐他们打开就是了。"不料和看守的巡长一商量，却有许多的麻烦。非会同大同县的代表，古物保管会的代表及本地的村长村副眼同打开，眼同封上不可。说了许久，巡长方允召集了村长村副去打开洞门，先打东部"石窟寒泉"的一洞。他们取了长梯，只拆去最高的墙头的一段。高高地站在梯头向下望，实在看不清楚。跳又跳不下去，这洞内是一座石塔，塔的背后有佛像。因为忙乱了半天，还只开了一个洞，便只好放弃了打开西部各洞的计划，一半也因为打开了，负责任太大。

13 日的下午，一吃过饭，便到武周山的山顶上去闲逛。从云冈别墅的东首山路走上去，不一会儿便到了"云冈东冈龙王庙斗母宫"，其中空无人居。过此，走入山顶的大平原。这平原约有数十顷大小，上有和尚的坟塔三座，一为万历时的，一为康熙时的，其一的铭志看不清了。有农人在那里种麦种菜，我们又向西走，进入云冈堡的上堡，堡里连一间破屋也没有，都夷为菜圃麦田，有一人裸了全身在耙地。望见远山上烽火台好几座绵延不断，前后相望。大概都是明代所建的。

再向西走，到了玉皇阁，那也是一个小庙，空无人居。由此庙向下走，下了山头，便是武周河边。"断岸千尺，江流有声"，正足以形容这个地方的景色。

下午4时，动身回大同，仍坐的载重汽车。大雨点已经开始落下，但不久便放晴。下了不过十多分钟的雨，不料沿途从山上奔流下来的雨水却成了滔滔的洪流，冲坏了好几处的大道。汽车勉强地冒险而过。

到了一个桥边，山洪都从桥面上冲下去，激水奔腾，气势极盛，成了一道浊流的大瀑布，轰轰隆隆之声，震撼得人心跳。被阻在那里，二十多分钟，这道瀑布方才势缓声低，汽车才得驶过。

有没经过这种情形的，简直想不到所谓“山洪暴发”的情形是如何的可怕。

过了观音堂，汽车本来是在干的河床上走的，这次却要在急水中走着了。

口泉镇

从云冈归来，天已将黑了，忙了半夜，才把那封信整理好寄上。——说整理，因为在云冈的几夜，已经陆续地写了不少。否则，任怎样在半夜里也写不出那封长信来的。

今天仍然起得很早。7时半，同其田、颉刚他们到城内一家较好的浴堂里沐浴。数日的汗垢和带来的一身的千余年的古尘，才为之一清。

下午2时，由车站拨出一部小机车，拖带我们的车，还有几辆别的车，开到口泉站。说是去参观口泉煤矿。我不曾到这种“黑暗地狱”的矿窟去过，很想考察那生活是怎样过下去的。

不料昨日下午的半小时的大雨，竟把进口泉站的一座桥冲断了，火车没法过去，只好下了车，步行过桥。桥的那一边，已经停好一列小火车在候着，便换车到了口泉。由站矿口，还要坐十几分钟的火车。

沿途煤块如山石般堆积在那里，个个工人脸上都是煤屑，罩上了一层黑色。还有好几列车的煤，停在站台边。一座洋房，很宽敞，便是晋北矿务公司。这公司商股不多，官股占四分之三以上。煤质极好，营业很发达。在公司里休息了一会儿，和工程师吕君及胡君谈得很久。他们二人都是天津北洋大学毕业的。胡君说，矿中工人，最多的时候有三千人。每天出煤量，最多时有两千吨。每天分三班工作；每班工作八小时，时间的分配是：①上午 6 时到下午 2 时为一班。②下午 2 时到晚 10 时为一班。③晚 10 时到第二天上午 6 时为一班。

现在共有两个矿场，一个较小的在山中。较大的一场，每日出煤六七百吨；较小的一场，出煤一百吨。因为运输不能完全如意的关系，出产量不敢增加，销场因日煤竞争的关系，也稍受打击。现在和平绥路的联络，较前好得多，故煤块的运出，也较好。在这里，每吨价为二元五角；到了平津一带，加上运费等等，便非九元六角以上不可。

这公司成立于民国十八年（1929 年）。工人的工资，每天约为一角七分到二角六分。工头则每天为四角，大工头，每天约一元余。有的工人，不辞辛苦，竟有每天做两班的。换一句话，便是，每天要在矿内工作十六小时之多！但此地生活程度极低。山边土窟孔孔，皆工人自挖的住室；小米及莜面，每元可购四十八斤左右。住和食的问题，还比较容易解决。

正在说话，外面哗哗地下了大雨，不到二十分钟，雨便止了。但公司门外，人声忽然鼎沸，同时似闻千军万马奔腾而过的声音。走不到几步路，便是山涧，见涧中浊流汹涌，吼声如雷。历半小时而气势未弱。

在公司大厅中吃了午饭，就要下矿。这时已下午 4 时左右。他们取出了许多套蓝色的衣服给我们穿在身上，头上各戴一顶藤帽，每人一手执灯，一手执手杖，活像是个工头——工人是穿得破烂多了，但藤帽和灯却是人人都有的。这灯并无灯罩，火焰露在外面。

“有危险吗？”我见了这灯，吓得一跳，问道。

“从来不曾出过事。因为这矿是干矿，一点煤气都没有。决无危险。”

我心里还栗栗地在危惧。

“如果在英国，不用保险灯入矿，是要被捉进监狱的。”其田道。

路上遇见一个童工，在那里闲逛，我问他道：

“你今天不做工吗？”

“不做工。”

胡君道：“他自己休息一天。”

“每天你有多少工钱呢？”

“一天一毛钱！”

“在矿里做什么工作呢？”

“推煤车，搬东西。”

这时，已走到了升降机边。蒸汽腾腾地由窟口冲出，机上是湿漉漉的。

“站好了，快要开机了。”管理升降的工人道。

呜呜的声响继之而来，升降机抖的一落，伸手不见五指，各人的灯光，如豆似的，照不见面目。黑漆漆的，如入了地狱。降下，降下，降下，仿佛无底洞似的；四壁都是黑的煤块；到处都是黑暗，黑暗，一片的黑暗。到了此地，也不知害怕了，索性任它降到底。只是升降机上面淅淅沥沥地滴了不少水，各人肩上身上都潮了一大片。

升降机降落得很慢，慢，慢，慢，更慢，更慢，然后突然地停止了。机门开启，说道：“到了！”

是到另一个世界里了。

这里是离地面四百尺的地下。只靠着这升降机和人世间相联络。这机如果一旦出了毛病呢……那是不能想象的了！仿佛没有第二个升降机的设备。

还是一片黑暗，伸手不见五指。手执的灯光，只足供照路之用。路上是纵纵横横的铁索和路轨，还有许许多多的煤车停在那里。远处隆隆的，还有不少辆在推来。遇到狭些的路上，我们都是侧身而过。

因为矿质坚实，洞中通道，大半不用支柱。有的地方，低得非匍匐而进不可。如果猛不防，头颅便要和矿石相撞。我一路来，已撞了三次。如果不戴藤帽，则一定是头破血出了。

“气闷，气闷！”冰心叫道。

的确是气闷，胸中仿佛是窒塞不畅。但工人们在矿中过那八小时，乃至十六小时，天天都是这样过的，他们难道不感气闷吗？

地上是一洼一洼的水，一不小心便会溅得一足的黑水。头上是洒洒落落的水点，不时的像秋雨似的滴下。闷热极了，个个人出汗，我连内衣都湿透了。

“难道是矿里没有通风的设备吗？”我问领导的一位技师道。

“原是有的，因为矿中还凉快，所以没有用。您看，这里的工人们都还穿着衣衫呢。山里面的那一矿，因为热，工人们都是一丝不挂。”

一处有电光射出。我们到了那里，如黑夜独行，见到了孤村农屋里的灯光一样的喜悦。这里是电机所在，管理升降机的机关。过此，又没有电灯了。

前面又有熊熊的火光，还有叮叮当当的打铁的声音。

“那是挖掘矿石的器具的临时修理处。”

闷塞在四百尺的地下穴，在数百千热度的高热的火炉边立着，蒸熏得人不能不焦躁，立刻地离开了。走了好远的一段路，才不感到其热。

在黑暗中又走了好久，总有半点多钟，才走到现在工作着的掘煤的地方。刚才所走的都是交通道。

有许多工人在不停地工作着，裸着上体的居多。一锹一锹地向煤壁上斫去，有松软的，立刻便一块块地落下，有坚硬的，便非挖了几个洞，放入火药去炸落它不可。那工作是万分的危险。但每天的工资至多还不到四毛钱！每天至少要在危险的地下四百尺的穴中八小时！

看来挖煤的工作还不难，我便向一个工人借得一柄鹤嘴锹，也向壁上挖掘了几分钟。双臂还不大吃力，但煤屑飞溅在脸上，有点痛。有一次，溅入口中，有一次则飞入眼皮里去，很不好受。只好放下锹，向他谢谢。

他只有两个眼白是白得发亮，一脸一身都是黑炭的黑。他朝我笑笑，我觉得很难过。

大家实在受不住那闷热，都催着快走回去。路上隆隆的车声在飞驶着，老远地便喊它停住，否则一定会撞在身上的。我们都走在路轨上。

到了升降机边，才轻松地叹了一口气。呜呜呜的，升降机向上升！四壁都是发亮的煤块。渐渐地有些亮光，快到地面了，更是松了心。

当我们走出了升降机时，恍如再履人世。

“假如这矿里过的生活是人的生活，那么，我们过的实在不是人的生活……”仿佛谁在叹道。

“九渊之下，更有九渊”，谁知道矛盾的人间是分隔着怎样的若干层的生活的阶级呢。

比较起来，我们能不说是罪人吗？仍旧换了一次火车才回到大同。

从丰镇到平地泉

16日，5时起身遇见老同学郑秉璋君，在此地为站长。他昨夜恰轮着夜班，彻夜未睡，然今天9时左右，仍陪着我们，出去游览。丰镇无甚名胜，岐王山的闹鸡台及长城的得胜口因离站太远，未去游。此地连人力车都没有。步行过镇，沿途所见，与大同完全不同。大同是一个很热闹的城市，古代文化的遗迹又多，很可以流连忘返，这里却一点令人可游的地方都没有。目的是走向镇的东北隅的灵岩寺，几乎是穿过全镇。过平康里，为妓女集居之处。文庙已改成民众教育馆，但大殿仍保存，柱下的础石，做虎头状，很别致。又过城隍庙，庙前高柱林立，柱顶多饰以花形，不知做何用。在张家口大境门外的一庙，仅见二柱，初以为系旗杆，这里却多至数十，殆为信心的男女们所许愿树立者欤?

庙前广场上，百货陈列，最触目惊心者为鸦片烟灯枪，及盛烟膏之罐，大批地在发售。几乎无摊无此物，粮食摊子反倒相形见绌。同行者有购烟灯归来做纪念的，但我不愿意见到它，心里有什么在刺痛!

沿途，烟铺甚多，有专售烟膏的，也有附带吃烟室的；茶食铺兼营此业者不少。旅馆之中，更不用说了。我们走进一家小茶食店，他们的门前也挂着竹篾做的笊篱式的东西作为标识，上贴写着“净水清烟”、“君子自重”的红字条。店伙们正在烟榻旁做麻花，一个顾客则躺在榻上扬扬自得地在吞吐烟霞，旁若无人，此人不过三十岁左右。“你们自己也吃烟吗？”我问一个店伙道。

“不，不，我们哪里吃得起。”

又走过一家出售烟膏的大店，店前贴着大红纸条，写道“新收乳膏上市”。

“新烟卖多少钱一两呢？”

“大约二毛钱一钱。”店伙道。他取出许多红绿透明洋纸包的烟膏道：“一包是二十枚，够抽一次的。”

我们才知道穷人们吃烟是不能论两计钱的，只有零星地买一包吃一顿的。

过市梢头，渐渐现出荒凉气象。远见山上有一庙独占一峰顶，势甚壮，我们知道即灵岩寺了。

灵岩寺从山麓到山顶凡九十九级，依山筑寺，眺望得很远。庙的下层为牛王庙，供的是马王、牛王。只是泥塑的牛马本形而已。这天恰是忠义社（毡毷业的同业会社）借此开会祭神，正中供一临时牌位是：

供奉毡毷古佛神位

人众来得很热闹。最上一层，有小屋数间，屋门被锁上，写的是“大仙祠”。从张家口以西，几乎无地无此祠。祠中供的总是一老一少穿着清代袍褂的人物，且讳言狐狸，其信仰在民间是极强固的。

在最高处远望，为山所阻，市集是看不见的，仅见远山起伏，皆若培嵝，不高，也不秀峭。秉璋指道："前面是薛刚山，传说，薛刚逃难时，尝避追兵于此山。"此山也是四无依傍的土阜。中隔一河，因有曹福祠过河的经验，故不欲往游。

"听说，这一带罂粟花极盛，都在什么地方呢？"我们问道。

"那一片白色的不是吗？"

远望一片白花，若白毡毯似的一方方地铺在地上，都是烟田。

这时正是开始收割的时候。

"车站附近也有。"

下午，午睡得很久。5时许，天气很凉快，我们都去看罂粟花及收烟的情形。离站南里余，即到处都是烟田，有粉红色的，有大红色的，有红中带白的，唯以白色者为最多，故远望都成白色。花极美丽，结实累累，形若无花果。收烟者执一小刀、一小筒，小刀为特制的，在每一实上，割了一道。过了一会，实上便有乳白色的膏液流出。收烟者以手指刮下，抹入筒口，这便是烟膏了。每一果实，可割三四次以上。农人们工作得很忙。

"你们自己吃烟吗？"我们又以这个问题问之。

"我们哪里吃得起！"

看他们的脸色，很壮健，确乎不像是吃烟的。其中大部分都是短工，从远地赶着这收烟时节来做工的。

夜里，车开到平地泉。

17日，7时起床。在车站上，知道前几天的大雨，已把卓资山以西的铁路都冲坏了，正在修理，不能去。绥远主席傅作义的专车，也已在此地等候了好几天。冲坏的地方很多。听说，少则五日，久则半月，始可修复。我们觉得在车上老等着是无益的，所以想逛完平地泉便先回家。这封信到了家时，人也许已经跟着到了。

9时，傅作义君来谈，因同人中，有几位是曾经有人介绍给他的。当路局方面打电报托他照料时，他曾经来电欢迎过。他是一个头脑很清楚的军人，以守涿州的一役知名，很想做一点事。其田问他关于烟税的问题，有过很公开的谈话。他说：绥远省的军政费，收支略可相抵，快用不到烟税。烟税所入，年约一百万元，都用在建设及整理金融方面。现在绥远金融已无问题，皆由烟税方面收入的款去整顿。所以烟税的废除，在省府是没有多大问题的。只要中央下令禁止，便可奉命照办。唯中央现在已有了三年禁绝之令，现正设法，从禁吸下手，逐渐肃清。如不禁吸，则此地不种，他省的烟土必乘隙而入，绥晋的金融必大感困难。这话也许有一部分的理由。听说绥远的种烟，也是晋绥经济统制政策之一。绥晋二省吸烟的极多，如不自种自给，结果是很危险的。同时，白面、红丸之毒最甚，不得已而求其次，吃鸦片的还是“两害相权取其轻”的一法。山西某氏有“鸦片救国论”的宣布，大约其立论的根据便在于此。但饮鸩止渴，绝非谋国者的正当手段，剜肉补疮，更是狂人的举动。不必求其代替物，只应谋根本禁绝之道。但这是整个中国的大问题。

2时许，游老鸦嘴（一名老虎山），山势极平衍。青草如毡，履之柔软无声。有方广数丈的岩石，突出一隅，即所谓老鸦嘴也。岩上有一小庙，一乞丐住于中。登峰顶四望，平野如砥，一目无垠，一阵风过，麦浪起伏不定，大似一舟漂泊大海中所见的景象。

平地泉的名称，确是名副其实。塞外风光，至此已见一斑。天上鸦鸽轻飞，微云黏天，凉风徐来，太阳暖而无威，山坡上牛羊数匹，恬然地在吃草。一个牧人，骑在无鞍马上，在坡下放马奔跑，驰骤往来，无不如意。马尾和骑士的衣衫，皆向后拂拂吹动，是一幅绝好的平原试马图。我为之神往者久之。山上掘有战壕及炮座，延绵得很长，闻为晋军去年防冯时所掘。

冯玉祥曾在此驻军过，今日平地泉的许多马路，还是冯军遗留下的德政。但街道上苍蝇极多，成群地在人前飞舞。听说，从前此地本来无蝇。冯军来后，马匹过多，蝇也繁殖起来。

路过一打蛋厂，入内参观，规模颇大。有女工数十人，正在破蛋，分离蛋黄、蛋白。蛋黄蒸成粉状，蛋白则制成微黄色的结晶片。仅此一厂，闻每日可打蛋三万个，每年可获利三四万元。车站上正停着装满了制成的蛋的一车，要由天津运到海外去。惜厂中设备，尚未臻完美。如对空气、日光等设备完全，再安上了纱窗纱门，则成效一定可以更好的。

傍晚，在离车站不远的怀远门外散步。“日之夕矣，牛羊下来”，这诗句正描写着此时此地的景象。牛群、羊群过去了，又有一大群的马匹，被赶入城内。太阳刚要西沉，人影长长地被映在地上。天边的云，拥挤在地平线上，由金黄色而紫、而青、而灰，幻变无穷。原野上是无垠的平，晚风是那样的柔和。车辙痕划在草原上，像几条黑影躺在那里。这是西行以来最愉快的一个黄昏。古人所谓“心旷神怡”之境，今已领略到了。拟于夜间归平，我们后天便可见面了。

归绥的四“召”

这次是直接挂车到绥远的，中途并不停顿。所要游览的鸡鸣山及居庸关，都只好待之归来的时候了。8日8时许由清华园开车。9日10时10分到绥远省城。沿途无可述者。唯经过白塔车站时，可望见白塔巍然屹立。此塔为辽金时所建，中藏《华严经》万卷，清初尚可登览。张鹏翮《漠北日记》云：“七级，高二十丈，莲花为台砌，人物斗拱，较天宁寺塔更巍然。内藏篆书《华严经》万卷，拾级而上，可以登顶。嵌金世宗时阅经人姓名，俱汉字。”今则塔已颓败，不可登。《华严经》殆也已散失，无存的了。

正午，到城南古丰轩吃饭，闻此轩已历时二百余年。有烙甜馅饼的大铁锅，重至八百余斤。下午，将行装搬下车，到绥远公医院暂住。傅作义氏来谈得很久，他就住在邻宅。

10日，上午8时，乘汽车到城内各召游览。

锡拉图召（一作舍利图召）在城南，为绥远城内最整洁的一庙。听说，财产最多，尚可养活不少喇嘛，故不现出颓败的样子。还有一座庙，在召河附近，是这里的大喇嘛夏天的避暑所在。此召，寺额名延寿寺。大殿分前后二部。前部完全是西藏式的“经堂”，为喇嘛们唪经的地方，柱八，皆方形，朱红色，又有围楼。堂的正中，有大座椅，是活佛讲经处。今日尚有破碎的哈达不少方抛在那里。三壁都画着壁画，除特殊的藏佛数像外，余皆和内地的壁画不殊，大体皆画释迦佛的生平。

后部是“佛堂”，供着五尊佛，三壁都是藏经的高柜。

殿后，有楼，似为从前藏经的地方。但现在是空着，正中供观音，东边供关羽。

我问看庙的人说，这庙什么时候造的？说是明朝。

我也很疑心是明代的古庙。“经堂”的一部却是后来添造的，它和后半部的建筑是那样的不调和。

我第一次见到这种式样的汉藏合璧的建筑。

10时，到小召，即崇福寺，蒙名巴甲召，“巴甲”就是“小”的意思，规模很宏伟，并不小。清圣祖西征时，曾驻跸在此“召”，今有纪功碑在着。

碑云：城南旧有古刹，喇嘛拖音葺而新之，奏请寺额，因赐名崇福寺。“经堂”及佛殿的结构，和锡拉图召相同。此“召”原由古刹改造，可证实我的“经堂”为后来新增的一说。

经堂的柱，圆形，亦作朱红色，亦有楼围绕之。

寺甚颓败。盖布施日少，喇嘛不能生活，都去而他之。

寺内藏有圣祖的甲胄一副，也是他西征时留置在寺里的。

寺门口有小学校一所，额悬“归绥县第二代用小学校”，书声琅琅。我们进去参观，教师不在校，学生数十人，所读皆《百家姓》、《三字经》、《四书》、《左传》等老书。但墙上贴着他们的窗课，除了五七言诗之外，大体都是应用的文字，像“家书”、“合同”等。这当是很有用处的练习。这些“私塾”，其作用大约全在于此。正是应了小市民的这个需要而存在着的。

次到五塔召，即慈灯寺，在小召东南，颓败更甚。管召者为鸦片瘾极大的人，慢吞吞走来开门。大殿无甚可观。一般人所要参观的，都是那所谓五塔的。塔基，围十丈。上有五塔，皆建以炼砖，花纹雕刻极纤美。我们由黑漆漆的洞中，走了上去。可望见后街的平康里。砖上尚附有金彩，但大部分则均已剥落。寺建于雍正五年（1727年），故亦名“新寺”。

次到大召，额题“古无量寺”，周围占地四亩余，门口又悬“九边第一泉”额。泉在寺前百余步，今名玉泉井。寺的收入极少，故将前殿租给了商贩，辟作共和市场。大类北平的隆福寺、苏州的玄妙观。

大殿里的菩萨立像，都是细腰的，甚类大同的辽代之作，但身材太直、太板，没有下华严寺的菩萨像美丽，其制作或在元明间吧。大佛像后，有铜制的小喜欢佛一尊，视为神秘，须执灯去看。像为狞恶的喜欢佛，足踏一牛，牛下则为一女。

这所庙宇，“经堂”和佛殿的不融合的痕迹，分得最清楚，“经堂”极显明的，可见出其为后建的。佛殿的前檐，有一半是成了“经堂”的屋顶，被挤塞在那里，怪不调和的。后面的楼阁，也出租于商人们。一灯荧然，有人正在那里吃鸦片烟。

这时，已经12时多了，赶快地上了汽车，赴阎伟氏的召宴。

下午3时，到民政厅，观西太后出生处。今有亭，名懿览。四围花木甚多，较政府为胜。

次到第一师范。观公主府，府虽改为学校，遗物及匾额有存者。康熙写的，有“静宜堂”一额；公主自写的，有“静定长春”一额。

西边有一小屋，中尚存公主的神牌，上书“公主千岁千千岁”，及佛幡、佛经等。闻佛经即为公主生时所诵念的。公主为圣祖的姑母，康熙间，下嫁给额驸策伦敦笃。土人称她为黑蚌公主，关于她的传说很多。她的后人尚多，到现在，每年还派人来祭供一次。

归时，灯火已零星地闪耀着。

睡得很早，明天一早，便要动身到百灵庙。

百灵庙

一

11 日清早，便起床。天色刚刚发白。汽车说定了 5 点钟由公医院开行，但枉自等了许久，等到 6 点钟车才到。有一位沈君，是班禅的无线电台长，他也要和我们同到百灵庙去。

同车的，还有一位翻译，是绥远省政府派来招呼一切的。这次要没有傅作义氏的殷勤的招待，百灵庙之行，是不会成功的。车辆是他借给的，还有卫士五人，也是他派来保卫途中安全的。

车经绥远旧城，迎向大青山驶去。不久，便进入大青山脉，沿着山涧而走，这是一条干的河床，乱石细沙，随地梗道。沙下细流四伏，车辙一过，即成一道小河，涓涓清流，溢出辙迹之外。我们高坐在大汽车上，兴致很好，觉得什么都是新鲜的。朝阳的光线是那么柔和地晒着。那长长的路，充满了奇异的未知的事物，继续地展开在我们的面前。

走了两小时，仍顺了山涧，爬上了蜈蚣坝。这坝是绥远到蒙古高原的必经的大道口。路很宽阔，且也不甚峻峭，数车可以并行。但为减轻车载及预防危险，我们都下车步行。到了山顶，汽车也来了。再上了车，下山而走。下山的路途较短，更没有什么危险。据翻译者说，这条山道上，从前是常出危险的。往来车马拥挤在山道上，在冬日，常有冻死的、摔死的。西北军驻此时，才由李鸣钟的队伍，打开山岩，把道路放宽，方才化险为夷，不曾出过事。这几年来，此道久未修治，也便渐渐地崎岖不平了。但规模犹在，修理自易。本来山口有路捐局，征收往来车捐。最近因废除苛捐杂税的关系，把这捐也免除了。

下了坝，仍是顺了山涧走。好久好久，才出了这条无水的涧，也便是把大青山抛在背后了。我们现在是走在山后。颉刚说苏谚有“阴山背后”一语，意即为：某事可以不再做理会了。可见前人对于这条阴山山脉是被视作畏途很少人肯来的。

但当我们坐了载重汽车，横越过这条山脉的时候，一点也不觉得这是一个荒芜的地方。也许比较南方的丛山之间还显得热闹，有生气。时时有农人们的屋舍可见——但有人说，到了冬天，他们便向南移动。不怎么高峻的山坡和山头，平铺着嫩绿的不知名的小草，无穷无尽地展开着，展开着，很像极大的一幅绿色地毡，缀以不知名的红、黄、紫、白色的野花，显得那样的娇艳，露不出半块骨突的酱色岩来。有时，一大片的紫花，盛开着，望着像地毡上的一条阔的镶边。

在山坡上有不少已开垦的耕地。种植着荞麦、莜麦、小麦以及罂粟。荞麦青青，小麦已黄，莜麦是开着淡白色的小花，罂粟是一片的红或白，远远地望着，一方块青，一方块黄，一方块白，整齐地间隔地排列着，大似一幅极宏丽的图案画。

11时，到武川县。我们借着县署吃午饭，县长席君很殷勤地招待着。所谓县署，只是土屋数进，尚系向当地商人租来的。据说，每月的署中开支，仅六百元。但每年的收入却至少在十万元以上，其中烟税占了七万元左右。

赵巨渊君忽觉头晕腹痛，吐泻不止。我们疑心他得了霍乱，异常的着急，想把他先送回绥远，又请驻军的医军官来诊断。等到断定不是霍乱而只是急性肠炎时，我们方才放心。这时，大雨忽倾盆而下，数小时不止，我们自幸不曾在中途遇到。天色渐渐地暗了下来。这天的行程是绝不能继续的了。席县长让出他自己的那间住房，给我们住。但我们人太多，任怎样也拥挤不开。我和文藻、其田到附近去找住所，上了平顶山，夕阳还未全下。进了一个小学校，闲房不少，却没有一个人，门户也都洞开，窗纸破碎地拖挂着，临风簌簌作响。这里是不能住，附近有县党部，那边却收拾得很干净，又是这一县最好的瓦房。我们找到委员们，说明借宿之意时，他们毫不犹豫地答应了，且是那样殷殷地招呼着。冰心、洁琼、文藻、宣泽和我五个人便都搬到党部来住。烹着苦茶，一匙匙地加了糖，在喝着，闲谈着，一点也不觉得是在异乡。这所房子是由娘娘庙改造的，故地方很宽敞。据县长说，每年党部的费用，在一万元左右。但他们的工作，似很紧张，且有条理，几个委员都是很年轻、很精明的。

这一夜睡得很好。第二天清早，便听见门外的军号声。仿佛党部的人员们都已经起来，这天（12日）是星期日，不知道他们为什么这样的早起。等到我们起床时，他们都已经由门外归来。原来是赴北门外的“朝会”的，天天都得赴会，县长、驻军的团长以及地方办事人员们，都得去。这是实行新生活运动的条规之一。

9时半，我们上了汽车，出县城北门，继续地向百灵庙走。沿途所经俱为草原。我们是开始领略到蒙古高原的景色了，风劲草平，牛羊成群地在漫行着，地上有许多的不知名的黄花、紫花、红花。又有雉鸡草，一簇簇的傲慢地高出于蒿莱及牧草之群中。据说，凡雉鸡草所生的地方，便适宜于耕种。

不时的有黄斑色的鸟类，在草丛里，啪啪地飞了起来。翻译说，那小的是叫天子，大的是百灵鸟。在天空里飞着时，鸣声清婉而脆爽，异常的悦耳。北平市上所见的百灵鸟，便产在这些地方。大草虫为车声所惊，也展开红色网翼而飞过，双翼嗤嗤嗤地作声。那响声也是我们初次听闻到的。又有灰黄色的小动物，在草地上极快地窜逃着过去，不像是山兔。

翻译说，那是山鼠。一切都是塞外的风光。我们几如孔子的入周庙，每事必问，充满了新崭崭的见与闻。虽是长途的旅行，却一点也不觉得疲倦。

11 时，到保商团本部，颉刚、洁琼他们，下去参观了一会儿。这保商团是商民们组织的，大半都是骑兵，招募蒙人来充当，很精悍。这一途的商货，都由他们负责保护安全。

12 时，过召河，到了段履庄。这里只有一家大宅院，是一个大百货商店，名鸿记，自造油、酒、粉、面，交易做得极大。有伙计二百余人。掌柜人的住宅，极为清洁。在那里略进饼干，喝了些热水，便是草草的一顿午餐。

由鸿记上车，走了两点多钟，所见无异于前。但牛群羊群渐渐地多了，又见到些马群和骆驼群，这是召河之东的草原上所未遇的。最有趣的是，居然遇见了成群的黄羊（野羊），总共有三四百只，在山坡上立着。为车的摩托声所惊，立在最近的几只，没命地奔逃着去，那迅奔的姿态，伶俐的四只细腿的起落，极为美丽。翻译说，野羊是很难遇到的，遇者多主吉祥。3时，阴云突在车的前后升起。“快有雨来了。”翻译说。果然，大滴的雨点，由疏而密地落下。扯好了盖篷，大家都蛰伏在篷下，怪闷气的。车子闯过了那堆黑云，太阳光又明亮亮地晒着。而这时，远远地已见前面群山起伏，拥在车前。翻译指道：“那一带便是乱七八糟山——这怪名字是他自己杜撰的，他后来说——这山的缺口，便是九龙口，我们由南口进去。在这四山的包围之中的，便是百灵庙。”我们登时都兴奋起来，眼巴巴地望着前面。前面还只是乱山堆拥着，望不见什么。

3时半，进了山口，有穿着满服的几个骑士们，见了汽车来，立刻策马随车奔驰了一会儿，仿佛在侦察车中究竟载的何等人物似的。那骋驰的利落、自如，是我们第一次见到的好景。跟了一会儿，便勒住马，回到山口去。

而这时，翻译忽然叫道：“百灵庙能望见了！”一簇的白屋，间以土红色的墙堵；屋顶上有许多美丽的金色的瓶形饰物，在太阳底下，闪闪发亮。

我们的车，在一个“包”前停下。这“包”装饰得很讲究，地毡都是很豪华的。原来是客厅，其组成，系先用许多交叉着的木棒，围成穹圆形，然后，外裹以白毡，也有裹上好几层的，内部悬以花布或红色毡，地上都铺垫了几层的毡。上为主座，中置矮案，案下为沙土一方，预备随时把垃圾倾在其中，隔若干日打扫一次。居者坐卧皆在地毡上。每一包，大者可住十余人，我们自己带有行军床，铺设了起来，又另成一式样。占了两包，每包住四人或五人，很觉得舒畅，比局促在河东商店的厢屋里好得多了。大家都充溢着新奇的趣味。

7时，天色忽暗，一阵很大的雹雨突然地袭来。小小的雹粒，在草地上迸跳着，如珠走玉盘似的利落，但包内却绝不进水。

雨后夕阳如新浴似的，格外鲜洁的照在绿山上，光色娇艳之至！天空是那么蔚蓝。两条虹霓，在东方的天空，打了两个大半圈，色彩可分别得很清晰。那彩圈，没有一点含糊，没有一点断裂。这是我们在雨后的北平和南方所罕见的；根本上，我们便不曾置身于那么广阔无垠的平原上过。

天色渐渐地黑了，黑得什么都看不见，仅包内一灯荧然而已。

不久便去睡。包外，不时地有马匹嘶鸣的声音传入。犬声连续不断地在此呼彼应地吠着，真有点像豹的呼叫。听说，牧犬是很狞恶的，确比口内的犬看来壮硕得多。但在车上颠簸了大半天，觉得倦极，一会儿便酣酣地睡着。

半夜醒来，犬声犹在狂吠不已。啊，这草原上的第一夜，被包裹于这大自然的黑裳里，静聆着这汪汪的咆叫，那情怀确有点异样的凄清。

今天 5 点多钟便起，还是为犬吠声所扰醒。趁着大家都还在睡，便急急地写这信给你。

写毕时，太阳光已经晒遍地上。预备要吃早餐，不多说了。

二

昨天，早餐后，一个人出去散步。在北面的一带山地上漫游着。山势都不高峻，山坡平衍之至，看不见一点岩石。足下是软滑滑的，一点履声都没有。那草原上的绿草简直便是一床极细厚的地毡，踏在上面，温适极了。太阳光一点都不热。山底下便是矮伯格河环之而流。

中途遇见保安处的军事教官刘建华君，随走随谈，谈得很久。他参加过好几次的抗日战，这可伤心的往事，不能不令人想起来便悲愤交集。

上午往游百灵庙。百灵庙，汉名广福寺，占地极广；凡有大小佛殿及“经堂”十一座；大小的喇嘛住所一百数十处，共有六百余间屋，可容得下三千余众。但现在住着的，不过数百人。

庙为康熙时所建，圣祖西征，曾在这里住得很久。民国三年（1914 年）时，张治曾驻此，曾经过一次大战，庙全被焚毁，现在的庙，是民国十年（1921 年）后重建的，规模遂远逊于前。

正殿及白塔，正对着庙前的突出的一峰，这峰名女儿山。相传，康熙怕女儿山要产生真命天子，便特建此庙以镇压之。

殿门上有梵符、符傍，注着汉字云：“凡在此符下经过一次者，得消除千百世之罪孽。”前殿之“经堂”，正中为班禅驻此时诵经处。四周皆壁画，气韵还好，当出于大同、张家口的画人手笔。画皆释迦故事，唯有数尊喜欢佛，较异于他处。后殿为供佛之所。如来像的下方，别有头戴黄尖帽，身披黄袍的大小坐像数尊。其面貌和一般的佛像大异，鼻扁，额平，颧骨凸出，极肖蒙人。初以为蒙佛，问了翻译，才知道是黄教祖师的真容。这位宗教改革家，在西藏史上是占着很重要的地位的。殿的东隅，置一金色的柱形物，分三层，为宇宙的象征。下层为地，做圆形；中层为水，亦圆形而有波浪纹；上层为天，做楼阁层叠状。水的四面，有二伞形及日、月二形，此亦藏物。

出正殿，又进几个佛殿去参观，规模有大小，而结构无殊，便也懒得去遍历十一殿了。

出庙，在山坡上散步。太阳光渐渐地猛烈起来，有点夏天的气候了。山顶有一白色石堆，插有木杆无数，成为斗形。木杆上悬挂着许多彩色的绸布，上有经文。此种石堆，名为“鄂博”，本为各旗分界之用，同时也成了祀神之所。我们坐在这“鄂博”的阴影下闲谈着。

赵君说起蒙古所以定阴历三月二十一日为大祭成吉思汗日者，非为他的生忌死忌，而是他的一个特殊的战胜纪念日。是日为黑道日，本不利于出兵。但他每在黄道日出兵必败，特选这个黑道日出兵，遂获大胜。后人遂定这个奇特的日子为大祭日。

不觉得，太阳已经在天的正中了。我们赶快地向“包”走回。饭后，午睡了一会儿。“包”内闷热甚，大有住在沙漠上的意味。

夜间，赵君请了两个奏乐的人来。因为只有两个人，故只能奏两种乐器。一吹笛，一拉胡琴。奏的音调，极似《梅花三弄》，但他们说，是古调，名《阿四六》。这种音调，我疑心确是由蒙古高原传到内地来的。次换用胡琴和马头琴合奏，马头琴是件很奇特的乐器，蒙名“胡尔”或“尚尔”，弦以马尾制成，饰以马首形。相传系成吉思汗西征时所制的。每一弹之，马群皆静立而听。马头琴声宏浊悲壮，间以胡琴的尖烈的咿哑声，很觉得音韵旋徊动人，虽然不知道奏的是什么曲。最后，是马头琴的独奏。极慷慨激昂，抑扬顿挫之至，没有一个人不为之感动的。奏毕，争问曲名，并求重奏一次。他们说，这曲名《托伦托》，为成吉思汗西征时制。奏乐者去后，余兴未尽，又由韩君他们唱《托伦托》曲及情歌《美的花》，歌唱出来的《托伦托》曲较在乐器上奏的尤为壮烈，确具骑士在大草原上仰天长歌的情怀。《美的花》则若泣若诉，郁而不伸。反复地悲叹其情人的被夺他嫁，但叹息声里，也带着慷慨的气概，不那么靡靡自卑。

“包”内客人们散去时，已经午夜。盘膝坐得腰酸，走出“包”外，全身舒直了一下。夜仍是黑漆漆的，伸手不见掌，但天空却灿灿烂烂的缀着满空的星斗。银河横亘于半天，成一半圆形，恰与地平线相接。此奇景，不到此，不能见到。

12 时睡。相约明早到康熙营子去，又要去考察一般蒙人所住的“包”。

明日午后，尚约定看赛马会和“摔跤”。

三

前昨二日由百灵庙寄上一信。此二信皆系由邮差骑马递送，每两天一班，每班需走三天才到绥远。故此二信也许较这封信还要迟到几天呢!

百灵庙地方，很可留恋。昨日（14日）上午，7时方才起床，夜间睡得很熟，9时左右，乘汽车到康熙营子。相传该处为康熙征准噶尔时的驻所。今尚留有遗迹，且有宝座，但遍觅宝座不见。四周大石重叠，果似营门。疑为附会之辞；因大石皆是天生，不大像人工所堆成。营子内，山势平衍，香草之味极烈，大约皆是蒿艾之属。草虫唧唧而鸣，声较低于北平之“叫哥哥”，其翼膀也较短。红翼的蚱蜢不断地嗤嗤地飞过。蒙古鹰成群地在山顶的蓝天上打旋。后山下有孤树二三株，挺立于水边。一个人独坐于最高的山上，实在舍不得便走开。可惜大家都在远处催促着，只得走了，香草之味尚浓浓地留在鼻中。

离开康熙营子，循汽车路去找蒙人住的蒙古包。走了好久，方才看见几个包，大约总是两个包成为一家。有山西老头儿，骑骡到各包索账，态度极迂缓从容。我们去访问一家。这家有二包，男人已经出外，仅有老母及妻在家，尚有一个汉人的孩子，是雇来看牛的。这家不过是中下之家，但有牛三十余匹，羊百余只，包内也甚整洁。锅内有牛奶一大锅，食物架上堆满了奶皮、奶豆腐。火炉旁有一小火，长明不熄。由译人传语，知其老母为七十五岁，妻为二十五六岁，男人为三十余岁，已结婚二三年，尚未有子女。被雇之幼童年约九、十龄，每日工资一角。老妇人背已驼，但精神尚健壮。其媳颇好静，语声甚低，手中正在做活计，闻为其婆所穿之衣。说话时，含羞低头，且仅简单地回答着。大约都是说“不知道”之类。有问，往往由其婆代答。我们要为他们摄影，但坚持不肯出包，等到我们出包上车时，他们又立在包前看。

下午，到河东商家去访问，河东有买卖十余家，主伙皆山西大同人。又有无线电台及邮局等机关。最老的商店有一二百年者；最大的一家集义公也有四五十年的历史，每年可赚纯利四五千元，其资本则仅千元。这里的贸易，向不用钱，皆以货易货。商人以布匹、茶、糖等必需品卖给他们。到了第二年秋天，他们则以牛羊马匹偿还之，商人们可以获得往返的两重的利息，故获利颇丰，然近年竞争亦甚烈。有商号十余家，二三人、四五人一组的行商，也有一百余组，来往各包做买卖。每组所做，有多至数百十个包者。因地面辽阔之故，他们多以骆驼、马匹、骡子等代步及运货。亦有蒙人上商号去做买卖的。我们在河东，即见二蒙人执一狐皮来兜销，要价八元，然无人问津。

无线电台为政委会的，新由北平军分会运去，可通南京、北平、绥远及德王府等处。台长关君为东北大学毕业生。

2时，沿了百灵河，向山后走去，择一僻地，洗足擦身。水极清冽，沙更细软。跣足步行水中，很觉舒适。游鱼极多，见人皆乱窜而去。鱼极小，水中也无人钓鱼，故生殖至多。也有蛙，形体较小于内地。3时回。

15日上午5时，即起床，天色尚未大亮。早餐后，太阳始出。6时半，开车。来送行的人仍不少，各有依依不舍之情意。车将出九龙口，回望百灵庙，犹觉恋恋。庙顶的金色，照耀在初阳里，和庙墙的白色相映，觉分外的显得可爱，其美丽远胜于近睹。

有一喇嘛着红色衣，牵一白马，在绿色草原上走着，颜色是那样鲜明。

途中遇见灰鹤成群，这和黄羊，同为罕见的动物。张君取出手枪，放了一回，灰鹤纷纷惊飞，飞态很美。其他马群、牛羊群及成群之骆驼则所遇不止一次。有一次，总有百来匹马见了车来，在车前飞奔而去，是那样的脱羁而逃，较赛马尤为天然可爱。

汽车道旁，有二蒙古包，是一家，有羊圈，已稍见汉化。此家有二女，皆未嫁，少女极姣美，头戴银圈，镶以红绿色的宝石珊瑚等，双辫悬前，璎珞满缀于上，面色红白相融，是内地所罕见之健美的女子。我们徘徊了一会儿，即复上车。11 时，经过召河，绕道到普会寺，即绥远锡拉图召大喇嘛的避暑地。寺额为乾隆所写，寺凡三层，皆藏式，仅屋檐参以汉式。寺内结构和大召、小召等相同，也是“经堂”在前，佛殿在后。寺旁有二院落，极整洁，一院有高树二株。窗户皆用蓝色及绿色，而间以金色的圆圈及“卐”字等为饰。很别致。一旁厅悬有画马二幅，很古，似为郎世宁笔。惜门已锁上，不能进去参观。下午 2 时，过武川路，和县长及县党部诸君周旋了一会儿，即别。4 时左右，过蜈蚣坝，车颠簸甚。5 时半始到达公医院。计坐了十一小时的汽车，殆为生平最长途的汽车旅行。尚不觉甚倦。饭后，到旧城春华池沐浴，身体大为舒适。今夜当可有一觉好睡。

现已 12 时，不再写了，明天还要早起到昭君墓。

昭君墓

早晨刚给你一信，现在又要给你写信了。

上午9时半早餐后，出发游昭君墓。墓在绥远城南二十里。希白、雷小姐他们都骑马去。我因为没有骑过马，只好坐轿车。车很干净，三面皆为黑色的纱窗。但道路崎岖不平，车轴又无弹簧，身体颠簸得厉害。双手紧握着车窗或车门，不敢一刻疏忽。一疏忽，不是头被撞痛，便是手臂或腿部嘭的一声，被撞在车门上。有时，猛烈一撞，心胆俱裂，百骸若散。好在车轮很高，相距亦阔，还不至演出覆车的危险。有马队四人，带了手提机关枪，来保护我们，因为前日城内出过抢案。骡夫走得很慢，骑马的人不时地休息下来等着我们。10时三刻，才到小黑河。水不深，还不到尺。11时一刻，到民丰渠。浊流湍急，不测深浅，渡河时，人人皆惴惴危惧。一个从者的马匹倒了下去，骑者浑身俱湿。幸渠身不大宽，河水也至多只有两尺多深。大家都不曾再出危险，骡车也安稳地渡过。据说，春时，汽车可达。此时水深，除马及骡车外，无法渡过。11时三刻到昭君墓。墓甚高，据说有二十丈，周围数十亩。土色特黑，草色青翠，多半是香蒿，高及人腰，香味极烈。墓前列碑七八座，最古者为道光十一年（1831年）长白升演所书之“汉明妃冢”及他的碑阴的题诗。次有道光十三年（1833年）长白珠澜的碑，次有戊申年耆英的碑。此外皆民国时代的新碑。民国十二年（1923年）立的马福祥的墓碑云：

《辽史地理志》：“丰州下则曰青冢，即王昭君墓。据此则昭君墓之在丰州，已无疑义。”又考清初张文端《使俄行程录》云：“归城化南直书有青冢，冢前石虎双列，白石狮子仅存其一，光莹精工，必中国所制，以赐明妃者也。又有绿琉璃瓦砾狼藉，似享殿遗址。”

民国十九年（1930年）冯曦的一碑，最为重要：

岁庚午，清明后十日，海礁李公召集军政各长议定植树冢右。始掘土获梵文经卷，随风湮灭。既而石虎、木柱现，而零星璃瓦，碧苔叠篆，犹不可更仆数。知古人于冢有实右大招提在。

冯氏所推测的大致很对，张氏所云，享殿遗址，必是大招提的遗址无疑。“必中国所制，以赐明妃者也”，语尤无根。唯清初已破败至此，则此遗址至晚必为辽金时代的遗物。惜未获碑文，无从断定。但此冢孤耸于平原上，势颇险峻，如果不是古代一个上了望台，则也许是一个古墓。至于是否昭君之墓，则不可知了。他日也许能够发掘一次以定之。此望台或古墓的时代当较右有的庙宇为古。石虎一只，今尚倒在田垄间，极粗朴，似非名贵之物。昭君墓，包头附近尚有一座（闻西陲更有一座）。依常理推之，汉时绥归（归绥），尚为中土，明妃绝不会葬在这个地方的。但青冢之说，唐人的《王昭君变文》里已提及之，有“青冢寂辽，多经岁月”的话。元人马致远有《沉黑水明妃青冢恨，破幽梦孤雁汉宫秋》一剧，黑水青冢，皆见于此。冢南的大黑河殆即所谓黑水，其后明人的《和戎记》、《青冢记》诸传奇也都坐实青冢之说。究竟有此富于诗意的古址，留人凭吊，也殊不恶。休息了一会儿，即登冢上。仅有小路，沿山边而上，宽仅容足，一边即为壁立数丈的空际。“一失足成千古恨”，走时，很小心。半山有极小的大仙祠一所。据说，中为一洞，甚深。从前游人们常从大仙借碗汲水喝，今已不能借到了，闻之，为之一笑。冢上白土披离，似为雨冲刷的结果。仅有此方丈之地不生草，四边仍为黑土及绿草。南望，即大黑河，今已枯浅。北望大青山脉，绵延不断，为归绥的天然屏障。西北方即归绥的新旧城所在。太阳光很猛烈。徘徊了一会儿，方下山。在碑阴喝水，吃轻便的午饭。我先坐骡车走。骡夫说，青冢一日有三变，一变似馒头，再变为盖碗，第三变则他已忘记了。骡夫为一老头儿，他说，现年五十六岁，十余岁时已业此，至今已四十余年了。他慨叹地道：“前清的生意好做，民国时是远不如前了。洋车抢了不少生意去。”他似对一切新事物都抱不愤。有自行车经过，骡为所惊，他便咒诅不已。他又说：“这车已经三天不开张了。”我问他：“是你自己的车吗？”他说：“不，我替人赶的，买卖实在不好做。每月薪水二元，吃东家的，有时，客人们赐个一毛五分的。东家一天得费五毛钱养车，净赔，卖了也没人要。从前有七八百辆，如今只存二百九十多辆了。”他脸上满是烟容，我问他：“你吃烟吗？”他点点头。“一个月两块钱的工钱，如何够吃烟？”他道：“对付着来。”

骡车在入城的道上，因骡惊，踢翻了一个水果担子。他道：“不要紧，我赔，我赔。”结果赔了一毛钱。他似毫不容心的，还是笑着。

水果贩子还要不依，我阻止了他。骡夫却始终从容而迂缓，若不动心的。等到回到公医院，我给了三毛钱的赏钱。

“是给我的吗？”他有点惊诧。

“给你做赏钱。”

他现了笑容，谢了又谢，显出感激的样子。

这可爱的人呀！世事在他看来，是怎样简朴而无容思虑。

回望昭君墓，仅见如三角台形似的一堆绿色土阜。同行的王副官说，这青冢，冬天草枯时，也并不显出土色，远望仍是青的。

峇厘观舞记

我在1955年7月23日到了印度尼西亚的“诗之岛”峇厘，在那里住了八天，欣赏了不少峇厘岛上的艺术，从绘画、木雕刻到舞蹈，尤其以舞蹈看得比较多，南派的、北派的、宫廷的、民间的、古典的、现代的，差不多全都看到过。看到，便不容易忘记。现在，印度尼西亚的峇厘艺术友好访问团到中国来了，特从日记里摘出有关峇厘舞的几段，写成本文，作为介绍也作为欢迎。

又，上次印度尼西亚艺术代表团到中国来访问时，包括了印度尼西亚的各个地方、各个派别的舞蹈的代表，但独独没有包括峇厘岛的舞蹈在内。这是因为峇厘舞有其特殊的风格，且需要的乐队人数特别多，故有单独进行访问的必要。到捷克斯洛伐克去访问时，也是峇厘艺术团单独去的。

峇厘岛在爪哇岛的东边，隔水可以相望，但风俗人情却相差颇远。峇厘岛自有其不同的宗教（印度教），家家户户都供奉着好几座神龛，每天都要上供。天气仿佛很润湿，到处都是深浓的绿色，大树蔽天，茂密郁润。石墙和砖块上，全长满了青苔，显出苍老的古气。

家家户户都有墙，有大门，这就和中国的住宅有些相似了。说起来，在峇厘，中国的风趣还有不少。在一些庙宇里有中国式的佛像，还流行着中国的铜钱（明万历到同治的最多）。他们用这些铜钱编成神像，还布施到神庙去。所以，我们到峇厘岛去，觉得十分亲切。

7月23日的晚上，在峇厘岛上的南部大城邓巴刹，第一次看到世界著名的峇厘舞蹈。一大群的乐器，分列两厢，乐师们三十多人陆续登场坐下。（一个乐队的乐师们，多者达六十多人，少者也有二十四人。）乐器以大铜锣、球锣和铜的刹龙（sarun）为主，而以"甘梆"（鼓）为之节，也用上了弦乐的竖琴（很像胡琴）和管乐的箫、笛，不过不是主要的乐器。到了9点钟，海风徐来，夜凉如水，忽听得晴天霹雳似的一声响，金鼓齐鸣，急如骤雨，直震撼得听者们心肺俱为之荡动。前奏曲开始了。豪雄刚健，像千百只狮子在同声怒吼，像暴风雨之前，雷电交闪，殷殷轰轰，天空为裂。但渐渐地由急而缓，箫声和刹龙声像在微语，像凉风吹过万松之巅，像清溪流过乱石堆头，细腻到荡人魂魄的地步，余音袅袅，不绝如缕。然后，又一声狂响，百乐大鸣。那乐调似乎并不陌生，有好几节简直像中国的吹打细乐。如此的忽高忽低，忽扬忽抑，足足有十多分钟才停止。我们被震慑得耳无旁听，目不旁视。像这样的打击乐器的演奏，乃是最高级的技术的挥施。有一个聪明的批评家说，这乃是大规模的拆散了的"钢琴"的大合奏。这句"绝妙好词"的形容的话对印度尼西亚的"嘎木兰"（乐队）说来，的确是当之无愧的。歇息了一会儿，舞者们登场了。随着"嘎木兰"的乐声，或表演雄武的斗争，或描写抒情的步调，都足令人心醉。二少女演的甲虫舞，细致地表现出一对甲虫的恋爱和相依为命的感情。面具舞则紧张曲折，变化多端。查宛夫人的独舞，尤为光朗明快，充分地显示出峇厘舞的修养深厚而细腻精巧的技术来。一举手，一投足，都具有迷人、动人、感人的力量。那把扇子在她手里是那么灵活地挥动着；那双眼，那头部，那纤纤的双手，是那么美妙地随着乐声而转动着，特别是手部，那动作是无穷尽的繁细，每一指尖的伸屈，都具有其特殊的意义。她或前、或后、或进、或退，或左旋以翩翔，或右转而急却，诚有宛若游龙、翩若惊鸿之感，这是需要精致的推敲与专心的欣赏的，粗心人不会体会其最细微的美妙处。有人说，峇厘舞脸部没有表情，我们看了查宛夫人那么丰富灵活的表情，便知道那句话是不确的。

24日到达狄打岗加。沿途海水碧绿，到处是盐场。椰林矗立，若巨人相向而揖。狄打岗加是一位逊王的别墅，别墅里有几道喷泉，淙淙的在飞溅着清凉的水珠。泉中蓄有红色鱼，游泳自如，我们就在喷泉旁，坐着看峇厘岛的宫廷舞。这种舞在外间已不多见，舞者都为幼童及幼女，尚需人抱掖以进。乐队亦是用“嘎木兰”。那位逊王亲自陪着我们。舞者之一，即逊王的七岁孙女，舞技是很工的，疾徐进退，莫不应节。

同日下午，到了革隆公，在一个故宫里，看面具舞剧。峇厘岛上的面具，是多种多样的。有戴上了整个面具，不能出声的（以扮王公者的主）；有虽戴了面具，而露出双眼与嘴部来的（像丑角）；有面具的下部，当嘴部的地方，是活动的，能够发言，但有些模糊不清的；有脸的上部露出，仅鼻部和嘴部有半个面具的；也有像中国新年时跳“月明和尚度柳翠”舞里所用的和尚、妇人的面具，整个的套在头上的。所演的故事，有取之于印度两大史诗《摩诃菩拉他》和《拉马耶那》的，也有是演出印度尼西亚的历史故事的。

晚上，在邓巴刹又看了东峇厘舞，比较的现代化，有不戴面具的舞剧，有群舞，有独舞。舞剧除了表演印度史诗的故事和历史故事之外，大都是表演善与恶的斗争的。恶神虽猖獗一时，但善神终于得胜。舞的时候，武功很深，摔跤立起，非训练有素的人，必会受伤。

其中，以群舞的蝴蝶舞最得人赞扬。

27日，从邓巴刹动身到新加拉夜（即狮王城）。咖啡树和荔枝树，杂在芭蕉林里，绿意至浓。要经过几座高岭。一路上，风光极为秀丽。远远地见地下有一泓湖水，又经过一座焦黑的寸草不生的火山。最高之地，称为金打曼尼，意即极乐世界。过此，即北部峇厘了。省长公署，即设在新加拉夜城。

29日晚6时许，在省长公署的前面石廊上，看北峇厘舞蹈的演出。古典舞表情深刻，技术甚高。有演唱梁山伯、祝英台故事的，虽不懂其歌词，而甚惹乡情。又有八个女舞蹈者和九个男舞蹈者，或坐或立，彼此歌唱着，舞蹈着，“山歌互答”，音节甚为优美。据说，那彼此问答的歌词里，含有很多幽默和讽刺的漂亮话，但我们是不能了解的了，只能意会其且舞且歌的大意耳。又有东南省蒂汶岛的歌舞，地方的色调很浓厚，也可欣赏吟味。

看了几场的峇厘舞，说不上就懂得其精华所在，但其好处是不会忘记的。虽然相别已经一年多了，但邓巴刹的“嘎木兰”的响声还如在耳边，查宛夫人和其余的舞蹈家们的妙舞清歌，还如在目前。应该特别提起的是，峇厘岛上的艺人们，全不是职业的。他们是专家，但并不以此为业。像“嘎木兰”的乐队，如要演出，就需事前召集那一批音乐家们凑在一起。临时召集，是办不到的。又像查宛夫人那样高超的舞蹈家，也还不是职业的，她和她丈夫都是每天要劳动的职工。那一位“嘎木兰”的击鼓者（即领导人），乃是在街头卖咖啡的。不仅舞蹈家、音乐家们如此，就是峇厘岛上的画家们和木雕家们也都是业余的为多。这个“诗之岛”是那样的富有诗意，可以说整个岛乃是一个艺术的涵养地、孕育地。

1956年9月

长安行

——考古游记之一

住的地方，恰好在开陕西省先进生产者代表会议，碰到了不少位在各个生产战线上的先进工作者的代表们，个个红光满面，喜气洋洋，看得出是蕴蓄着无限的信心与决心，蕴蓄着无穷的克服任何困难的力量。社会主义的工业建设是一日千里地在进展着，眼看见的将是一个崭新的大西安城，一个空前的宏大的工业城市。灰色的破落的西安，将一去不复返。我想，明年今天再来时，将很难认识现在的街道了。许多久住在这个古城里的朋友们和我一同出城一趟，便说："变得多了，已经连道路也认不出来了。前几个月来时，哪里有那么多的建筑物！新房子叫人连方向也辨不清了。"的确，这最年轻的工业城市，就建筑在一座中国最古老的文化城市的基础上。

说起长安，谁不联想到秦皇、汉武来，谁不联想起汉唐盛世来，谁不联想到司马相如和司马迁就在这里写出他们的不朽的大作品来，谁不联想到李白、杜甫、王维、韩愈、白居易、杜牧来，他们的许多伟大的诗篇就是在这里吟成的。站在少陵原上的杜公祠远眺樊川，一水如带，绕着以浓绿浅绿的麦苗和红馥馥的正大放着的杏花，组成绝大的一幅锦绣的高高低低的大原野，那里就是韦曲、杜曲的所在，也就是一个大学的新址的所在。杜甫的家宅还有痕迹可找到吗？每一寸土，每一个清池的遗迹，都可以有它们诗般的美丽的故事给人传诵。相隔不太远的地方，就是蓝田县，就是辋川，也就是有名的诗人兼画家的王维所留恋久住的地方，就是有名的《辋川图》，和裴迪联吟的“诗中有画，画中有诗”的地方。从少陵原再过去，就是兴教寺的所在了。那是三藏法师玄奘的埋骨之地，一座高塔建筑在他的墓地上，旁有二塔，较小，那是他的大弟子圆测和窥基的墓塔；关于窥基曾流传过很美丽而凄恻的一段故事。这个地方的风景很好，远望终南山白云封绕，唐代的诗人们曾经产生出许多诗的想象来。

站在长安城的中心——钟楼的最高层上，向北看是大冢累累的高原。刘邦、吕雉的坟，以及他们的子孙的坟都在那里，晓雾初消的时候，构成了一幅像烽火台密布似的沧荒的奇景。向南向东望，是烟囱林立，扑扑突突地尽往天空上吐烟，仿佛蕴蓄着无限的热与力；就在那儿，十分重要的仰韶文化（新石器时代）遗址是相当完整地被保存着。再向东望，隐隐约约地可指出骊山的影子来，秦始皇帝就埋身其下，华清池依旧是最好的温泉之一。七月七夕，唐明皇和杨贵妃站在那里私誓“在天愿为比翼鸟，在地愿为连理枝”的长生殿也就在那里。向南望，双塔屹立，尖细若春笋的是小雁塔，壮崛而稳坐在那里似的是大雁塔。终南山在依稀仿佛之间。新建筑的密密层层的一幢幢的高楼大厦，密布在那里。向西望，那就是周文王、武王的奠立帝国的根据地丰京和镐京遗址所在地。灵台和灵囿的残迹还可寻找呢。读着《诗经》，读着《孟子》，不禁神往于这些古老的地方了。就在这些最古老的地方，新的建筑物和工厂，纷纷地被布置在丰水的两岸。还可望到汉代的昆明池，大的石雕的牛郎、织女像还站在那里，隔着水遥遥相望呢。——当地称为石公、石婆，并各有庙。

没有一个城市比之今天的西安，更为显著地糅含着“古”与“今”的了。在没有一寸土没有历史的古老文化的基础上，建立起了新的社会主义工业和新的社会主义文化。新的长安城，毫无疑问地，将比汉唐盛世的长安城，更加扩大，更加繁华。点缀在这个新的工业大城市里的是处处都可遇到的赫赫有名的名胜古迹和古墓葬、古文化遗址。从新石器时代的仰韶文化起，中国历史的整整大半部，是在这个大都城里演出的。它就是历史的本身。就是历史的具体例证。这些，将永远不会埋灭。社会主义社会里的人民都知道将怎样保护自己的光荣的古老的文化和其遗存物。在林林总总的大工厂附近，在大的研究机构和学校的左右，有一处两处甚至许多处的古迹名胜或古墓葬或古代文化遗址，将相得益彰，而绝对不会显得有什么“不调和”。他们在休假日，将成群结队地去参观半坡村的仰韶遗址，那是四千多年以前的原始社会人民的居住区域。他们看到那些圆形的、方形的住宅，葬小孩子的瓮棺。他们看到那个时代的艺术家们，怎样在红色陶器的上面，画出活泼泼两条鱼在张开大嘴追逐着，画出几只鹿在飞奔着，画出一个圆圆的大脸，却在双耳之旁加画了两条小鱼，仿佛要钻进人的耳朵里去。他们看到那时候人民所用的钓鱼钩、渔叉、渔网坠。他们会想象得到：在那个时候，半坡这地方是多水的、多鱼的——那时候的人从事农业生产，但似以捕鱼为副业。他们看到骨制的鱼钩，已经发明了“倒钩”，会惊诧于那时的人民的智慧的高超。他们将远足旅行到汉武帝的茂陵去。在那里，会看见围绕着那个大土台，有多少赫赫的名臣、名将的墓。霍去病、卫青、霍光都埋葬在那里，还有李夫人的墓也紧挨着。在那里，还可以捡拾得到汉砖、汉瓦的残片。霍去病墓的石刻，正确地明白地代表了汉武帝那个伟大时代的伟大的艺术创作。现存着十一个石刻，除了两个鱼的雕刻——似是建筑的附属物——还在墓顶上外，其他九个石刻都已经盖了游廊，好好地保护起来。谁看了卧牛和卧马，特别是那一匹后腿卧地而前蹄挣扎着将起立的马，能不为其“力”与“威”震慑住呢！那块“熊抱子”的石头，虽只是线刻，而不曾透雕，但也能把子母熊的感情表达出来。那两千多年前的中国雕刻家们的作品，是和希腊、罗马的雕刻不同的，是别具一种民族风格、是世界上最高超的艺术品之一部分。谁能为这些石刻写几部大书出来呢？有机会站在那里，带着崇高的欣赏之心，默默地端详着它们的人们，是幸福的！他们还将到华清池去，过个十分愉快的休沐日。他们还将到唐高宗的乾陵去，欣赏盛唐时代的石刻，一整列的石人、石马，一对鸵鸟、一对飞马，还有拱手而立的许多酋长，番王的石像（可惜都缺了头），都值得看了又看，看个心满意足。长安城的内外，是有那么多的名胜古迹，足资流连，足以考古，足以证史的地方啊。一时是诉说不尽的。韦曲、杜曲、王曲以及曲江池、樊川等古人游兵之地，今天只要稍加疏浚，也就可以成为十分漂亮的人民公园。我想不久的将来，我们就会看到那个宏伟而美丽的大公园在长安城南出现的。“古”与“今”，古老的文化和社会主义的工业建设，结合得如此的巧妙，如此的吻合无间，正足以表现我们中国是一个很古老的国家，同时又是一个很年轻的国家。不仅西安市是如此，全国范围内的许多城市也都是同样地把“古”与“今”结合起来的，而西安市是一个特别突出的、值得特别提起的一个典型的好例子。

春风满洛城

——考古游记之二

去年3月26日午夜，我从西安到了洛阳。这个城市也是很古老的，又是很年轻的。工厂林立在桃红柳绿的春天的田野里，还有更多的工厂在动土、在建筑。但古老的埋藏在地下的都市也都陆续地被翻掘出来。从周代的王城、汉代的东都，直到诗人白居易、历史学家司马光他们的遗迹，全都值得我们的向往和注意。这个古城的东郊，是白马寺的所在地，那是相传为汉明帝时代，白马驮经，从印度把佛教经典初次输入中国时建立起来的第一个佛教寺院。今天，山门的两座穹形门洞，其上嵌着不少块汉代的石刻（是取当地出土的汉代石刻而加以利用的，据说明朝人所为），其四围墙角，也多半使用汉砖、汉石砌成。可以说是世界上十分阔绰的一个寺院了。寺内古松苍翠，至少已有三五百年的寿命。大殿里的几尊古佛、菩萨的塑像，古雅美丽，当是元代或明初之物，甚至可能是辽、金的遗制。再往东走，乃是李密城，即金村遗址所在地，在那里曾出土了七十多块古空心墓砖，五十年前曾经震撼了一世耳目。那扑扑地向天惊飞的鸿雁，那且嗅且搜索地、威猛而稳慎地前进捕捉什么的猎狗，那执杖前行的老人，那手执竹简而趋的学者，那相遇而揖的两个行人，都将二千多年前的艺术家的现实主义的表现力，活泼泼地重现于我们的眼前。这全部墓砖，现在陈列于加拿大的博物院里，但我们是永远地不会忘记它们的。还有好些绝精绝美的战国时代的金银镶嵌（即金银错）的铜器，特别是那面人兽相搏的古铜镜，成为世界上任何博物院的骄傲。可惜，包括那面古镜在内，绝大多数都不在国内。

除了帝国主义者们长久地在洛阳掠夺出土古物之外，解放后的几年之内，才开始做着科学的考古发掘工作。这是一个“无牛眠之地”的几千年的古墓葬、古遗址的累积地。单是1953年到1955年，就发现了六千多座墓藏，其中有一千七百三十八座已经加以发掘。古遗址也已发现了两处。所得的古文物，从仰韶时期的彩陶、龙山时期的黑陶，到汉代的大量遗物，成为临时博物馆，周公庙里的辉煌的陈列品吸引了许多游人的注意与赞叹。

我走在大道上，春风吹拂着，太阳晒得很暖和，就看见工人们在使用洛阳铲钻探古墓。就在那大道上，发现了一个汉代的砖墓和一个较小的土墓，我都跳下去考察一番。在农民们打井挖渠的时候，也出现了不少古墓。在新开辟的金矿公路上，有一个大汉墓，中有壁画，还保存得不坏。我也去看过。在新鲜的春天的气息里，嗅得到古代的泥土的香味，但随地有古墓的事实却引起了从事建设工作的担心。有一个干部宿舍，把两个床陷落到地下的古中电去了，幸未伤人。新建的水塔，倾斜得很厉害。轧路机掉落到七米多深的大墓里去。有此种种经验教训，建设部门才知道非清理好地下的古墓葬，便不能在地上进行建设，因之，也便加强了和考古部门、文化部门的合作，因此，便处处出现了洛阳铲的钻探队。这是完全必要的。不清理好地下的，便不能建设好地上的。这道理已经是建设部门所“家喻户晓”的了。但有不相信这道理，一意孤行鲁莽从事的，没有不出乱子。最深刻的教训，就是那些地方工业系统的打包厂、砖瓦厂、纺纱厂等。

在周公庙看到的好东西多极了，也精彩极了，往往是前所未见的。像一面出土于唐墓的嵌螺钿的平托镜，那镜背上的图画，精丽工致的程度，令人心动魄荡。可以说是一幅《夜宴图》。月在天空，树上有凤凰，有鹦鹉，树下有池，池上有一对鸳鸯，相逐而行。还有两位老者，席地而坐，一弹阮咸，一持杯欲饮，一双鬟侍立于后。这面古镜远比日本正仓院所藏的同类的唐代物为精美。

28 日，到龙门去。这是值得在那里停留十月八月，或一年两年的时光，应该写出几本乃至几十本的专书来的一个伟大的古代艺术宝库。这里只能简单地说一下。龙门的佛像多被帝国主义者们盗去，但存在于各洞里的大小佛像，仍有二万尊以上。西山区以潜溪洞、新洞、宾阳三洞、双窑南北洞、万佛洞、老龙洞、莲花洞、破窟、奉先寺、药方洞及古阳洞为最著。宾阳洞被剜斫下去，盗运出国的两方著名的浮雕，即北魏时代的皇帝礼佛图和皇后礼佛图，斧凿的遗痕犹在，令人见之，悲愤不已！那些保存下来的石雕刻，表现了从北魏到唐代的各时期的雕刻家们最精心雕琢出来的伟大的精美的艺术品，成为中国美术史上最辉煌的若干篇页。我站在若干大佛像、小佛像的前面，细细地欣赏着，只感到时间太短促了。有人在搭木架，以石膏传摹若干代表作下来。但愿有一个时候，在北京和其他地方也能看到这些最好的中国雕刻的石膏复制的代表作品。

经过一座横跨于伊水上的草桥（这草桥到了水大时就被冲断，东西山的交通也就中断了），到了东山区。以擂鼓台、四方千佛洞为最著。十多尊的罗汉像，神情活泼极了，在国内许多泥塑木雕的罗汉像里，这里所有的，是最古老的，也是最庄严美妙的。东山区的石洞，中多空无所有，破坏最甚。有几个石灰窑，在万佛沟里烧石灰。幸及早予以制止，免于全毁。

东山的高处是香山寺，现已改为某干部疗养院。徒然破坏了这个重要的名胜古迹，而绝对解决不了疗养院的房屋问题。且山高招风，交通时断，实也不适宜于做疗养地。在山上走了一段路，到了诗人白居易的墓地，墓顶还有纸钱在飘扬。清明才过，白氏子孙住在山下者，刚来上过坟（听说他们年年都上山上坟）。黄澄澄的将落的夕阳，照在黄澄澄的墓土上，站在那里，不禁涌起了一缕凄楚的情思。

29 日，去访问东汉时代的太学遗址。这座太学，在其最盛时代，曾经有六万多学生在那里上学。到今天为止，恐怕世界上还没有比它规模更宏伟的一座大学。但这遗址，知道的人却不多。我们渡洛河，过枣园，沿途打听，将近二小时，才到达朱圪瘩村。一路上时见地面有烟雾似的尘气上升，飞扫而过。有人说，这就是庄子所谓“野马也，尘埃也”的“野马”。一位李老者引导我们到遗址去。显著地可看出是一大片较高的地面，许多农民正在辛勤地打井。我问他们：“有发现石经的碎片吗？”他们说：“近半年来已打不出了。”他们人人都知道《石经》，发现有一二个字的碎块就可以卖钱。过去男男女女，老老少少，在农闲的时候就去挖地寻“经”。民国十八年（1929年）时，存黄氏墓地上出土过晋咸宁四年（278 年）的《皇帝重临辟雍碑》。李老者领我们到这块地上去看。他说，还有《石经》的碑座散在各村呢。我们在朱圪瘩村见到一座，在大郊村见到三座。这些碑座底宽二尺三寸四，长三尺六寸，厚一尺九分。有中缝，深三寸，宽五寸又二分之一。此当是汉三体《石经》的碑座，应予以保护保管。

《辟雍碑》也在大郊村，侧卧于地。我找了村长来，要他好好地保护这座碑，并建筑一座草屋于碑上。

下午，到倒塌掉的砖瓦厂去查勘。在这个砖瓦厂的范围里，周、汉、宋墓密布，一受大批的砖瓦的巨大重量的压力，即纷纷下陷，以致停工不用。大洞深陷的大周墓和弄塌的窑穴，互相交错着。见之触目惊心。这是"古"与"今"同受其祸的盲目地动土的活生生的大榜样。

入邙山，登其峰，见处处白纸乱飞，皆是清明时节，子孙们来上坟的余迹，坟上套坟，不知有几许历代的名人杰士、美女才子，埋身于此。有大冢隆起于远处，有如一个大平台，乃是一座汉帝的陵墓。邙山西起潼关，东到郑州，南北阔达四十里，直到黄河边上。山上均是大大小小的古今墓葬。北邙山在洛阳之北，乃是百年来有名的出土陶俑和其他古器物的所在地，大部分精美的古代艺术品都已出国。发掘之惨，旷古未闻。解放后，此风才泯绝。

洛阳市的建设规划，即如何在这个古老的城市里进行新的大规模的建设，不破坏或少破坏古墓葬和古代遗址，并如何好好地保护它们，使在崭新的林立的工厂当中，保存着特出的非保存不可的古墓葬和古代遗址的问题，正在研究讨论中。正像西安市一样，"新"和"老"、"古"和"今"，在洛阳市也一定会结合得十分好的。

龙门石窟，必须坚决地大力地加以保护。有三个大问题，必须尽快地予以解决。①龙门煤厂，在西山区石窟附近开采，必须立即制止。绝对地要防护龙门石窟的安全和完整。这事，市委会已经注意到，并筹划到了。②龙门石窟的洞前大车路，要予以改道。否则，各洞里常会有人在内住憩，很难防止其破坏或污损。这条改道的大车路，也已在计划中。河水常常要漫涨到这条大车路和下层的石洞里去，为害甚大，应该乘此修路的时机，于河边加筑石坝。③各洞窟之间，应该开凿道路互相通连。山上并要建筑石墙，以堵住山洪、雨水的流下；奉先寺尤需急速修整，以防大佛像的继续风裂。这些，都需要有关部门共同加紧进行的。东西山区仅靠草桥交通，也是很不方便的。已毁了的桥梁，应该早日修复。

郑州，殷的故城

——考古游记之三

郑州是一个四通八达的交通要道，也是河南省的政治中心。自从河南省人民委员会由开封迁移到郑州以后，这个又古老、又先进的城市就开始大兴土木。在处处破土动工的当儿，发现了不少古文化遗址和古墓葬，特别是以殷代的遗存物为最多。二里岗是新建筑的重点地区，建筑任务，急如星火。曾在那里发现一片有字的牛骨，接着又发现了殷代的烧瓦器的窑址，炼铜和制造青铜器的工场，接着又发现了殷代的制造骨器的工场。二里岗这个默默无闻的地方，顿时变得举世皆知。当时我们曾使用了一部分专家的力量，到那里从事发掘工作。但随着发掘工作的进行，建筑工程也随着在填土砌墙。没能坚决地把那些在学术研究上有重要价值的殷代遗址保存下来，只是把现场情况做了模型，并把遗存物全部取了出来而已。这是科学界的一个绝大损失！至于发现的殷代的大批墓葬，则更是随着这个城市的建设的发展，而即时发掘，即时填坑。

过了不久，更重要的消息来了，说是发现了殷代的城墙。这个远古的城墙遗址是相当于《荷马史诗》所歌咏的特洛伊古城的，是相当于古印度的摩亨杰达罗遗址的。在中国，恐怕是一座最古老的城墙的遗存了。是这个大消息，引动我到郑州去。

3 月 30 日上午，从洛阳到了郑州。下午，就偕同陈建中同志等，到白家庄看那个殷代的城墙。这座城墙曾被白家庄作为寨墙的一部分，原来展开得很远，乃是一个可测知的三千多年前的大城市。但后来经过取土或拆毁，现在只保存着几十丈长的两段。就在那么一眼所及的古城址上，看到了那夯土堆砌得层次分明的城墙，每个夯眼（即打夯时的遗痕）都十分明显。有一个特点，那夯眼很小，比起西安汉城的夯眼来，显得小得多了，可肯定的是属于更早的时代的遗迹。城墙之上，有若干殷代的墓葬，打穿了城头，可见这城墙乃是殷代的，甚至是更早期的。在那个遗址里，古代陶片俯拾皆是。龙山期的陶片也出土得不少，曾经出土过属于龙山期的一个瓦鬲，陶质薄而精致，有柄，有流。在殷代遗址里，也发现过同类型的陶器。这个遗址的时代问题，值得更加仔细的探索，但至晚是属于殷代的遗存，那是没有疑问的。

我们在这座古老的城墙的四周走着，又走上这座古城的城头。太阳光很大，但并不猛烈，天气很令人觉得愉快。时时俯下身去，捡拾些破碎的古陶片。我们决定：这一部分的城墙，绝对不能允许有任何的破坏了，应该立即设法，积极地、周到地保护起来。

为什么郑州这个地方会有那么重要的殷代的文化遗址和大批殷代墓葬呢？在古书上没有提到过这个地方是殷代的故城。只知道郑州是管城故城，周初管叔封于此。《史记 · 殷本纪》说，周武王灭殷后，封纣“子武庚禄父以续殷祀”。“周武王崩，武庚与管叔、蔡叔作乱。成王命周公诛之，而立微子于宋以续殷后焉。”同书《周本纪》也说，武王“封商纣子禄父殷之余民。武王为殷初定未集，乃使其弟管叔鲜、蔡叔度相禄父治殷”。又说：“管叔、蔡叔群弟疑周公，与武庚作乱畔周。周公奉成王命，伐诛武庚、管叔，放蔡叔。以微子开代殷后，国于宋。”当时周武王封管叔、蔡叔时，一定是就殷故地封之的，故有“相禄父治殷”之语。今郑州既为管城故城，也就是管叔“相禄父治殷”之地，可见郑州乃是当时很重要的一个殷城。我们在郑州发现了许多殷代的文化遗存，是不足怪的。

接着到郑州文物清理队，看他们的陈列室和仓库。他们在短短的清理工作时间里，就获得了很大的成绩，不仅殷代的墓葬，战国到唐宋的墓葬也发掘、清理了不少。在他们的院子里，就堆存了不少大的空心墓砖，有的是从战国墓里得到的。砖上的图案，以几何文的为最多，但也有人物图像和建筑图样的。

最重要的是殷代的种种遗存物。殷代的冶铜设备和遗址的模型，使我们看了益感到把这么重要的殷代冶铜工场毁坏了，实在是一件莫大的遗憾。制骨器的工场，也只是存留了些骨器的原料和半成品而已。骨器的原料，分为人骨、鹿骨、牛骨，各放一处，不相掺杂，且也已把可用的材料拣选齐整。像这样的大作坊，如果不是属于一座大城市，便不可能存在的，还见到一只殷代陶虎，也是极不多见的。在殷城附近，曾掘出了殉葬的犬坑九个，每坑里，少者有犬十余只，多者有犬三四十只，可能有大墓在其附近。一只犬架上还附着金片若干，这是唯一的可见的犬身上的饰物。用犬做殉葬的墓葬，在安阳也有发现。可见这是殷代的风俗之一。

在清理队附近有一座宋代墓葬，遗存物已空，而墓的建筑却还保存得很好，可作为宋墓建筑的标本。在这一带地区，也有殷代的文化遗址。不能再听任破坏下去了，要坚决地予以保护，不可一掘就算了事。

31日上午9时，冒着蒙蒙细雨，到铭功路工地看刚发掘、清理出来的几个殷代墓葬。就在大路之旁，就在立将填坑平土、进行建筑的工区。一个是孩子的墓，一个是成人的墓，二墓的人架均在，成人的骷髅头旁，还放着一只碧玉簪。有两个墓已经清理完毕，遗存物和人架都已取出。在一个墓里得到过青铜器，墓的下面发现有殉葬的犬架。这里也发现过殷代人民的居住区，还有窑址，但全都在急急忙忙地配合基建的工程里给“平整”掉了。那个地区将建筑一所中学，为了下一代的教育而毁坏掉可以作为下一代教育的具体生动的历史、文化资料，这是合理的吗？至于为了建筑一所饭店、一个招待所、一座办公大楼，甚至为了盖某一个机构的厨房，而大量毁坏了殷代文化遗址、居住遗址，乃至极为珍贵的殷代的制造骨器工场、冶铜工场，也岂是合理的吗？不可能再在别的地方见到或得到的比较完整的殷代冶铜工场，制造骨器工场，如今是永远地消失无踪了！就在我们眼前，就在我们这一个时代，从地面上消失了去！这悲愤岂是言语所能形容的。我站在这个殷代的文化遗址上，心里感到辛辣，感到痛苦，眼眶边酸溜溜地像要落下泪来。只怪我们没有坚决地执行国家政策法令；只怪我们过于迁就那些过分强调不大重要的基建工程的重要性，而过分轻视或蔑视先民的文化遗存物的人的主张！所有造成这种不文明的毁坏，我们是至少要负一半以上的责任。为什么斗争性不强呢？为什么不执法如山呢？为什么不耐心用力，多做些教育说服工作呢？

有了这样的一场惨痛入骨的经验，遇事便不应该再那么糊涂地迁就下去了。

就在大道旁，有新建的一座人民公园，规模很大，这个地区也便是殷代文化遗址的一部分。据说是为了保护这遗址，建筑公园是再保险不过的，因为不进行基建，不盖房子，不大动土（即使动土，也不会很深），遗址当然会保存得住。但我一走进这所公园的大门，就知道有些不大对头，满不是那么一回事。有好些清理队工作人员，搭盖了田野工作时所用的几座篷帐，在那里紧张地工作着。此时，雨点大了起来，淅淅沥沥地有点像秋天的萧索之感。他们不能继续在工地上工作，都躲到篷帐里来。我们也在一座篷帐里休息着。

“有什么新发现的东西吗？”陪伴着我们的赵君问道。

“又清理了几座殷代墓，出土了不少东西。”一个人指着堆在旁边的陶器等说道。

我的心情就同天气般的阴暗。原来这个公园，动员了青年人，在挖一个青年湖。好大的一片湖，也就正在这殷代的文化遗址和墓葬的所在地方，而清理队的工作人员们便不得不移到这里，配合挖湖工作的进行，而急急忙忙地在发掘、在清理着。所谓建了公园便会保护得好，便不会破坏的话，也便成了“托词”或“遁词”。

开元寺的遗址，现在成了郑州市医院的分院。我们看见在这个医院的院子里，还危立着两个经幢。一个是唐武宗会昌六年（846 年）所立的道教经幢，上面刻的是“度人经”。像这样的道教经幢，在全国是很少见的。会昌灭法，不知毁坏了多少佛教艺术的精英，却只留下了这个道教经幢，作为活生生的见证，可叹也！另有一座尊胜经幢，是后晋天福五年（940 年）所立的。这座经幢上所刻的飞天及其他浮雕，都很精彩。我们说：“这两个经幢都很重要，要好好保护着。”医院里的人点点头。

晚上，和陈局长们谈保护河南省和郑州市文物古迹事，谈得很多，我们有信心和决心要做好这个保护工作。

郑州是有关古史研究的一个新的领域，必须更加仔细、更加谨慎小心地从事基建和考古发掘工作，不能再有任何粗率的破坏行为了！

金梁桥外月如霜

——考古游记之四

汴梁是开封的古称。宋时，也叫做东京。有一部《东京梦华录》，记载北宋时代开封的社会生活，甚为生动；还有一卷有名的古画，叫作《清明上河图》，为宋代大画家张择端画的，很长，从城外画到城里，把那时候的封建社会生活里的形形色色，各种各样农业、手工业、商业等的情况，都收摄在那宏丽大画卷里了。宋人平话，常讲到这个繁华的都市。《水浒传》里也常提到开封府。包公的故事，也常在这里发生。明朝初年，有一位藩王（周宪王）名叫朱有燉的，写了不少剧本，民间常常搬演它们，所以李梦阳曾有诗道："齐唱宪王新乐府，金梁桥外月如霜。"这是多么为历代诗人和艺术家所向往、所歌颂的一个繁华的都市啊。今天虽然已经不再是一个首都，甚至不再是一个省会，但那股诱惑人的劲儿还是存在的，它还是叫我们不能不去访问，不能不在那里流连忘返。假如我们有时间到大相国寺遛遛，我们还能够依稀仿佛看得出旧日的繁华面目来。它还是一个市场，但已经不再是北宋时代的大相国寺了，它正处在新和旧之间，旧的已经死了，新的正在诞生。《农业合作化运动展览》正在大雄宝殿里展出。这标志着一个新的时代的开始，旧的东西，正像钟楼、鼓楼和其他建筑物似的，有的已经湮灭不见，有的快要塌倒。新的大相国寺，就将要在这个破落的旧址上建立起来。

新的开封，新的汴梁，像许多别的古老的都市一样的，是新生了。

我于4月1日中午到了开封。第一件事就是到省博物馆参观。它是出土文物最多、内容最丰富的大博物馆之一，其陈列是按照社会发展的规律布置的。原始社会部分和奴隶社会部分，和别的博物馆没有什么不同，但陈列品却丰富异常。仰韶文化的遗址和安阳的殷代文化遗址都就在河南省里，不仅解放前的出土物还有不少保存着，而且解放后更有许多新的发现。封建社会部分，不分朝代，而分为生产工具、农业、手工业、阶级对比、文化艺术等类。这完全是新的有创造性的陈列布置，工作人员们内部就有了不少争论。在夕阳斜照里，为了此事，开过一个座谈会，我以为：我国封建社会为期甚长，变化很多，这种“总结式”的陈列方法，的确值得慎重考虑。但既已摆出来了，也不妨暂时成为一个类型，作为讨论的资料，他们也同意我的这个意见。这个博物馆更吸引人的，乃是从汲县、辉县、新郑、安阳等地出土的青铜器。辉县出土的东西，乃是前所未见的，破碎的很多，尚未整修好。修复后陈列出来，一定会使社会上震动一下子的。两廊陈列着石刻、石像及墓志等，蔚成巨观。说是“小碑林”，其实，这碑林并不小。有魏三体石经、宋石经、北魏石棺、隋造像碑及墓志八百多方（均嵌于墙上）。最可注意的是汉代黄肠石有四十多方，不知是做什么用的，值得深入的研究。石雕像美极了，汉唐的陶俑也有极好的，令人徘徊不忍离开。也有伪品掺杂其间，但那是旧存的东西。如果把真伪好坏分别明白，这个博物馆辉煌的光彩，是决不下于西安的碑林与陕西省博物馆的。出馆后，曾到旧书店转了一下，简直一无所有，只购得《汲县志》一书。

晚上，在工人俱乐部里看豫剧《春香传》。开封原是歌舞的产生地之一，宋代的瓦子里出现了不少为人民所喜闻乐见的玩意儿，特别是杂剧、平话、诸宫调等，都是开天辟地之作，影响于中国文学的发展者极深且远，至今，在大相国寺还有不少艺人仍在弹唱、演奏着。豫剧乃是地方剧里流传最广的剧种之一。它吸收了各个剧种的长处、好处，而以其特有的曼声的歌调融化之，使其完全适合于自己的需要，绝不显得格格不入。《春香传》的题材是取之于朝鲜人民所创作的剧本的，但演起来却宛然是道地的豫剧。这个剧种是有其广阔的前途的。就在这里，演着这个“春香传”，不正在表示出“齐唱宪王新乐府”的汴梁城的飞跃地在前进，在更勇敢地发扬其传统的歌舞的光辉吗？

第二天一早，就到铁塔去。周密《癸辛杂识》说：“光教寺在汴城东北角，俗呼为上方寺，有琉璃塔十三层。”李濂《汴京遗迹志》云：“宋仁宗庆历中，开宝寺灵威塔毁，乃于上方院建镔色琉璃砖塔，八角，十三层，高三百六十尺，俗称铁塔寺。”这个塔靠近城墙边，坚实雄健地矗立在大空地上。塔的上层有抗日战争时期被日寇炮火所中的大弹孔的痕迹，但并没有影响这铁塔的坚厚与稳定感。这当是今所知的最早的一座以琉璃砖建成的大建筑物。那琉璃砖至今还坚实异常，琉璃釉做深褐色，故远远地望去，像是铁质的。塔旁，有知止亭，亭中立着一尊铜制的接引佛，重约一吨，是明代的作品，很端庄、静定。

继到龙亭。这龙亭，在解放后已经修整一新。北宋的繁华的东都，其遗存物殆只有这个龙亭了。阶石及亭基均甚古老，非宋代以后物。四面都是水，仿佛令人有到了中南海及北海之感，当是汴京的内苑的一部分吧。亭前，有二水池，相传一为杨府，一为潘府，二家相仇不已。元剧里有《谢金吾诈拆天风府》，即演杨家被奸臣王钦若指使谢金吾拆毁天风府的故事。难道这里就是天风府的遗址所在？又是《杨六郎调兵破天阵》、《焦光赞活拿萧天佑》等剧。明代有《杨家府演义》，详述杨府诸将的忠义英勇和潘仁美的屡次加以陷害之事。不知怎样，二家府邸均下陷为池了。杨府遗址，尚留下一个遗址，相传是召集将士之物。这个故事并无任何根据，这二池明明是属于宫苑里的。但《杨家将》的故事深入人心，所以传说得津津有味。据说，大相国寺有一位老说书的人，他说《杨家将》，能够说到第十二代。龙亭左右，将辟为一个大公园，风景很秀丽，正是劳动人民的大好的休憩、游览的地方。

继到山西会馆，像是关帝庙改建的。那个建筑物很奇特，时代不过一二百年，但其中作为建筑装饰的木刻和砖刻却繁缛细致之极。在中原地带，像这样的砖木雕刻，十分少见。又到河南烟厂看繁塔，这个塔的形状十分古怪，大塔上只有三层（不像是塔基），在第三层上，又建造了一个小塔，十分地不相称。我怀疑，在建造大塔时，造到第三层，经费就没有了，或因什么事变，竟中止继续造下去。后来的人，就在这上面，草草地造成了另一个小塔以完全这个“功德”。从来没有见到过另一座和它形制相类的塔。

相距繁塔不远处，有古吹台，这台在农学院内，风景极好。《汴京遗迹志》云：“相传汉之鼓吹台，一名梁台，一名云台，俗呼为二姑台。今改为禹王台，祀禹于其上，两庑祀古之善治水者，为卫河患也。”今此祠已不可见，但登吹台远望，汴梁城是历历在目。

赶着到大相国寺一游。正有新兴的气象。旧的封建遗存物死去了，属于人民的大市场正在兴起，那繁华的景象一定会远远地超过《东京梦华录》所记载的。

最后一课

口头上慷慨激昂的人，未见得便是杀身成仁的志士。无数的勇士，前仆后继地倒下去，默默无言。

好几个汉奸，都曾经做过抗日会的主席，首先变节的一个国文教师，却是好使酒骂座，惯出什么“富贵不能淫，威武不能屈”一类题目的东西；说是要在枪林弹雨里上课，绝对的“宁为玉碎，不为瓦全”的一个校长，却是第一个屈膝于敌伪的教育界之蟊贼。

然而默默无言的人们，却坚定地做着最后的打算，抛下了一切，千山万水的，千辛万苦地开始长征，绝不做什么“为国家保存财产、文献”一类的借口的话。

上海国军撤退后，头一批出来做汉奸的都是些无赖之徒，或愍不畏死的东西。其后，却有“我不入地狱谁入地狱”的维持地方的人物出来了。再其后，却有以“救民”为幌子，而喊着“同文同种”的合作者出来。到了珍珠港的袭击以后，自有一批最傻的傻子们相信着日本政策的改变，在做着“东亚人的东亚”的白日梦，吃尽了“独苦”，反以为“同甘”，被人家拖着“共死”，却糊涂到要挣扎着“同生”。

其实，这一类的东西也不太多。自命为聪明的人物，是一贯的利用时机，做着升官发财的计划，其或早或迟的蜕变，乃是作恶的勇气够不够，或替自己打算得周到不周到的问题。

默默无言的坚定的人们，所想到的只是如何“抗敌救国”的问题，压根儿不曾梦想到“环境”的如何变更，或敌人对华政策的如何变动、改革。

所以他们也有一贯的计划，在最艰苦的情形之下奋斗着，绝对不做“苟全”之梦；该牺牲的时机一到，便毫不踌躇地踏上应走的大道，义无反顾。

12月8号是一块试金石。

这一天的清晨，天色还不曾大亮，我在睡梦里被电话的铃声惊醒。

“听到了炮声和机关枪声没有？”C在电话里说。

“没有听见。发生了什么事？”

“听说日本人占领租界，把英国兵缴了械，黄浦江上的一只英国炮舰被轰沉，一只美国炮舰投降了。”

接连地又来了几个电话，有的是报馆里的朋友打来的。事实渐渐地明白。

英国军舰被轰沉，官兵们凫水上岸，却遇到了岸上的机关枪的扫射，纷纷地死在水里。

日本兵依照着预订的计划，开始从虹口或郊外开进租界。

被认为孤岛的最后一块弹丸地，终于也沦陷于敌手。

我匆匆地跑到了康脑脱路的暨大。

校长和许多重要的负责者们都已经到了，立刻举行了一次会议。简短而悲壮的，立刻议决了：

“看到一个日本兵或一面日本旗经过校门时，立刻停课，将这大学关闭结束。”

太阳光很红亮地晒着，街上依然熙来攘往，没有一点异样。

我们依旧地摇铃上课。

我授课的地方，在楼下临街的一个课室。站在讲台上，可以望得见街。

学生们不到的人很少。

“今天的事。”我说道，“你们都已经知道了吧。”学生们都点点头。“我们已经议决，一看到一个日本兵或一面日本旗经过校门，立刻便停课，并且立即的将学校关闭结束。”

学生们的脸上都显现着坚毅的神色，坐得挺直的，但没有一句话。

“但是我这一门功课还要照常地讲下去，一分一秒也不停顿，直到看见了一个日本兵或一面日本旗为止。”

我不荒废一秒钟的工夫，开始照常地讲下去。学生们照常地笔记着，默默无声的。

这一课似乎讲得格外的亲切、格外的清朗，语音里自己觉得有点异样，似带着坚毅的决心、最后的沉着。像殉难者的最后的晚餐，像冲锋前的士兵们上了刺刀，“引满待发”。

然而镇定、安详，没有一丝的紧张的神色。该来的事变，一定会来的。一切都已准备好。

谁都明白这“最后一课”的意义。我愿意讲得越多越好，学生们愿意笔记得越多越好。

讲下去，讲下去，讲下去。恨不得把所有的应该讲授的东西，统统在这一课里讲完了它，学生们也沙沙地不停地在抄记着。心无旁用，笔不停挥。

别的十几个课室里也都是这样的情形。

对于要“辞别”的，要“离开”的东西，觉得格外的恋恋。黑板显得格外的光亮，粉笔是分外的白而柔软适用，小小的课桌觉得十分的可爱，学生们靠在课椅的扶手上，抚摩着，也觉得十分的难分难舍。那晨夕与共的椅子，曾经在扶手上面用钢笔、铅笔，或铅笔刀，有意识或无意识地涂写着，刻画着许多字或句的，如何舍得一旦离别了呢！

街上依然的平滑光鲜，小贩们不时地走过，太阳光很有精神的晒着。

我的表在衣袋里低低的、嗒嗒地走着，那声音仿佛听得见。

没有伤感，没有悲哀，只有坚定的决心，沉毅异常的在等待着——等待着最后一刻的到来。

远远的有沉重的车轮碾地的声音可听到。

几分钟后，有几辆满载着日本兵的军用车，经过校门口，向东向西，徐徐地走过，当头一面旭日旗——血红的一个圆圈，在迎风飘荡着。

时间是上午10时30分。

我一眼看见了这些车子走过去，立刻挺直了身体，做着立正的姿势，沉毅地合上了书本，以坚决的口气宣布道：

“现在下课！”

学生们一致的立了起来，默默地不说一句话，有几个女生似在低低地啜泣着。

没有一个学生有什么要问的，没有迟疑，没有踌躇，没有彷徨，没有顾虑。个个人都已决定了应该怎么办，应该向哪一个方面走去。

赤热的心，像钢铁铸成似的坚固，像走着鹅步的仪仗队似的一致。

从来没有那么无纷纭的一致的坚决过，从校长到工役。

就这样，光荣的国立暨南大学在上海暂时结束了它的生命。默默地在忙着迁校的工作。

那些喧哗的慷慨激昂的东西们，却在忙碌地打算着怎样维持他们的学校，借口于学生们的学业、校产的保全与教职员们的生活问题。

我的邻居们

我刚刚从汶林路的一个朋友家里，迁居到现在住的地方时，觉得很高兴：因为有了两个房间，一做卧室，一做书室，显得宽敞得多了；二则，我的一部分的书籍，已经先行运到这里，可读可看的东西，顿时多了几十倍，有如贫儿暴富；不像在汶林路那里，全部的书，只有两只藤做的书架，而且还放不满。这个地方是上海最清静的住宅区。四周围都是蔬圃，时时可见农人们翻土、下肥、播种，种的是麦子、珍珠米、麻、棉、菠菜、卷心菜以及花生等。有许多树林，垂柳尤多，春天的时候，柳絮在满天飞舞，在地上打滚，越滚越大。一下雨，处处都是蛙鸣。早上一起身，窗外的鸟声仿佛在喧闹。推开了窗，满眼的绿色。一大片的窗是朝南的，一大片的窗是朝东的，太阳光很早的便可以晒到，冬天不生火也不大嫌冷。我的书桌，放在南窗下面，总有整整的半天，是晒在太阳光下的。有时，看书看得久了，眼睛有点发花发黑。读倦了的时候，出去走走，总在田地上走，异常的冷僻，不怕遇见什么熟人。我很满足，很高兴地住着。

正门正对着一家巨厦的后门。那时，那所巨厦还空无人居，不知是谁的。四面的墙，特别的高，墙上装着铁丝网，且还通了电。究竟是谁住在那里呢？我常常在纳罕着，但也懒得去问人。

有一天早上，房东同我说："到前面房子里去看看好吗？"

我和他们，还有几个孩子，一同进了那家的后门。管门人和我的房东有点认识，所以听任我们进去。一所英国的乡村别墅式的房子，外墙都用粗石砌成，但现在已被改造得不成样子。花园很大，也是英国式的，但也已部分的被改成日本式的。花草不少，还有一个小池塘，无水，颇显得小巧玲珑，但在小假山上却安置了好些廉价的瓷鹅之类的东西，一望即知其为"暴发户"之作风。

盆栽的紫藤，生气旺盛，最为我所喜，但可知也是日本式的东西。

正宅里布置得很富丽堂皇，但总觉得"新"，有一股无形的"触目"与触鼻的油漆气味。

"这到底是谁的住宅呢？"我忍不住地问道，孩子们正在草地上玩，不肯走。

房东道："我以为你已经知道了。这是周佛海的新居，去年向英国人买下的，装修的费用，倒比买房的钱花得还多。"

过了几个月，周佛海搬进宅了，整夜的灯火辉煌，笙歌达旦，我被吵闹得不能安睡。我向来喜欢早睡，但每到晚上 9、10 点钟，必定有胡琴声和学习京戏的怪腔送到我房里来。恨得我牙痒痒的，但实在无奈此恶邻何！

更可恨的是，他们搬进了，便要调查四邻的人口和职业，我们也被调查了一顿。

我的书房的南窗，正对着他们的厨房，整天整夜地在做菜烧汤，烟囱里的煤烟，常常飞扑到我书桌上来。拂了又拂，终是烟灰不绝，弄得我不敢开窗。我现在不能不懊悔择邻的不谨慎了。

“一二·八”太平洋战争起来后，我的环境更坏了。四周围的英美人住宅都空了起来，他们全都进了集中营。隔了几时，许多日本人又搬了进来。他们男人大都是穿军装的，还有保甲的组织，防空的练习，吵闹得附近人家，个个不安。

在防空的时候，他们干涉邻居异常的凶狠，时时有被打的。有时，我晚上回家，曾被他们用电筒光狠狠地照射着过。

有一天，厨房的灯光忘了关，也被他们狠狠地敲门打窗地骂了一顿过。

一个早晨，太阳光很好，出去走走，恰遇他们在练习空防。路被阻塞不通，只好再回过来。

说到通路，那又是一个厄运。本来有一条通路，可以直达大道，到电车站很近便。自从周佛海搬来后，便常常被阻塞。日本人搬来后，索性地用铁丝网堵死了。我上电车站，总要绕了一个大圈，多花上十分钟的走路工夫。

胜利以后，铁丝网不知被谁拆去了。我以为从此可以走大道了，不料又有什么军队驻扎在小路上看守着，不许人走过。交涉了几回也没用，只好仍旧吃亏，改绕大圈子走。

和敌伪的人物无心地做了邻居，想不到也会有那么多的痛苦和麻烦。

售书记

嗟食何如售故书，疗饥分得蠹虫余。
丹黄一付绛云火，题跋空传士礼居。
展向晴窗胸次了，抛残午枕梦回初。
莫言自有屠龙技，剩作天涯稗贩徒。

以上是一个旧友的《售书诗》，这个旧友和我常在古书店里见到。从前，大家都买书，不免带点争夺的情形，彼此有些猜忌。劫中，我卖书，他也卖书，见了面，大家未免常常叹气，谈着从来不会上口的柴米油盐的问题。他先卖石印书，自印的书，然后卖明清刊本的书。后来，便不常在古书店见到他了。大约书已卖得差不多，不是改行做别的事，便是守在家里不出门。关于他，有种种的传说。我心里很难过，实在不愿意在这里再提起，这是一位在这个大时代里最可惜、残酷的牺牲者。但写下他抄给我的这首诗时，我不能不黯然！

说到售书，我的心境顿时要阴晦起来。谁想得到，从前高高兴兴，一部部，一本本收集起来，每一部书，每一本书，都有它的被得到的经过和历史；这一本书是从那一家书店里得到的，那一部书是如何的见到了，一时踌躇未取，失去了，不料无意中又获得之；那一部书又是如何先得到一二本，后来，好容易方才从某书店的残书堆里找到几本，恰好配全，配全的时候，心里是如何的喜悦；也有永远配不全的，但就是那残帙也很可珍贵，古宫的断垣残刻，不是也足以令人流连忘返么？那一本书虽是薄帙，却是孤本单行，极不易得；那一部书虽是同光间刊本，却很不多见；那一本书虽已收入某丛书中，这本却是单刻本，与丛书本异同甚多；那一部书见于禁书目录，虽为陋书，亦自可贵。至于明刊精本，黑口古装者，万历竹纸，传世绝罕者，与明清史料关系极巨者，稿本手迹，从无印本者，等等。则更是见之心暖，读之色舞。虽绝不巧取豪夺，却自有其争斗与购取之阅历。差不多每一本，每一部书于得之之时都有不同的心境、不同的作用。为什么舍彼取此，为什么前弃今取，在自己个人的经验上，也各自有其理由。譬如，二十年前，在中国书店见到一部明刊蓝印本《清明集》和一部道光刊本《小四梦》，价各百金，我那时候倾囊只有此数，那么，还是购《小四梦》吧。因为我弄中国戏曲史，《小四梦》是必收之书。然而在版本上，或在藏书家的眼光看来，那《清明集》——一部极罕见的古法律书，却是如何的珍奇啊！从前，我不大收清代的文集，但后来觉得有用，便又开始大量收购了。从前，对于词集有偏嗜，有见必收。后来，兴趣淡了些，便于无意中失收了不少好词集。凡此种种，皆寄托着个人的感情。如鱼饮水，冷暖自知。谁想得到，凡此种种，费尽心力以得之者，竟会出以易米吗？谁更会想得到，从前一本本、一部部书零星收得，好容易集成一类，堆做数架者，竟会一捆捆、一箱箱的拿出去卖的吗？我从来不肯好好地把自己的藏书编目，但在出卖的时候，买书的先要看目录，便不能不咬紧牙关，硬了头皮去编。编目的时候，觉得部部书、本本书都是可爱的，都是舍不得去的，都是对我有用的，然而又不能不割售。摩挲着，仔细地翻看着，有时又摘抄了要用的几节几段，终于舍不得，不愿意把它上目录。但经过了一会儿，究竟非卖钱不可，便又狠了狠心，把它写上。在劫中，像这样的“编目”，不止三两次了。特别在最近的两年中，光景更见困难了，差不多天天都在打“书”的主意，天天在忙于编目。假如天还不亮的话，我的出售书目又要从事编写了。总是先去其易得者，例如《四部丛刊》、百衲本《廿四史》之类，《四部丛刊》，连二三编，我在前年只卖了伪币四万元；百衲本《廿四史》，只卖了伪币一万元。谁想得到，在今年今日，要想再得到一部，便非花了整年的薪水还不够吗？只好从此不做再收藏这一类大部书的念头了。最伤心的是，一部石印本《学海类编》，我不时要翻查，好几次书友们见到了，总要怂恿我出卖，我实在舍不得。但最后，却也不得不卖了。卖得的钱，还不够半个月花，然而如今再求得一部，却也已非易了。其后，卖了一大批明本书，再后来，又卖了八百多种清代文集，最后，又卖了好几百种清代总集文集及其他杂书。大凡可卖的，几乎都已卖尽了！所万万舍不得割弃的是若干目录书、词曲书、小说书和版画书。最后一批，拟目要去的便是一批版画书。天幸胜利来得恰如其时，方才保全了这一批万万舍不得去的东西。否则，再拖长了一年半载，恐怕连什么也都要售光了。但我虽然舍不得与书相别，而每当困难的时光，总要打它的主意，实在觉得有点对不起它！如果把积“书”当作了囤货——有些暴发户实在有如此的想头，而且也实在如此地做，听说，有一个人，所囤积的《四部丛刊》便有廿余部——那么，售去倒也没有什么伤心。不幸，我的书都是“有所谓”而收集起来的，这样的一大批一大批的“去”，怎么能不痛心呢？售去的不仅是“书”，同时也是我的“感情”，我的“研究工作”，我的“心的温暖”！当时所以硬了心肠要割舍它，实在是因为“别无长物”可去。不去它，便非饿死不可。在饿死与去书之间选择一种，当然只好去书。我也有我的打算，每售去一批书，总以为可以维持个半年或一年。但物价的飞涨，每每把我的计划全部推翻了。所以只好不断地在编目、在出售，不断地在伤心，有了眼泪，只好往肚里倒流下去。忍着，耐着，叹着气，不想写，然而又不能不一部部地编写下去。那时候，实在恨自己，为什么从前不藏点别的，随便什么都可以，偏要藏什么劳什子的书呢？曾想告诉世人说，凡是穷人，凡是生活不安定的人，没有恒产、资产的人，要想储蓄什么，随便什么都可以，只千万不要藏书。书是积藏来用，来读的，不是来卖的。卖书时的惨楚的心情实在受得够了！到了今天，我心上的创伤还没有愈好；凡是要用一部书，自己已经售了去的，想到书店里去再买一部，一问价，只好叹口气，现在的书已经不是我辈所能购置的了。这又是用手去剥疮疤的一个刺激。索性狠了心，不进书店，也决心不再去买什么书了。书兴阑珊，于今为最。但书生积习，扫荡不易，也许不久还会发什么收书的雅兴吧。

但究竟不能不感谢“书”，它竟使我能够渡过这几年难度的关头。假如没有“书”，我简直只有饿死的一条路走！

从“轧”米到“踏”米

江南人的食粮以稻米为主。“八·一三”后，米粮的问题，一天天地严重起来。其初，海运还通，西贡米、暹罗米还不断地运来。所以，江南的米粮虽大部分已为敌军所控制、所征用，而人民们多半改食洋米，也还勉强可以敷衍下去。其时米价大约二十元一担，但平民们已有亟亟不可终日之势。“工部局”开始发售平价米，平民们天一亮便等候在米店的门口，排了队，在“轧”米。除了排队上火车之外，这“轧”米的行列，可以说是最“长”，最齐整的了。穿制服的人，“轧”米有优先权。他们可以后到而先购，无须排队。平民们都有些侧目而视，敢怒而不敢言。

有些维持“秩序”的人，拿粉笔在每个排队的人的衣服上写上了号码。其初是男女混杂的，后来，分成了男女两队。每一家米店门前，每一队的号码有编到一千几百号的。有的小贩子，“轧”到了米，再去转卖。一天可以“轧”到好几次米，便集起来到里弄里去叫卖。以此为生的人很不少。

后来，主持平卖的人觉得这方法不好，流弊太多，小贩子可以得到米，而正当的籴米的人却反而挤不上去，便变更了方法，不写号码，而将每一个购过米的人的手指上，染了一种不易褪色的紫墨水。这一天，已染了紫色的人便不得再购第二次米。

但这方法也行了不久。“工部局”所储的米，根本不能维持得很久。洋米的来源也渐渐地困难起来，米价飞跃到八十余元一担。

“轧”米的队伍更长了，常常地排到了一两条街。有的实在支持不住了，便坐在地上。有的带了干粮来吃。小贩们也常在旁边叫卖着大饼、油条一类的充饥物。开头，“轧”米的人，以贫苦者为多，以后，渐有衣衫齐整的人加入。他们的表情，焦急、不耐、忍辱、等候、麻木、激动，无所不有，但都充分地表示着无可奈何的忍受。因为太挤了，有的被挤得气都喘不过来。为了要“活”，什么痛苦都得忍受下去。有执鞭子或竹棒的人在旁，稍一不慎，或硬“轧”进队伍去，便被打了出去：有的，在说明理由；有的，只好忍气吞声而去。强有力的人，有时中途插了进去，后边的人便大嚷起来，制止着，秩序顿时乱了起来。为了一升米，或两升米，为了一天的粮食，他们不能不忍受了一切从未经过的“忍耐”、“等候”与“侮辱”。

米价更涨了。一升米的平售价值，也一天天地不同起来。然而较之黑市价格还是便宜得多，所以“轧”米的行列，更加多，更加长。

有办法的人会向米店里一担两担地买，然已不能明目张胆地运送着了。在黑夜里，从米店的后门，运出了不少的米。但也有纠纷，时有被群众阻止住了，不许运出。

最大的问题是“食”，是米粮。无办法的人求能一天天地“轧”得一升半升的米，已为满足；有办法的人储藏了十担百担的米，便可安坐无忧。平民们食着百元一担，或十元一升的米时，有办法的人所食的还是八元十元一担的米。

有许多“轧”米的悲惨的故事在流传着。因为“轧”不到米，全家挨饿了几天，不得不悬梁自尽的有之。因为“轧”米而家里无人照料，失了窃，或走失了儿女的有之。因为“轧”米而不能去教书，或办事，结果是失了业的，也有之。携男带女的去“轧”米，结果还是空手而回。将旧衣服去当了钱，去“轧”米，结果，那仅有的养命的钱，却在排队拥挤中为扒手所窃去。

大多数的人家，米缸都是空的，米是放在钵里、罐里或瓶里，却不会放在缸里的。数米为饭的时候已经到了。有的人在计数着，一合米到底有几粒。他们用各种方法来延长“米”的食用的次数。有的掺和了各种的豆类——蚕豆、红豆、绿豆、黄豆，有的与山薯或土豆合煮。吃“饭”的人一天天地少了。能够吃粥的，粥上浮有多半的米粒的，已是少数的人家了。

如果有画家把这一时期的“轧米图”绘了出来，准比《流民图》还要动人，还要凄惨。那一张张不同的憔悴的面容，正象征着经历了许多年代的痛苦与屈辱的中国人民们的整个生活的面容。

到了后来，“工部局”的储粮空了，同时，敌人们的压力也更大，更甚了，便借着实行“配给制度”的诱惑力，开始调查户口，编制“保甲”；百数十年来向来乱丝无绪的“租界”的户口，竟被他们整理得有条有理。

所谓“配给制度”，便是按着户口，发给“配给证”，凭证可以购买白米及其他杂粮和日用品。开头，倒还有些白米配给出来，渐渐地米的“质”“江河日下”了，渐渐地米的“量”也一天天地少下去了，渐渐地用杂粮来代替一部分的白米了。米的“质”变成了“糠”多“米”少，变成了泥沙多，米质有臭味，不能入口，变成了空谷多于米粒。这些，都是日本人所不能入口，所不欲入口的，所以很慷慨地分了一部分出来。至于我们所生产的香糯的白米呢，那是敌人们的军粮，老百姓们是没有份吃到的。

有几个汉奸，勾结了管理军粮的敌人们，窃出了若干白米或军粮，在黑市上卖了出来。上海人总有半年以上，能够在黑市上买得到真正的白米或杜米，那不能不归功于那些汉奸们的做弊之功——从老虎嘴里偷下了一小部分的肥肉出来。后来这事被他们发现了，两个汉奸——侯大椿和胡政，便被他们枪决。从此以后，白米或杜米，在市面上便更少见到了。“一二·八”珍珠港事变以后，海运完全断绝了，连日本本土的白米也要“江南”地方来供给，白米的来源，便更加艰难，稀少起来。

上海区的人民们，如果有力量，不愿吃杂粮或少吃杂粮的，只好求之于少数的米贩子，那便是所谓“踏”米的人们。“踏”米的人，不过是一个代表的名词，指的便是那批用自行车偷偷地从敌人的封锁线上，载运了少数米粮过来的人，他们都是年轻力壮的汉子，冒着生命的危险，做着这种黑市交易，其他妇孺们和老年的人们也常常带了些米粮来卖。身上穿了特制的“背身”，“背身”前后面都有的，其中便储藏着白米，很机警地偷过了敌人的“检问所”——其实，还是用金钱来买“过”的居多。他们常常地发生“麻烦”，最轻的处罚是将食米充公。封锁线的边缘上常见有许多的“没收”的白米堆积着，有的是“没收”后还被“打”被“罚跪”。遇到敌人们不高兴的时候，便用刺刀来戳毙他们，如此遭害的人很不少。友人程及君曾绘了一幅《踏米图》，那幅图是活生生的一幅表现得很真切的凄惨的水彩画，是沦陷区人民的生活的烙印。

为了食米的输入一天天地艰难起来，敌人们的搜刮，一天天的加强加多起来，米价便发狂地飞涨着。从伪币一千元两千元一担，到四千元八千元一担，后来便是一万元五万元地狂跳着。最后，竟狂跳到一百万元左右一担，最高峰曾经到过二百万一担的关口。平民们简直没有吃到“白米”的福气，连所谓“二号米”、“三号米”也难得到口。许多人都被迫改食杂粮，从面粉到蚕豆、山薯，只要是能够充饥的东西，没有不被一般人搜寻着。饭店里也奉命不许出卖白米饭，有的改用面食，有的改用所谓“麦饭”，白米成了最奢侈的、最珍贵的东西。“配给制度”也在无形中停顿了。——从半个月配给一次，到一个月两个月配给一次，直到了“无形停顿”为止。

食粮缺乏的威胁，不仅使一般平民们感受到，即有力食用白米者们也都感受到了。肉和鱼和蔬菜还有得见到，白米却都到了敌人们的“仓库”里去了。前些时，听说烟台的人请客，食米要自己随身带去。江南产米区的人们，这时也有同样的情形。历史上有一个笑话，说有一个皇帝，遇到荒年，饥民遍野，他提议说：“何不吃肉糜？”这时，倒的确有这样的“事实”了。吃肉糜易，吃白米饭却难。

假如胜利不在8月里到来的话，在冬天，饿死的人一定要成坑成谷的，然而江南产米区并不是没有米。米都被堆藏在敌人的仓库里，一包包，一袋袋堆积如山，任其红腐下去。他们还将米煮成了“饭”，做成了罐头，一罐罐地堆积着，以备第二年、第三年的军粮。

什么都被掠夺，但食粮却是他们主要的掠夺的目的物。我常经过几个大厦，那里面的住户都已被赶了出去，无数的卡车，堆载着白米，往这些大厦里搬运进去。雪白香糯的米粒，漏得满地，这不是白米！然而沦陷区的人民们是分润不到一粒的！德国人对占领地的许多欧洲人说：“德国人是不会饿死的。你们不种田，不生产，饿死的是你们。最后饿死的才是德国人。”这话好不可怕！日本人虽然没有公开地说这句话，然而他们实实在在是这样做着的。

假如天不亮，我们是要首先饿死了的！

好不可怕的一场噩梦！

记黄小泉先生

我永远不能忘记了黄小泉先生，他是那样的和蔼、忠厚、热心、善诱。受过他教诲的学生们没有一个能够忘记了他。

他并不是一位出奇的人物，他没有赫赫之名；他不曾留下什么有名的著作，他不曾建立下什么令年轻人眉飞色舞的功勋。他只是一位小学教员，一位最没有野心的忠实的小学教员，他一生以教人为职业，他教导出不少位很好的学生。他们都跑出他的前面，跟着时代走去，或被时代拖了走去。但他留在那里，永远地继续地在教诲，在勤勤恳恳地做他的本分的事业。他做了五年，做了十年，做了二十年的小学教员，心无旁骛，志不他迁，直到他儿子炎甫承继了他的事业之后，他方才歇下他的担子，去从事一件比较轻松些、舒服些的工作。

他是一位最好的公民。他尽了他所应尽的最大的责任。不曾一天躲过懒，不曾想到过变更他的途程。——虽然在这二十年间尽有别的机会给他向比较轻松些、舒服些的路上走去。他只是不息不倦地教诲着，教诲着，教诲着。

小学校便是他的家庭之外的唯一的工作与游息之所。他没有任何不良的嗜好，连烟酒也都不入口。

有一位工人出身的厂主，在他从绑票匪的铁腕之下脱逃出来的时候，有人问他道：“你为什么会不顾生死地脱逃出来呢？”

他答道：“我知道我会得救。我生平不曾做过一件亏心的事，从工厂出来便到礼拜堂，从家里出来便到工厂。我知道上帝会保佑我的。”

小泉先生的工厂，便是他的学校，而他的礼拜堂也便是他的学校。他是确确实实地不曾到过第三个地方去，从家里出来便到学校，从学校出来便到家里。

他在家里是一位最好的父亲。他当然不是一位公子少爷，他父亲不曾为他留下多少遗产，也许只有一所三四间屋的瓦房——我已经记不清了，说不定这所瓦房还是租来的。他的薪水的收入是很微小的，但他的家庭生活很快活。他的儿子炎甫从少是在他的“父亲兼任教师”的教育之下长大的。炎甫进了中学，可以自力研究了，他才放手。但到了炎甫在中学毕业之后，却因为经济的困难，没有希望升学，只好也在家乡做着小学教员。炎甫的收入极小，对于他的帮助当然是不多。这几十年间，他们的一家，这样的在不充裕的生活里度过。

但他们很快活。父子之间，老是像朋友似的在讨论着什么，在互相帮助着什么。炎甫结了婚，他的妻是我少时候很熟悉的一位游伴，她在他们家里觉得很舒服，他们从不曾有过什么不愉快的争执。

小泉先生在学校里，对于一般小学生的态度，也便是像对待他自己的儿子炎甫一样，不当他们是被教诲的学生们，不以他们为知识不充足的小人们；他只当他们是朋友，最密切亲近的朋友。他极善诱导启发，出之以至诚，发之于心坎。我从不曾看见他对于小学生有过疾言厉色的责备。有什么学生犯下了过错，他总是和蔼地在劝告，在絜谈，在闲话。

没有一个学生怕他，但没有一个学生不敬爱他。

他做了二十年的高等小学校的教员、校长。他自己原是科举出身，对于新式的教育却努力地不断地在学习，在研究，在讨论。在内地，看报的人很少，读杂志的人更少；我记得他却订阅了一份《教育杂志》，这当然给他以不少的新的资料与教导法。

他是一位教国文的教师。所谓国文，本来是最难教授的东西；清末到民国六七年间的高等小学的国文，尤其是困难中之困难。不能放弃了旧的《四书》《五经》，同时又必须应用到新的教科书。教高小学生以《左传》《孟子》和《古文观止》之类是“对牛弹琴”之举，但小泉先生却能给我们以新鲜的材料。

我在别一个小学校里，国文教员拖长了声音，板正了脸孔，教我读《古文观止》。我至今还恨这部无聊的选本！

但小泉先生教我念《左传》，他用的是新的方法，我却很感到趣味。

仿佛是到了高小的第二年，我才跟从了小泉先生念书，我第一次有了一位不可怕而可爱的先生。这对于我爱读书的癖性的养成是很有关系的。

高小毕业后，预备考中学。曾和炎甫等几个同学，在一所庙宇里补习国文，教员也便是小泉先生。在那时候，我的国文，进步得最快。我第一次学习着作文。我永远不能忘记了那时候的快乐的生活。

到进了中学校，那国文教师又在板正了脸孔，拖长了声音在念《古文观止》！求小泉先生时代那么活泼善诱的国文教师是终于不可得了！

所以，受教的日子虽不很多，但我永远不能忘记了他。

他和我家有世谊，我和炎甫又是很好的同学，所以，虽离开了他的学校，他还不断地在教诲我。

假如我对于文章有什么一得之见的话，小泉先生便是我的真正的“启蒙先生”、真正的指导者。

我永远不能忘记了他，永远不能忘记了他的和蔼、忠厚、热心、善诱的态度——虽然离开了他已经有十几年，而现在是永不能有再见到他的机会了。

但他的声音笑貌在我还鲜明如昨日！

1934 年 7 月 9 日

永在的温情

——纪念鲁迅先生

10月19日下午5点钟，我在一家编译所一位朋友的桌上，偶然拿起了一份刚送来的 Evening Post，被这样的一个标题："中国的高尔基今晨5时去世"，惊骇得一跳。连忙读了下来，这惊骇变成了事实：果然是鲁迅先生去世了！

这消息像闷雷似的，当头打了下来，呆坐在那里不言不动。

谁想得到这可怕的噩耗竟这样突然地来呢？

鲁迅先生病得很久了：间歇地发着热，但热度并不甚高。一年以来，始终不曾好好地恢复过，但也从不曾好好地休息过。半年以来，情形尤显得不好。缠绵在病榻上者总有三四个月，朋友们都劝他转地疗养，他自己也有此意。前一个月，听说他要到日本去。但茅盾告诉我，"双十节"那一天还遇见他在 Isis 看 DobroVsky；中国木刻画展览会，他也曾去参观。总以为他是渐渐地复原了，能够出来走走了。谁又想得到这可怕的噩耗竟这样突然地来呢？

刚在前几天，他还有信给我，说起一部书出版的事，还附带地说，想早日看见《十竹斋笺谱》的刻成。我还没有来得及写回信。

谁想得到这可怕的噩耗竟这样突然地来呢？

我一夜不曾好好地安心地睡。

第二天赶到万国殡仪馆，站在他遗像的面前，久久地走不开。再一看，他的遗体正在像下，在鲜花的包围里，面貌还是那么清癯而带些严肃，但双眼却永远地闭上了！

我要哭出来，大声地哭，但我那时竟流不出眼泪，泪水为悲戚所灼干了。我站在那里，久久走不开。我竟不相信，他竟是那样突然地便离我们而远远地向不可知的所在而去了。

但他的友谊的温情却是永在的，永在我的心上——也永在他的一切友人的心上，我相信。

初和他见面时，总以为他是严肃的、冷酷的。他的瘦削的脸上，轻易不见笑容。他的谈吐迟缓而有力，渐渐地谈下去，在那里面，你便可以发现其可爱的真挚、热情的鼓励与亲切的友谊。他虽不笑，他的话却能引你笑。和他的兄弟启明先生一样，他是最可谈、最能谈的朋友，你可以坐在他客厅里，他那间书室兼卧室里，坐上半天，不觉得一点拘束、一点不舒服。什么话都谈，但他的话头却总是那么有力。他的见解往往总是那么正确。你有什么怀疑、不安，由于他的几句话也许便可以解决你的问题，鼓起你的勇气。

失去了这样的一位温情的朋友，就个人讲，将是怎样的一个损失呢？

他最勤于写作，也最鼓励人写作。他会不惮烦地几天几夜地在替一位不认识的青年，或一位不深交的朋友，改削创作，校正译稿，其仔细和小心远过于一位私塾的教师。

他曾和我谈起一件事：有一位不相识的青年寄一篇稿子来请求他改，他仔仔细细地改了寄回去。那青年却写信来骂他一顿，说被改涂得太多了。第二次又寄一篇稿子来，他又替他改了寄回去，这一次的回信，却责备他改得太少。

“现在做事真难极了！”他慨叹地说道。对于人的不易对付和做事之难，他这几年来时时地深切地感到。

但他并不灰心，仍然在做着吃力不讨好的改削创作，校正译稿的事，挣扎着病躯，深夜里，仔仔细细地为不相识的青年或不深交的朋友在工作。

这样温情的指导者和朋友，一旦失去了，将怎样的令人感到不可补赎之痛呢？

他所最恨的是那些专说风凉话而不肯切实做事的人。会批评，但不工作；会讥嘲，但不动手；会傲慢自夸，但永远拿不出东西来，像那样的人物，他是不客气地要摈之门外，永不相往来的。所谓无诗的诗人，不写文章的文人，他都深诛痛恶地在责骂。

他常感到“工作”的来不及做，特别是在最近一二年，凡做一件事，都总要快快地做。

“迟了恐怕要来不及了。”这句话他常在说。

那样清楚的心境，我们都是同样深切感到的。想不到他自己真的便是那么快地便逝去，还留下要做的许多事没有来得及做——但，后死者却要继续他的事业下去的！

我和他第一次的相见是在同爱罗先珂到北平去的时候。

他着了一件黑色的夹外套，戴着黑色呢帽，陪着爱罗先珂到女师大的大礼堂里去。我们匆匆地谈了几句话。因为自己不久便回到南边来，在北平竟不曾再见一次面。

后来，他自己说，他那件黑色的夹外套，到如今还有时着在身上。

我编《小说月报》的时候，曾不时的通信向他要些稿子。除了说起稿子的事，别的话也没有什么。

最早使我笼罩在他温热的友情之下的，是一次讨论到“三言”问题的信。

我在上海研究中国小说，完全像盲人骑瞎马，乱闯乱摸，一点凭借都没有，只是节省着日用，以浅浅的薪入购书，而即以所购入之零零落落的破书，作为研究的资源。那时候实在贫乏得、肤浅得可笑，偶尔得到一部原版的《隋唐演义》却以为是了不得的奇遇，至于“三言”之类的书，却是连梦魂里也不曾读到。

他的《中国小说史略》的出版，减少了许多我在暗中摸索之苦。我有一次写信问他《醒世恒言》《警世通言》及《喻世明言》的事，他的回信很快地便来了，附来的是他抄录的一张《醒世恒言》的全目。——这张目录我至今还保全在我的一部《中国小说史略》里。他说，《喻世》《警世》，他也没有见到，《醒世恒言》他只有半部，但有一位朋友那里藏有全书。所以他便借了来，抄下目录寄给我。

当时，我对于这个有力的帮助，说不出应该怎样的感激才好。这目录供给了我好几次的应用。

后来，我很想看看《西湖二集》(那部书在上海是永远不会见到的)，又写信问他有没有此书。不料随了回信同时递到的却是一包厚厚的包裹。打开了看时，却是半部明末版的《西湖二集》，附有全图。我那时实在眼光小得可怜，几曾见过几部明版附插图的平话集？见了这《西湖二集》为之狂喜！而他的信道：他现在不弄中国小说，这书留在手边无用，送了给我吧。这贵重的礼物，从一个只见一面的不深交的朋友那里来，这感动是至今跃跃在心头的。

我生平从没有意外的获得。我的所藏的书，一部部都是很辛苦的设法购得的；购书的钱，都是中夜灯下疾书的所得或减衣缩食的所余。一部部书都可看出我自己的夏日的汗、冬夜的凄栗，有红丝的睡眼，右手执笔处的指端的硬茧和酸痛的右臂。但只有这一集可宝贵的书，乃是我书库里唯一的友情的赠予——只有这一部书！

现在这部《西湖二集》也还堆在我最宝爱的几十部明版书的中间，看了它便要泫然泪下。这可爱的直率的真挚的友情，这不意中的难得的帮助，如今是不能再有了！

但我心头的温情是永在的——这温情也永在他的一切友人的心上，我相信！

“九・一八”以后，他到过北平一趟，得到青年人最大的热烈的欢迎。但过了几天，便悄悄地走了。他原是去探望他母亲的病去的，我竟来不及去看他。

但那一年寒假的时候，我回到上海，到他寓所时，他便和我谈起在北平的所获。

“木刻画如今是末路了，但还保存在笺纸上。不过，也难说保全得不会久。”他深思地说道。

他搬出不少的彩色笺纸，来给我看，都是在北平时所购得的。

“要有人把一家家南纸店所出的笺纸，搜罗了一下，用好纸刷印个几十部，作为笺谱，倒是一件好事。”他说道。

过了一会儿，他又道：“这要住在北平的人方能做事。我在这里不能做这事。”

我心里很跃动，正想说“那么，我来做吧”。而他慢吞吞地续说道：“你倒可以做，要是费些工作，倒可以做。”

我立刻便将这责任担负了下来，但说明搜集而得的笺纸，由他负选择之责。我相信他的选择要比我高明得多。

以后，我一包一包地将购得的笺样送到上海，经他选择后，再一包一包地寄回。

中间，我曾因事把这工作停顿了二三个月。他来信说：“这事我们得赶快做，否则，要来不及做，或轮不到我们做。”

在他的督促和鼓励之下，那六巨册的美丽的《北平笺谱》方才得以告成。

有一次，我到上海来，带回了亡友王孝慈先生所藏的《十竹斋笺谱》四册，顺便地送到他家里给他看。

这部谱，刻得极精致，是明末版画里最高的收获，但刻成的年月是崇祯十六年的夏天，所以流传得极少。

“这部书似也不妨翻刻一下。”我提议道。那时，我为《北平笺谱》的成功所鼓励，勇气有余。

“好的，好的，不过要赶快做！”他道。

想不到全部要翻刻，工程浩大无比，所耗也不赀，几乎不是我们的力量所及。第一册已出版了，第二册也刻好待印，而鲁迅先生却等不及见到第三册以下的刻成了！

对于美好的东西，似乎他都喜爱。我曾经有过一个意思，要集合六朝造像及墓志的花纹刻为一书，但他早已注意及此了。他告诉我说，他所藏的六朝造像的拓本也不少，如今还在陆续地买。

他是最能分别得出美与丑，永远的不朽与急就的草率的。

除了以朽腐为神奇，而沾沾自喜，向青年们施以毒害的宣传之外，他对于古代的遗产，绝不歧视，反而抱着过分的喜爱。

他曾经告诉过我，他并不反对袁中郎。中郎是十分方巾气的，这在他文集里便可见。他所厌弃、所斥责的乃是只见中郎的一面，而恣意鼓吹着的人物。

京平刚从鲁迅先生那里得到最大的鼓励。他感激得几乎哭出来，但想不到鲁迅竟这样突然地过去了！

第三天，我在万国殡仪馆门口遇见他，他的嘴唇在颤动，眼圈在红。

从万国公墓归来后，他给我一封信道："我心已经分裂。我从到达公墓时，就失去了约束自己的力量，一直到墓石封合了，我竟痛哭失声。先生，这是我平生第一痛苦的事了，他匆匆地瞥了我一眼，就去了——"

但他并没有去。他的温情永在我的心头——也永在他的一切友人的心上，我相信！

悼夏丏尊先生

夏丏尊先生死了，我们再也听不到他的叹息，他的悲愤的语声了；但静静地想着时，我们仿佛还都听见他的叹息，他的悲愤的语声。

他住在沦陷区里，生活紧张而困苦，没有一天不在愁叹着。是悲天？是悯人？

胜利到来的时候，他曾经很天真地高兴了几天。我们相见时，大家都说道“好了，好了”，个个人的脸上似乎都泯没了愁闷，耀着一层光彩。他也同样地说道：“好了，好了！”

然而很快地，便又陷入愁闷之中。他比我们敏感，他似乎失望，愁闷得更迅快些。

他曾经很高兴地写过几篇文章，很提出些正面的主张出来。但过了一会儿，便又沉默下去，一半是为了身体逐渐衰弱的关系。

他是一个自由主义者，反对一切的压迫和统制。他最富于正义感，看不惯一切的腐败、贪污的现象。他自己曾经说道：“自恨自己怯弱，没有直视苦难的能力，却又具有着对于苦难的敏感。”又道：“记得自己幼时，逢大雷雨躲入床内；得知家里要杀鸡就立刻逃避；看戏时遇到翠屏山杀嫂等戏，要当场出彩，预先俯下头去；以及妻每次产时，不敢走入产房，只在别室中闷闷地听着妻的呻吟声，默祷她安全的光景。”（均见《平屋杂文》）

这便是他的性格。他表面上很恬淡，其实心是热的，他仿佛无所褒贬，其实心里是泾渭分得极清的。在他淡淡的谈话里，往往包含着深刻的意义。他反对中国人传统的调和与折中的心理。他常常说，自己是一个早衰者，不仅在身体上，在精神上也是如此。他有一篇《中年人的寂寞》：

> 我已是一个中年的人。一到中年，就有许多不愉快的现象，眼睛昏花了，记忆力减退了，头发开始秃脱而且变白了，意兴、体力甚么都不如年轻的时候，常不禁会感觉得难以名言的寂寞的情味。尤其觉得难堪的是知友的逐渐减少和疏远，缺乏交际上的温暖的慰藉。

在《早老者的忏悔》里，他又说道：

> 我今年五十，在朋友中原比较老大。可是自己觉得体力减退，已好多年了。三十五六岁以后，我就感到身体一年不如一年，工作起来不得劲，只得是恹恹地勉强挨，几乎无时不觉到疲劳，甚么都觉得厌倦，这情形一直到如今。十年以前，我还只四十岁，不知道我年龄的，都以我是五十岁光景的人，近来居然有许多人叫我“老先生”。论年龄，五十岁的人应该还大有可为，古今中外，尽有活到了七十八十，元气很盛的。可是我却已经老了，而且早已老了。

这是他的悲哀，但他的并不因此而消极，正和他的不因寂寞而厌世一样。他常常愤慨，常常叹息，常常悲愁。他的愤慨、叹息、悲愁，正是他的人世处。他爱世、爱人，尤爱“执着”的有所为的人和狷介的有所不为的人。他爱年轻人，他讨厌权威，讨厌做作、虚伪的人。他没有机心，表里如一。他藏不住话，有什么便说什么，所以大家都称他“老孩子”。他的天真无邪之处，的确够得上称为一个“孩子”的。

他从来不提防什么人。他爱护一切的朋友，常常担心他们的安全与困苦。我在抗战时逃避在外，他见了面，便问道：“没有什么么？”我在卖书过活，他又异常关切地问道：“不太穷困吗？卖掉了可以过一个时期吧。”

“又要卖书了吗？”他见我在抄书目时问道。

我点点头，向来不做乞怜相，装做满不在乎的神气，有点倔强，也有点傲然。但见到他皱着眉头，同情地叹气时，我几乎也要叹出气来。

他很远地挤上了电车到办公的地方来，从来不肯坐头等，总是挤在拖车里。我告诉他，拖车太颠太挤，何妨坐头等，他总是不改变态度，天天挤，挤不上，再等下一部，有时等了好几部还挤不上。到了办公的地方，总是叹了一口气后才坐下。

“丏翁老了！”朋友们在背后都这么说。我们有点替他发愁，看他显著地一天天地衰老下去。他的营养是那么坏，家里的饭菜不好，吃米饭的时候很少；到了办公的地方时，也只是以一块面包当作午餐。那时候，我们也都吃着烘山芋、面包、小馒头或羌饼之类做午餐，但总想有点牛肉、鸡蛋之类伴着吃，他却从来没有过；偶然是涂些果酱上去，已经算是很奢侈了。我们有时高兴上小酒馆去喝酒，去邀他，他总是不去。

在沦陷时代，他曾经被敌人的宪兵捉去过。据说，有他的照相，也有关于他的记录。他在宪兵队里，虽没有被打、上电刑或灌水之类，但睡在水门汀上，吃着冷饭，他的身体因此益发坏下去。敌人们大概也为他的天真而恳挚的态度所感动吧，后来，对待他很不坏。比别人自由些，只有半个月便被放了出来。

他说，日本宪兵曾经问起了我："你有见到郑某某吗？"他撒了谎，说道："好久好久不见到他了。"其实，在那时期，我们差不多天天见到的。他是那么爱护着他的朋友！

他回家后，显得更憔悴了，不久，便病倒。我们见到他，他也只是叹气，慢吞吞地说着经过，并不因自己的不幸的遭遇而特别觉得愤怒。他永远是悲天悯人的。——连他自己也在内。

在晚年，他有时觉得很起劲，为开明书店计划着出版辞典；同时发愿要译《南藏》。他担任的是《佛本生经》（Jataka）的翻译，已经译成了若干，有一本仿佛已经出版了。我有一部英译本的Jataka，他要借去做参考，我答应了他，可惜我不能回家，托人去找，遍找不到。等到我能够回家，而且找到Jataka时，他已经用不到这部书了。我见到它，心里便觉得很难过，仿佛做了一件不可补偿的事。

他很耿直，虽然表面上是很随和。他所厌恨的事，隔了多少年，也还不曾忘记。有一次，在一个宴会上遇到了一个他在杭州第一师范学校教书时代的浙江教育厅长，他便有点不耐烦，叨叨地说着从前的故事。我们都觉得窘，但他却一点也不觉得。

他是爱憎分明的！

他从事教育很久，多半在中学里教书。他的对待学生们从来不采取严肃的督责的态度。他只是恳挚地诱导着他们。

> ……我入学之后，常听到同学们谈起夏先生的故事，其中有一则我记得最牢，感动得最深的，是说夏先生最初在一师兼任舍监的时候，有些不好的同学，晚上熄灯，点名之后，偷出校门，在外面荒唐到深夜才回来；夏先生查到之后，并不加任何责罚，只是恳切地劝导，如果一次两次仍不见效；于是夏先生第三次就守候着他，无论怎样夜深都守候着他，守候着了，夏先生对他仍旧不加任何责罚，只是苦口婆心，更加恳切地劝导他，一次不成，二次；二次不成，三次……总要使得犯过者真心悔过，彻底觉悟而后已。
>
> （许志行：《不堪回首悼先生》）

他是上海立达学园的创办人之一，立达的几位教师对于学生们所应用的也全是这种恳挚的感化的态度。他在国立暨南大学做过国文系主任，因为不能和学校当局意见相同，不久，便辞职不干。此后，便一直过着编译的生活，有时也教教中学。学生们对于他，印象都非常深刻，都敬爱着他。

他对于语文教学，有湛深的研究。他和刘薰宇合编过一本《文章作法》，和叶绍钧合编过《文章讲话》《阅读与写作》及《文心》，也像做国文教师时的样子，细心而恳切地谈着作文的心诀。他自己作文很小心，一字不肯苟且；阅读别人的文章时，也很小心，很慎重，一字不肯放过。从前，《中学生》杂志有过《文章病院》一栏，批评着时人的文章，有发必中，便是他在那里主持着的，他自己也动笔写了几篇东西。

古人说“文如其人”。我们读他的文章，确有此感。我很喜欢他的散文，每每劝他编成集子。《平屋杂文》一本，便是他的第一个散文集子。他毫不做作，只是淡淡地写来，但是骨子里很丰腴。虽然是很短的一篇文章，不署名的，读了后，也猜得出是他写的。在那里，言之有物，是那么深切地混和着他自己的思想和态度。

他的风格是朴素的，正和他为人的朴素一样。他并不堆砌，只是平平地说着他自己所要说的话。然而，没有一句多余的话、不诚实的话，字斟句酌，决不急就。在文章上讲，是“盛水不漏”，无懈可击的。

他的身体是病态的胖肥，但到了最后的半年，显得瘦了，气色很灰暗。营养不良，恐怕是他致病的最大原因。心境的忧郁，也有一部分的因素在内。友人们都说他“一肚皮不合时宜”。在这样一团糟的情形之下，“合时宜”的都是些何等人物，可想而知。怎能怪丏尊的牢骚太多呢！

想到这里，便仿佛还听见他的叹息、他的悲愤的语声在耳边响着。他的忧郁的脸、病态的身体，仿佛还在我们的眼前出现。然而他是去了！永远地去了！那悲天悯人的语调是再也听不到了！

如今是，那么需要由叹息、悲愤里站起来干的人，他如不死，可能会站起来干的。这是超出于友情以外的一个更大的损失。

悼许地山先生

许地山先生在抗战中逝世于香港。我那时正在上海蛰居，竟不能说什么话哀悼他。——但心里是那么沉痛凄楚着。我没有一天忘记了这位风趣横逸的好友。他是我学生时代的好友之一，真挚而有益的友谊，继续了二十四五年，直到他的死为止。

人到中年便哀多而乐少。想起半生以来的许多友人们的遭遇与死亡，往往悲从中来，怅惘无已。有如雪夜山中，孤寺纸窗，卧听狂风大吼，身世之感，油然而生。而最不能忘的，是许地山先生和谢六逸先生，六逸先生也是在抗战中逝去的。记得二十多年前，我住在宝兴西里，他们俩都和我同住着，我那时还没有结婚，过着刻板似的编辑生活，六逸在教书，地山则新从北方来。每到傍晚，便相聚而谈，或外出喝酒。我那时心绪很恶劣，每每借酒浇愁，酒杯到手便干。常常买了一瓶葡萄酒来，去了瓶塞，一口气咕嘟嘟地全都灌下去。有一天，在外面小酒店里喝得大醉归来，他们俩好不容易地把我扶上电车，扶进家门口。一到门口，我见有一张藤的躺椅放在小院子里，便不由自主地躺了下去，沉沉入睡。第二天醒来，却睡在床上。原来他们俩好不容易地又设法把我抬上楼，替我脱了衣服鞋子。我自己是一点知觉也没有了。一想起这两位挚友都已辞世，再见不到他们，再也听不到他们的语声，心里便凄楚欲绝。为什么“悲哀”这东西老跟着人跑呢？为什么跑到后来，竟越跟越紧呢？

地山在北平燕京大学念书。他家境不见得好，他的费用是由闽南某一个教会负担的。他曾经在南洋教过几年书，他在我们这一群未经世故人情磨炼的年轻人里，天然是一个老大哥。他对我们说了许多我们从来没有听到过的话。他有好些书，西文的，中文的，满满地排了两个书架。这是我所最为羡慕的。我那时还在省下车钱来买杂志的时代，书是一本也买不起的。我要看书，总是向人借。有一天傍晚，太阳光还晒在西墙，我到地山宿舍里去。在书架上翻出了一本日本翻版的《泰戈尔诗集》，读得很高兴。站在窗边，外面还亮着。窗外是一个水池，池里有些翠绿欲滴的水草，人工的流泉，在淙淙地响着。

“你喜欢泰戈尔的诗吗？”

我点点头，这名字我是第一次听到，他的诗，也是第一次读到。

他便和我谈起泰戈尔的生平和他的诗来。他说道：“我正在译他的《吉檀迦利》呢。”随在抽屉里把他的译稿给我看。他是用古诗译的，很晦涩。

“你喜欢的还是《新月集》吧。”便在书架上拿下一本书来。“这便是《新月集》。”他道，“送给你，你可以选着几首来译。”

我喜悦地带了这本书回家。这是我译泰戈尔诗的开始。后来，我虽然把英文本的《泰戈尔集》，陆续地全都买了来，可是得书时的喜悦，却总没有那时候所感到的深切。

我到了上海，他介绍他的二哥敦谷给我。敦谷是在日本学画的。

一位孤芳自赏的画家，与人落落寡合，所以，不很得意。我编《儿童世界》时，便请他为我作插图。第一年的《儿童世界》，所有的插图全出于他的手。后来，我不编这周刊了，他便也辞职不干。他受不住别的人的指挥什么的，他只是为了友情而工作着。

地山有五个兄弟，都是真实的君子人。他曾经告诉过我，他的父亲在台湾做官，在那里有很多的地产。当台湾被日本占去时，曾经宣告过，留在台湾的，仍可以保全财产；但离开了的，却要把财产全部没收。他父亲召集了五个兄弟们来，问他们谁愿意留在台湾，承受那些财产，但他们全都不愿意。他们一家便这样舍弃了全部资产，回到了大陆。因此，他们变得很穷，兄弟们都不能不很早地各谋生计。

他父亲是丘逢甲的好友。一位仁人志士，在台湾被占时代，尽了很多的力量，写着不少慷慨激昂的诗。地山后来在北平印出了一本诗集。他有一次游台湾，带了几十本诗集去，预备送给他的好些父执，但在海关上，被日本人全部没收了。他们不允许这诗集流入台湾。

地山结婚得很早。生有一个女孩子后，他的夫人便亡故，她葬在静安寺的坟场里。地山常常一清早便出去，独自到了那坟地上，在她坟前，默默地站着，不时地带着鲜花去。过了很久，他方才续弦，又生了几个儿女。

他在燕大毕业后，他们要叫他到美国去留学，但他却到了牛津。他学的是比较宗教学。在牛津毕业后，他便回到燕大教书。他写了不少关于宗教的著作。他写着一部《道教史》，可惜不曾全部完成。他编过一部《大藏经引得》。这些，都是扛鼎之作，别的人不肯费大力从事的。

茅盾和我编《小说月报》的时候，他写了好些小说，像《换巢鸾凤》之类，风格异常的别致。他又写了一本《无从投递的邮件》，那是真实的一部伟大的书，可惜知道的人不多。

最后，他到香港大学教书，在那里住了好几年，直到他死。他在港大，主持中文讲座，地位很高，是在“绅士”之列的。在法律上有什么中文解释上的争执，都要由他来下判断。他在这时期，帮助了很多朋友们。他提倡中文拉丁化运动，他写了好些论文，这些，都是他从前所不曾从事过的。他得到广大青年们的拥护。他常常参加座谈会，常常出去讲演。他素来有心脏病，但病状并不显著，他自己也并不留意静养。

有一天，他开会后回家，觉得很疲倦，汗出得很多，体力支持不住，便移到山中休养着。便在午夜，病情太坏，没等到天亮，他便死了。正当祖国最需要他的时候，正当他为祖国努力奋斗的时候，病魔却夺了他去。这损失是属于国家民族的，这悲伤是属于全国国民们的。

他在香港，我个人也受过他不少帮助。我为国家买了很多的善本书，为了上海不安全，便寄到香港去。曾经和别的人商量过，他们都不肯负这责任，不肯收受，但和地山一通信，他却立刻答应了下来。所以，三千多部的元明本书，抄校本书，都是寄到港大图书馆，由他收下的。这些书，是国家的无价之宝，虽然在日本人攻陷香港时曾被他们全部取走，而现在又在日本发现，全部要取回来，但那时如果仍放在上海，其命运恐怕要更劣于此。——也许要散失了，被抢得无影无踪了。这种勇敢负责的行为，保存民族文化的功绩，不仅我个人感激他而已！

他名赞堃，写小说的时候，常用落花生的笔名。“不见落花生么？花不美丽，但结的实却用处很大，很有益。”当我问他取这笔名之意时，他答道。

他的一生都是有益于人的，见到他便是一种愉快。他胸中没有城府。他喜欢谈话，他的话都是很有风趣的，很愉快的。老舍和他都是健谈的，他们俩曾经站在伦敦的街头，谈个三四个钟点，把别的约会都忘掉。我们聚谈的时候，也往往消磨掉整个黄昏、整个晚上而忘记了时间。

他喜欢做人家所不做的事。他收集了不少小古董，因为他没有多余的钱买珍贵的古物。他在北平时，常常到后门去搜集别人所不注意的东西。他有一尊元朝的木雕像，绝为隽秀，又有元代的壁画碎片几方，古朴有力。他曾经搜罗了不少“压胜钱”，预备做一部压胜钱谱，抗战后，不知这些宝物是否还保存无恙。他要研究中国服装史，这工作到今日还没有人做。为了要知道“纽扣”的起源，他细心地在查古画像、古雕刻和其他许多有关的资料。他买到了不少摊头上鲜有人过问的“喜神像”，还得到很多玻璃的画片。这些，都是与这工作有关的。可惜牵于他故，牵于财力、时力，这伟大的工作，竟不能完成。

我写中国版画史的时候，他很鼓励我。可惜这工作只做了一半，也困于财力而未能完工。我终要将这工作完成的，然而地山却永远见不到它的全部了！

他心境似乎一直很愉快，对人总是很高兴的样子。我没有见他疾言厉色过，即遇怫意的事，他似乎也没有生过气。然而当神圣的抗战一开始，他便挺身出来，献身给祖国，为抗战做着应该做的工作。

抗战使这位在研究室中静静地工作着的学者，变为一位勇猛的斗士。

他的死亡，使香港方面的抗战阵容失色了。他没有见到胜利而死，这不幸岂仅是他个人的而已！

他如果还健在，他一定会更勇猛地为和平建国、民主自由而工作着的。

失去了他，不仅是失去了一位真挚而有益的好友，而且是，失去了一位最坚贞、最有见地、最勇敢的同道的人。我的哀悼实在不仅是个人的友情的感伤！

忆六逸先生

谢六逸先生是我们朋友里面的一个被称为“好人”的人，和耿济之先生一样，从来不见他有疾言厉色的时候。他埋头做事，不说苦、不叹穷、不言劳。凡有朋友们的委托，他无不尽心尽力以赴之。我写《文学大纲》的时候，对于日本文学一部分，简直无从下手，便是由他替我写下来的——关于苏联文学的一部分是由瞿秋白先生写的。但他从来不曾向别人提起过。假如没有他的有力的帮忙，那部书是不会完成的。

他很早便由故乡贵阳到日本留学。在早稻田大学毕业后，就到上海来做事。我们同事了好几年，也曾一同在一个学校里教过书。我们同住在一处，天天见面，天天同出同入，彼此的心是雪亮的。从来不曾有过芥蒂，也从来不曾有过或轻或重的话语过。彼此皆是二十多岁的人——我们是同庚——过着很愉快的生活，各有梦想，各有致力的方向，各有自己的工作在做着。六逸专门研究日本文学和文艺批评，关于日本文学的书，他曾写过三部以上。有系统地介绍日本文学的人，恐怕除他之外，还不曾有过第二个人。他曾发愿要译紫部式的

《源氏物语》，我也极力怂恿他做这个大工作。后来不知道为什么他竟没有动笔。

他和其他的从日本留学回来的人，显得落落寡合。他没有丝毫的门户之见，他其实是外圆而内方的。有所不可，便绝不肯退让一步，他喜欢和谈得来的朋友们在一道，披肝沥胆，无所不谈。但遇到了生疏些的人，他便缄口不发一言。

我们那时候，学会了喝酒，学会了抽烟。我们常常到小酒馆里去喝酒，喝得醉醺醺的回来。他总是和我们在一道，但他却是滴酒不入的。有一次，我喝了大醉回来，见到天井里的一张藤的躺椅，便倒了下去，沉沉入睡。不知什么时候，被他和地山二人抬到了楼上，代为脱衣盖被。现在，他们二人都已成了故人，我也很少有大醉的时候。想到少年时代的狂浪，能不有“车过腹痛”之感！

我老爱和他开玩笑，他总是笑笑，说道“就算是这样吧”。那可爱的带着贵州腔的官话，仿佛到现在还在耳边响着。然而我们却再也听不到他的可爱的声音了！

我们一直同住到我快要结婚的时候，方才因为我的迁居而分开。

那时候，我们那里常来住住的朋友们很多。地山的哥哥敦谷，一位极忠厚而对于艺术极忠心的画家，也住在那儿。滕固从日本回国时，也常在我们这里住。六逸和他们都很合得来。我们都不善于处理日常家务，六逸是负起了经理的责任的，他担任了那些琐屑的事务，毫无怨言，且处理得很有条理。

我的房里，乱糟糟的，书乱堆，画乱挂，但他的房里却收拾得整整有条，火炉架上，还陈列了石膏像之类的东西。

他开始教书了。他对于学生们很和气，很用心地指导他们，从来不曾显出不耐烦的心境过。他的讲义是很有条理的，写成了，就是一部很好的书，他的《日本文学史》，就是以他的讲义为底稿的。他对于学生们的文稿和试卷，也评改得很认真，没有一点马虎。好些喜欢投稿的学生，往往先把稿子给他评改，但他却从不迁就他们，从不马虎地给他们及格的分数。他永远是“外圆内方”的。

曾经有一件怪事发生过。他在某大学里做某系的主任，教“小说概论”。过了一二年，有一个荒唐透顶的学生，到他家里，求六逸为他写的《小说概论》做一篇序，预备出版。他并没有看书，就写了。后来，那部书出版了，他拿来一看，原来就是他的讲义，差不多一字不易。我们都很生气，但他只是笑笑，不过从此再也不教那门课程了。他虽然是好脾气，对此种欺诈荒唐的行为，自不能不介介于心，他生性忠厚，却从来不曾揭发过。

他教了二十六七年的书，尽心尽责的。复旦大学的新闻学系，由他主持了很久的时候。在“七七”的举国抗战开始后，他便全家迁到后方去。总有三十年不曾回到他的故乡了，这是第一次的归去。他出来时是一个人，这一次回去，已经是儿女成群的了。那么远迢迢的路，那么艰难困顿的途程，他和他夫人，携带了自十岁到抱在怀里的几个小娃子们走着，那辛苦是不用说的。

自此一别，便成了永别，再也不会见到他了！胜利之后，许多朋友们都由后方归来了，他的夫人也携带了他的孩子们东归了，但他却永远永远地不再归来了，他的最小的一个孩子，现在已经靠十岁了。

记得我们别离的时候，我到他的寓所里去送别。房里家具凌乱地放着，一个孩子还在喂奶，他还是那么从容徐缓地说道：“明天就要走了。”然而，我们的眼互相地望着，各有说不出的黯然之感。不料此别便是永别！

他从来没有信给我——仿佛只有过一封信吧，而这信也已抛失了——他知道我的环境的情形，也知道我行踪不定，所以，不便来信，但每封给上海友人的信，给调孚的信，总要问起我来。他很小心，写信的署名总是用的假名字，提起我来，也用的是假名字。他是十分小心而仔细的。

他到了后方，为了想住在家乡之故，便由复旦而转到大夏大学授课。后来，又在别的大学里兼课，且也在交通书局里担任编辑部的事。贵阳几家报纸的文学副刊，也多半由他负责编辑。他为了生活的清苦，不能不多兼事。而他办事，又是尽心尽力的，不肯马虎，所以，显得非常的疲劳，体力也日见衰弱下去。

生活的重担，压下去，压下去，一天天的加重，终于把他压倒在地。他没有见到胜利，便死在贵阳。

他素来是乐天的，胖胖的，从来不曾见过他的愤怒。但听说，他在贵阳时，也曾愤怒了好几回。有一次，一个主省政的官吏，下令要全贵阳的人都穿上短衣，不许着长衫。警察在街上，执着剪刀，一见有身穿长衫的人，便将下半截剪了去。这个可笑的人，听说便是下令把四川全省靠背椅的靠背全部锯了去的。六逸愤怒了！他对这幼稚任性，违抗人民自由与法律尊严的命令不断地攻击着。他的论点正确而有力。那个人结果是让步了，取消了那道可笑的命令。六逸其他为了人民而争斗的事，听说还有不少。这愤怒老在烧灼着他的心，靠五十岁的人也没有少年时代的好涵养了。

时代迫着他愤怒、争斗，但同时也迫着他为了生活的重担而穷苦而死。

这不是他一个人所独自走着的路。许多有良心的文人们都走着同样的路。

我们能不为他——他们——而同声一哭吗？

哭佩弦

从抗战以来，接连的有好几位少年时候的朋友去世了。哭地山、哭六逸、哭济之，想不到如今又哭佩弦了。在朋友们中，佩弦的身体算是很结实的。矮矮的个子，方而微圆的脸，不怎么肥胖，但也绝不瘦。一眼望过去，便是结结实实的一位学者。说话的声音，徐缓而有力，不多说废话，从不开玩笑，纯然是忠厚而笃实的君子。写信也往往是寥寥的几句，意尽而止，但遇到讨论什么问题的时候，却滔滔不绝。他的文章，也是那么的不蔓不枝，恰到好处，增加不了一句，也删节不掉一句。

他做什么事都负责到底。他的《背影》，就可作为他自己的一个描写。他的家庭负担不轻，但他全力地负担着，不叹一句苦。他教了三十多年的书，在南方各地教，在北平教；在中学里教，在大学里教。他从来不肯马马虎虎地教过去，每上一堂课，在他是一件大事。尽管教得很熟的教材，但他在上课之前，还须仔细地预备着。一边走上课堂，一边还是十分的紧张。记得在清华大学的时候，有一次我在他办公室里坐着，见他紧张地在翻书。我问道：

“下一点钟有课吗？”

“有的！”他说道，“总得要看看。”

像这样负责的教员，恐怕是不多见的。他写文章时，也是以这样的态度来写。写得很慢，改了又改，绝不肯草率地拿出去发表。我上半年为《文艺复兴》的《中国文学研究》号向他要稿子，他寄了一篇《好与巧》来，这是一篇结实而用力之作。但过了几天，他又来了一封快信，说，还要修改一下，要我把原稿寄回给他。我寄了回去。不久，修改的稿子来了，增加了不少有力的例证。他就是那么不肯马马虎虎地过下去的！

他的主张，向来是老成持重的。

将近二十年了，我们同在北平。有一天，在燕京大学南大地一位友人处晚餐，我们热烈地辩论着“中国字”是不是艺术的问题。向来总是“书画”同称，我却反对这个传统的观念。大家提出了许多意见。有的说，艺术是有个性的，中国字有个性，所以是艺术。又有的说，中国字有组织，有变化，极富于美术的标准。我却极力地反对着他们的主张。我说，中国字有个性，难道别国的字便表现不出个性了吗？要说写得美，那么，梵文和蒙古文写得也是十分匀美的。这样的辩论，当然是不会有结果的。

临走的时候，有一位朋友还说，他要编一部《中国艺术史》，一定要把中国书法的一部门放进去。我说。如果把“书”也和“画”同样的并列在艺术史里，那么，这部艺术史一定不成其为艺术史的。

当时，有十二个人在座。九个人都反对我的意见，只有冯芝生和我意见全同，佩弦一声也不言语。我问道：

“佩弦，你的主张怎样呢？”

他郑重地说道：“我算是半个赞成的吧。说起来，字的确是不应该成为美术。不过，中国的书法，也有它长久的传统的历史。所以，我只赞成一半。”

这场辩论，我至今还鲜明的在眼前。但老成持重，一半和我同调的佩弦却已不在人间，不能再参加那么热烈的争论了。

这样一位结结实实的人，怎么会刚过五十便去世了呢？——我说“结结实实”，这是我十多年前的印象。在抗战中，我们便没有见过。在抗战中，他从北平随了学校撤退到后方。他跟着学生徒步跑，跑到长沙，又跑到昆明。还照料着学校图书馆里搬出来的几千箱的书籍。这一次的长征，也许使他结结实实的身体开始受了伤。

在昆明联大的时候，他的生活很苦。他的夫人和孩子们都不能在身边，为了经济的拮据，只能让他们住在成都。听说，食米的恶劣，使他开始有了胃病。他是一位有名的衣履不周的教授之一。冬天，没有大衣，把马夫用的毡子裹在身上，就作为大衣；而在夜里，这一条毡子便又作为棉被用。

有人来说，佩弦瘦了，头上也有了白发。我没有想象到佩弦瘦到什么样子；我的印象中，他始终是一位结结实实的矮个子。

胜利以后，大家都复员了，应该可以见到。但他为了经济的关系，径从内地到北平去，并没有经过南方。我始终没有见到瘦了后的佩弦。

在北平，他还是过得很苦，他并没有松下一口气来。

暑假后，是他应该休假的一年。我们都盼望他能够到南边来游一趟，谁知道在假期里他便一瞑不视了呢？我永远不会再有机会见到瘦了后的佩弦了！

佩弦虽然在胜利三年后去世，其实他是为抗战而牺牲者之一。那么结结实实的身体，如果不经过抗战这一个阶段的至窘极苦的生活，他怎么会瘦弱了下去而死了呢？他的致死的病是胃溃疡与肾脏炎，积年的吃了多沙粒和稗子的配给米，是主要的原因。积年的缺乏营养与过度的工作，使他一病便不起。尽管有许多人发了国难财、胜利财，乃至汉奸们也发了财而逍遥法外，许多瘦子都变成了肥头大脸的胖子，但像佩弦那样的文人、学者与教授，却只是天天地瘦下去，以至于病倒而死。就在胜利后，他们过的还是那么苦难的日子与可悲愤的生活。

在这个悲愤苦难的时代，连老成持重的佩弦，也会是充满了悲愤的。在报纸上，见到有佩弦签名的有意义的宣言不少。他曾经对他的学生们说，“给我以时间，我要慢慢地学”，他在走上一条新的路上来了。可惜的是，他正在走着，他的旧伤痕却使他倒了下去。

他花了整整一年工夫，编成《闻一多全集》。他既担任着这一个工作，他便勤勤恳恳地专心一志地负责到底地做着。《闻一多全集》的能够出版，他的力量是最大的，他所费的时间也最多。我们读到他的《闻一多全集》的序，对于他的“不负死友”的精神，该多么感动！

地山刚刚走上一条新的路，便死了；如今佩弦又是这样。过了中年的人要蜕变是不容易的。而过了中年的人经过了这十多年的折磨之后，又是多么脆弱啊！佩弦的死，不仅是朋友们该失声痛哭，哭这位忠厚笃实的好友的损失，而且也是中国的一个重大的损失，损失了那么一位认真而诚恳的教师、学者与文人！